코끼리는 기억한다

Elephants Can Remember

애거서 크리스티 추리 문학 62

코끼리는 기억한다

권순홍 옮김

해문

■ 옮긴이 **권순홍**

숙명여자대학교 졸업
저서 《중국어 회화》 외, 번역서 《창백한 말》 외
현재 전문 번역인으로 활동하고 있음.

코끼리는 기억한다

초판 발행일	1988년 08월 20일
중판 발행일	2010년 01월 20일
지은이	애거서 크리스티
옮긴이	권 순 홍
펴낸이	이 경 선
펴낸곳	해문출판사
주 소	서울시 서초구 서초동 1328-11 도씨에빛2차 1420호
TEL/FAX	325-4721 / 325-4725
출판등록	1978년 1월 28일 (제3-82호)
가격	6,000원
ISBN	978-89-382-0262-8 04840
	978-89-382-0200-0(세트)

몰리 마이어스에게.
많은 친절에 감사드리며.

차 례

차   례

제1장

문인 오찬회

올리버 부인은 거울에 자신의 모습을 비춰보고 나서 벽난로 선반 위에 놓여 있는 시계를 곁눈으로 흘끗 쳐다보았다. 그 시계는 20분이 느리게 갔다. 그녀는 머리 모양을 어떻게 하는 게 좋을까 하고 다시 궁리했다.

올리버 부인의 고민거리는(그녀는 이 점을 솔직하게 인정했다) 잘 빗어놓은 머리 모양이 너무 쉽게 흐트러진다는 것이었다. 차례로 이렇게 저렇게 갖가지 모양으로 빗어보았다. 머리에 착 달라붙게 모두 뒤로 빗어 넘겨보기도 했으며, 지적인 이마가 돋보이도록 머리칼을 느슨하게 감아올려 보기도 했다. 그녀는 자신의 이마가 지적으로 보인다고 자신하고 있었다. 또, 가지런하게 머리칼을 구부려 보기도 했으며 아무렇게나 흩트려 놓기도 해보았다. 그러다가 문득 오늘은 머리 모양이 그리 중요하지 않다고 생각했다. 왜냐하면 여느 때는 좀처럼 쓰지 않는 모자를 쓸 예정이기 때문이다.

올리버 부인의 옷장 선반 위에는 모자가 네 개 놓여 있었다. 하나는 누가 봐도 결혼식장에 갈 때 쓰도록 만들어진 것이었다. 결혼식장에 갈 때 모자는 필수품이었다. 이것 말고도 올리버 부인은 결혼식장용 모자가 두 개 더 있었다. 그 가운데 둥그런 판지 상자에 들어 있는 모자는 깃털 장식이 있으며 머리에 꼭 맞았다. 자동차에서 내려 으리으리하게 장식된 교회로 들어갈 때나, 요즘엔 흔히 있는 일이지만 등기소를 지나가게 될 때 뜻밖에 갑작스러운 소나기를 맞아도 아주 적당한 것이었다.

다른 하나는 좀더 정교한 것으로서, 여름철 토요일 오후에 하는 결혼식에 갈 때나 쓸 수 있는 모자였다. 그 모자에는 꽃과 레이스가 달려 있으며, 미모사를 붙인 노란색 망사가 씌워져 있다.

선반 위에 있는 나머지 모자 두 개는 좀더 실용적으로 쓸 수 있는 것이었다. 하나는 올리버 부인이 별장용 모자라고 부르는 것인데, 어떤 모양의 트위드 옷을 입어도 어울리는 황갈색 중절모자로서 위아래로 움직일 수 있는 챙이 달려 있다.

올리버 부인은 추운 날에는 캐시미어 풀오버(머리부터 입는 소매 달린 스웨터)를 입으며, 좀 따뜻한 날에는 얄팍한 풀오버를 입는데, 그 모자는 두 가지 옷 모두에 어울리는 색깔이었다. 하지만 풀오버를 자주 입으면서도 그 모자는 거의 써본 적이 없다. 시골에 갈 때, 또는 친구들과 식사하러 나갈 때 모자를 써야 할 필요가 있을까?

네 번째 모자는 아주 비싼 것인데, 그 비싸다는 것이 때로는 커다란 이점이 되었다. 올리버 부인은 비싼 값 때문에 그 모자를 쓰는 경우가 종종 있었다. 그 모자는 서로 다른 색깔의 벨벳이 여러 층으로 장식된 터번 모양이었으며, 어떤 옷에도 어울릴 수 있는 파스텔 색조로 되어 있었다.

올리버 부인은 잠시 망설이다가 도움을 요청했다.

"마리아ㅡ."

그녀는 좀더 큰소리로 불렀다.

"마리아, 잠깐 이리 와봐."

마리아가 들어왔다. 그녀는 올리버 부인이 무슨 옷을 입을 것인가 하는 고민에 충고를 달라고 부탁받는 것에는 익숙해져 있었다.

"예쁜 모자를 쓰고 나가시려고요?" 마리아가 말했다.

"그래, 그런데 이렇게 쓰는 게 좋을까, 아니면 반대쪽으로 돌려서 쓰는 게 좋을까?"

마리아는 몇 걸음 뒤로 물러서서 올리버 부인을 바라보았다.

"글쎄, 그건 앞뒤를 바꿔 쓰신 거잖아요?"

"그래, 알고 있어." 올리버 부인이 말했다.

"나도 알고 있어. 그런데 이렇게 바꿔 쓰는 게 더 좋아 보이는 것 같아서."

"뭐가 더 좋아 보인다는 말씀이세요?" 마리아가 물었다.

"뭐랄까, 이렇게 쓰는 게 더 고급스러워 보이는 것 같아. 이 모자를 판 가게뿐만이 아니라 나도 더 고급스러워 보이는 것 같잖아."

"어째서 거꾸로 쓰는 게 더 고급스러워 보인다고 생각하세요?"

"왜냐하면 푸른색과 짙은 갈색 쪽이 빨간색과 초콜릿색이 섞인 초록색 쪽보다 더 고급스러워 보이기 때문이지."

올리버 부인은 모자를 벗어서는 반대로 돌려서 써보았다가 다시 똑바로 써보기도 하고, 또 비스듬하게 써보기도 했다. 하지만 어떻게 써도 그녀와 마리아의 마음에 들지가 않았다.

"그 모자는 평범한 차림에 쓸 수 있는 게 아니에요. 제 생각엔, 부인 얼굴에 잘 어울리지 않는 것 같아요. 아마 누구의 얼굴에도 쉽게 어울리지 않을 거예요."

"아냐, 그렇지 않아. 그냥 똑바로 쓰는 게 조금 괜찮은 것 같은데."

"똑바로 쓰는 게 안전하긴 하겠죠." 마리아가 말했다.

올리버 부인은 모자를 벗었다. 마리아는 그녀가 잘 디자인된 은은한 암갈색의 얇은 모직 옷 입는 걸 도와주고 나서는, 모자를 똑바로 쓰도록 거들어줬다.

"아주 좋아보이시는데요." 마리아가 말했다.

올리버 부인은 마리아의 이런 점이 마음에 들었다. 마리아는 최소한의 핀잔을 주고 나서는 언제나 찬성과 칭찬의 말을 했다.

"오찬회엔 연설을 하러 가시는 거죠?" 마리아가 물었다.

"연설!"

올리버 부인은 소스라칠 듯이 놀란 목소리로 외쳤다.

"무슨 소리야, 연설이라니. 난 연설 같은 걸 하지 않는다는 걸 잘 알잖아."

"문인 오찬회 같은 데선 사람들이 늘 연설을 하잖아요. 부인도 그래서 가시는 게 아니에요? 1973년의—아니, 올해가 몇 년이더라, 유명 작가들—."

"난 연설을 하지 않아도 돼. 연설하기 좋아하는 몇몇 작가들이 하겠지. 그 사람들이 나보다 훨씬 잘할 테니까."

"부인도 맘만 먹으면 아주 잘하실 수 있을 거예요."

마리아는 유혹자의 역할에 어울리는 목소리로 말했다.

"난 못해. 난 내가 무슨 일을 할 수 있으며, 또 무슨 일은 할 수 없는지 잘 알아. 난 연설 같은 것엔 소질이 없어. 아마 초조하고 불안해서 가슴 졸이며 더듬거리거나 같은 말을 두 번씩 반복하고 그럴 거야. 하지만 글로 쓰는 거라면 괜찮지. 글로 써서 그걸 기계에 주입시키거나 명령하는 일이라면 자신 있어. 연설하는 게 아니기만 하다면 난 뭐든지 글로 쓸 수 있다고."

"그러시겠죠. 모든 게 다 잘 되었으면 좋겠네요. 전 잘 될 거라고 믿어요. 아주 근사한 오찬회겠죠?"

"그렇겠지." 올리버 부인은 몹시 우울한 목소리로 말했다.

"아주 근사할 거야."

올리버 부인은 자신이 오찬회에 가는 이유가 뭘까 하고 잠시 생각해 보았다. 그녀는 행동으로 옮기기 전에 그것이 무언지 알고 싶어했으며, 또 나중에 무엇 때문에 그렇게 행동했는지 추측해 보는 걸 좋아했다.

"글쎄―." 올리버 부인은 혼잣말로 웅얼거렸다.

마리아는 난로 위에 올려놓은 잼이 끓어 넘치는 냄새를 맡고는 급하게 부엌으로 돌아갔다.

"어떤 건지 구경하고 싶거든 문인 오찬회 같은 행사에 여러 차례 초청을 받았지만, 한 번도 가본 적이 없으니까."

올리버 부인은 근사한 오찬회의 마지막 음식을 앞에 놓고 있었다. 그녀는 만족스러운 한숨을 내쉬며 자기 접시에 남아 있는 머랭 과자를 만지작거렸다. 올리버 부인은 머랭 과자를 아주 좋아했는데, 그 과자가 이 오찬회의 마지막 음식이었던 것이다. 하지만 중년이 되면 머랭 과자를 너무 가까이 해서는 안 된다. 치아를 생각해야 하니까! 틀니는 겉으로 보기엔 아무 이상이 없으며, 썩지도 않고 하해서 보기엔 괜찮다―진짜 치아처럼. 하지만, 진짜 치아가 될 수는 없는 것이다. 그리고 진짜 치아가 아닌 것은 아무리 최고급이라고 해도 실제로는 그렇지가 않다―올리버 부인은 그렇게 믿었다. 개의 치아는 진짜 상아질이지만, 사람의 치아는 단순히 뼈라는 사실을 올리버 부인은 오래전부터 알고 있었다. 틀니를 하고 있다면 플라스틱으로 만든 치아를 갖고 있는 것이다.

하지만 중요한 점은 외모적으로 그리 부끄러워할 필요가 없다는 것이기에, 그런 이점 때문에 틀니는 사람들의 마음을 유혹하는 것이다. 양상추도 좋지 않고, 소금을 뿌린 아몬드와 가운데에 딱딱한 것이 들어 있는 초콜릿, 그리고 끈적끈적한 캐러멜과 달콤하고 입에 달라붙는 머랭 과자 같은 것도 치아에는 좋은 것이 못 된다. 만족스러운 한숨과 함께 올리버 부인은 마지막으로 머랭 과자를 한입 가득히 집어넣었다. 정말 훌륭한 점심식사였다.

올리버 부인은 맛있는 음식 먹는 걸 좋아했다. 이번 오찬회는 그녀로서는 아주 만족스러웠다. 또한, 모인 사람들도 마음에 들었다. 유명한 여류문학가들을 초청한 이번 오찬회는 다행스럽게도 여류문학가들만이 모인 것이 아니었다. 남자 작가들과 비평가들도 있었으며, 또 작가뿐만이 아니라 독자들도 참석했다. 올리버 부인은 아주 매력적인 두 남자 사이에 앉아 있었다.

에드윈 오바인, 그녀는 이 사람의 시를 즐겨 읽었다. 그는 해외여행을 하면서 겪은 여러 가지 재미있는 경험과 다양한 문학성, 또 개인적인 모험담을 가진 아주 쾌활한 사람이었다. 게다가 음식점과 요리에도 관심을 두고 있어서 두 사람은 문학 얘기는 젖혀두고 요리 얘기에 열을 올렸다.

다른 양쪽에 앉아 있는 웨즐리 켄트 경 역시 점심식사를 함께 하기에는 기분 좋은 상대였다. 그는 올리버 부인의 작품을 칭찬했는데, 그녀가 당황하지 않도록 적당하게 말할 줄 아는 교묘한 재주를 갖고 있었다. 칭찬이라는 것은 사실 누구나 별로 애쓰지 않고도 할 수 있는 것이다. 웨즐리 켄트 경은 그녀의 작품을 좋아하는 이유를 한두 가지 구체적으로 설명했는데, 사실 그 얘기는 옳은 것이었다. 그래서 올리버 부인은 그에게 호감을 갖게 되었다.

남자들에게서 칭찬받는다는 것은 언제나 즐거운 일이라고 올리버 부인은 생각했다. 여자들은 요란하게 떠벌리는 걸 좋아한다. 여자들이 그녀에게 보내온 편지들을 보면 정말 역겨울 정도다! 물론 여자들만이 그렇다는 건 아니다. 때로는 외진 시골 마을에 사는 감성적이 젊은 남자들도 그런 편지를 보내곤 한다. 지난주만 해도, '당신의 작품을 읽고서 난 당신이 틀림없이 고상한 부인일 기라고 생각했습니다……'라고 시작되는 독자의 편지를 받았다. 그 독자는 《두 번째 금붕어》를 읽고 나서는, 작품에 전혀 맞지 않는 강렬한 문학적인 절정에 빠져든 것이다.

올리버 부인은 무턱대고 겸손하기만 한 사람은 아니었다. 그녀는 자신이 쓴 추리소설들이 꽤 훌륭하다고 생각했다. 물론 그 가운데는 좋지 않은 작품도 있었다. 그렇지만, 그녀가 아는 한 사람들이 자신을 고상한 부인이라고 여길 만한 이유는 없었다. 올리버 부인은 꽤 많은 사람들이 좋아하는 작품을 쓰는 기막힌 재능을 가진 행운아였다. 올리버 부인도 자신을 뛰어난 행운아라고 생각했다.

모든 점을 고려해 보건대, 올리버 부인은 이런 묘한 분위기를 잘 헤쳐나갔다. 그녀는 마음에 드는 사람들과 얘기하는 걸 퍽 좋아했다. 지금 사람들은 커피를 나눠주는 곳과, 상대를 바꿔서 다른 사람들과 얘기할 수 있는 곳으로 움직여 갔다. 올리버 부인은 지금이 위험한 순간이라는 걸 잘 알고 있었다. 다른 여자들이 그녀에게 접근하기 위해 다가올 수도 있는 때였기 때문이다. 입에 발린 칭찬 몇 마디로 그녀에게 다가오는 순간, 그녀는 번번이 알맞은 대답을 할 수 없는 자신의 비참한 무능력을 느껴야 했다. 그녀로서는 정말 알맞은 대답을 해줄 수가 없었다. 그건 마치 알맞은 문구를 써넣어야 하는 해외여행 안내서와 같은 거였다.

질문— "난 당신 작품을 즐겨 읽는데, 정말 훌륭하다고 생각해요."

당황한 작가의 대답— "고맙습니다. 정말 기쁘군요."

"오래전부터 당신을 만나고 싶었는데, 반가워요."

"아, 고맙습니다."

얘기는 이런 식으로 이어질 것이다. 아마 두 사람은 바깥세상 얘기는 거의 할 기회가 없을 것이다. 단지 올리버 부인의 작품이나 상대방 여자의 작품에 대한 얘기만 주고받게 될 게 뻔한 일이다. 올리버 부인은 문학계에 몸담고 있으면서도 이런 종류의 일엔 익숙지가 못했다. 몇몇 작가들은 잘해내고 있었지만, 올리버 부인은 안타깝게도 자신이 그런 일에 적합하지 못하다는 걸 깨닫고 있었다. 그녀가 외국 대사관에서 묵고 있을 때, 어떤 외국인 친구가 아주 친절하게 이렇게 지적해 주었다.

앨버티나는 외국인 특유의 매력적인 낮은 목소리로 말했다.

"신문사에서 나온 젊은 남자가 당신과 인터뷰하는 걸 들었어요. 당신은 자신 없는 목소리로 말하더군요. 그래선 안 돼요! 당신은 자신의 작품에 대해 마땅히 가져야 할 자부심을 갖고 있지 않아요. 당신은, '물론이죠, 난 잘 써요. 다른 어떤 추리소설 작가보다 훨씬 잘 쓰는 편이죠.'라고 말해야 한다고요."

"난 잘 쓰지 못해요." 올리버 부인이 얼른 말했다.

"그냥 못 쓰지 않는 정도죠—."

"아, '난 잘 쓰지 못해요.'라고 말하면 안 돼요. 잘 쓴다고 말해야 한다니까요. 설령, 잘 쓰지 못한다고 생각하더라도 잘 쓴다고 말해야 된단 말이에요."

"앨버티나, 차라리 당신이 신문기자들과 인터뷰했으면 좋겠군요. 당신이라면 잘해낼 거예요. 언제 당신이 나라고 속이고서 인터뷰를 하면 어떨까요? 난 문 뒤에 숨어서 듣고 있을 테니까."

"좋아요, 얼마든지 할 수 있어요. 재미있겠는데. 하지만 기자들은 내가 당신이 아니라는 걸 알 거예요. 당신은 얼굴이 잘 알려져 있잖아요. 어쨌든 당신은, '그래요, 난 다른 어떤 작가들보다도 잘 쓰는 편이에요.' 하고 말해야 된다고요. 기자들이 그렇게 느껴야만 사람들에게도 그렇게 알리죠. 얌전하게 앉아서 당신이 누구라는 걸 마치 변명하듯이 듣고 있는 건 끔찍한 일이에요. 절대로 그렇게 해선 안 돼요."

올리버 부인은 자신이 마치 연기를 배우는 신인 여배우 같다는 생각이 들었다. 마침내 연출자는 그녀에게 연기 소질이 없다는 걸 간파해낸 것이다. 하지만 이곳에선 별 어려움이 없을 것 같았다. 그들이 식탁에서 일어서자 몇몇 여자들이 기다리고 있었다. 사실 올리버 부인은 이미 한두 사람이 서성거리고 있다는 걸 눈치챘다. 그 정도는 그리 문제되는 게 아니었다.

그녀는 다가가서 미소를 지으며 친절하게 이렇게 말했다. "고마워요. 정말 반갑군요. 제 작품을 그렇게 좋아한다니 더욱 기쁘네요." 케케묵은 그렇고 그런 말을 늘어놓는 것이다. 마치 상자 속에 손을 집어넣어 구슬 목걸이처럼 서로 엉겨붙어 있는 몇 마디 단어들을 끄집어내는 것처럼. 그러고 나서, 별로 시간을 끌지 않고도 그녀는 그 자리를 빠져나올 수 있었다.

올리버 부인은 혹시 자신의 열렬한 팬이나 친구들이 없을까 하고 테이블을 둘러보았다. 조금 떨어진 곳에 아주 재미있는 모린 그랜트가 있었다. 드디어 그 순간이 왔다. 여류 문학가들과, 오찬회에 참석한 기자들이 자리에서 일어났다. 그들은 의자 쪽으로, 커피 테이블 쪽으로, 또는 소파나 은밀하게 구석진 곳으로 움직여 갔다. 위험한 순간이다. 올리버 부인은 종종 마음속으로 이런 때를 생각해 봤다. 그녀는 문인들의 모임에 좀처럼 참석하지 않기 때문에, 문인들이 모여 있는 쪽이 아니라 칵테일이 준비된 쪽으로 갔다.

어느 순간에 위험이 닥쳐올지 모르는 일이다. 올리버 부인은 기억하지 못하지만 그녀를 기억하는 사람이 있을 수도 있으며, 또 그녀는 정말 이야기하고 싶지 않지만 피할 수 없는 사람이 있을 수도 있다. 오늘 모임에서 그녀에게 최초의 어려움이 닥쳤다. 정말 커다란 여자였다. 풍만한 몸집에 계속 우물거리는 커다란 하얀 치아. 프랑스어로 '어마어마한 여자'라고 할 만한 사람으로, 프랑스인의 끔찍스러운 변덕과 영국인의 으스대는 기질을 모두 갖춘 여자였다. 그 여자는 올리버 부인이 누군지 알아보곤 당장 그 자리에서 그녀에게 접근하려 한 것이다.

"아, 올리버 부인―." 그 여자는 높은 목소리로 말했다.

"이렇게 만나게 되어 정말 기뻐요. 사실은 오래전부터 만나고 싶었거든요. 난 부인 작품을 아주 좋아해요. 우리 아들도 몹시 좋아한답니다. 또, 남편은 여행할 때마다 부인 책 한두 권을 넣어가곤 하죠. 이쪽으로 와서 좀 앉으세요. 물어보고 싶은 게 너무너무 많아요."

맙소사, 올리버 부인은 이런 타입의 여자라면 딱 질색이었다. 하지만 어쩔 수 없는 일이다. 올리버 부인은 마음을 크게 먹고 경찰관처럼 좀 딱딱한 태도를 보이기로 했다. 그녀는 모퉁이를 지나서 두 사람이 앉을 수 있는 기다란 의자 쪽으로 다가갔다.

그 몸집이 큰 여자는 커피를 받아서 올리버 부인 앞에 갖다놓았다.

"아, 겨우 자리를 잡았군요. 아마 내 이름을 모를 거예요. 난 버튼콕스 부인이라고 해요."

"아, 그래요."

올리버 부인은 여느 때처럼 좀 당황한 목소리로 말했다.

버튼콕스 부인? 글을 쓰는 사람인가? 그녀는 버튼콕스 부인에 대해서 기억하고 있는 게 없었다. 하지만 어디서 이름은 들어본 것 같기도 했다. 어렴풋하게 어떤 생각이 떠올랐다. 정치 서적이었던가? 일반 소설이나 희극, 또는 범죄소설은 아니었다. 정치적인 편견을 가진 지식인에 대한 글을 쓴 사람인가? 그렇다면 상대하기가 어렵지 않을 거라고 느끼며 올리버 부인은 안도의 한숨을 쉬었다. 그저 상대방이 이야기하도록 내버려두고는 가끔 가다, "정말 재미있군요!" 하고 맞장구를 쳐주기만 하면 될 테니까.

"내 얘길 듣고 나면 정말 놀랄 거예요." 버튼콕스 부인이 말했다.

"난 부인 작품을 읽고서 부인이 정말 동정심 많고, 인간성을 충분히 이해하는 사람이라고 느꼈답니다. 그리고 내가 궁금해하는 질문에 대답할 수 있는 사람이 있다면 그건 바로 부인밖에 없다고 생각했죠."

"사실은 그렇지도 않아요."

올리버 부인은 자신이 그 여자가 요구하는 정도까지 다다를 수 있을까 하는 불안한 마음으로 적당한 말을 찾으려 애썼다.

버튼콕스 부인은 커피에 설탕 한 덩어리를 집어넣고는, 육식동물이 마치 뼈를 씹어먹듯이 설탕을 깨물어 먹었다. 아마 상아질 치아를 가진 사람인 모양이라고 올리버 부인은 막연하게 생각했다. 상아질? 개는 상아질 치아를 갖고 있으며, 해마도 상아질 치아를 갖고 있고, 코끼리도 마찬가지다. 상아로 된 거대한 엄니. 버튼콕스 부인은 이야기를 계속했다.

"먼저 물어보고 싶은 건(내가 옳다고 확신하고 있긴 하지만) 부인은 대녀(代女)가 있죠? 실리아 래븐스크로프트라고 말이에요."

"아ㅡ."

올리버 부인은 좀 놀랍기도 하고 한편으로는 기쁘기도 했다. 그녀는 버튼콕스 부인이 자신의 대녀와 아는 사이인 모양이라고 생각했다.

그녀에겐 수많은 대녀와 대자(代子)들이 있었다. 세월이 흐르면서 그 대자와 대녀들의 이름을 다 기억할 수 없을 때가 있긴 하지만. 그녀는 대모(代母)로서 자신의 의무를 차례대로 이행했다. 대자와 대녀들이 어릴 때에는 크리스마스가 되면 장난감을 보내주고, 또 서로의 집을 왕래한다. 또한, 그들이 학교에 다니는 동안에는 대모를 찾아오기도 하며, 그러다가 대자와 대녀들은 학교를 졸업한다. 그리고 생애 최고의 날이 다가온다. 대자와 대녀들의 스물한 번째 생일이 되면 대모로서의 의무를 해야 하는데, 그렇게 하는 것이 당연한 일로 인식되어 있으며 또 친절하게 해줘야 한다. 또, 결혼식 때는 똑같은 방법으로 선물이나 경제적인 면으로, 아니면 다른 방법으로라도 축복을 보내야 한다.

그러고 나서, 대자와 대녀들은 여기저기 먼 곳으로 떠나간다. 결혼하거나, 외국으로 나가 외국대사관에서 근무하기도 하며 외국 학교에서 교편을 잡기도 하고, 사회생활에 뛰어들기도 한다. 어쨌든, 그들은 대모와의 관계에서 점점 멀어져 가는 것이다. 그런데 어느 순간 그들이 갑자기 눈앞에 나타나는 것은 뭐라고 말할 수 없을 정도로 기쁜 일이다. 하지만 그들을 마지막으로 본 것이 언제이며, 누구의 딸인지, 또 어떻게 해서 대모가 되었는지 생각해낸다는 건 몹시 어려운 일이다.

"실리아 래븐스크로프트라." 올리버 부인은 애써 기억을 더듬으며 말했다.

"그래, 맞아요. 내 대녀예요."

너무 어렸을 때이기 때문에 실리아 래븐스크로프트의 모습이 금방 떠오르지 않았다. 세례식이었다. 올리버 부인은 실리아의 세례식에 가서 앤 여왕 그림이 들어 있는 아주 훌륭한 은제 여과기를 선물로 준 기억이 떠올랐다. 아주 좋은 물건이었다. 우유를 거르는 데도 알맞았으며, 대녀가 돈이 필요하다면 언제든지 적은 액수나마 목돈을 받고 팔 수도 있는 물건이었다.

올리버 부인은 그 여과기가 정말 훌륭한 물건이라고 기억하고 있었다. 앤 여왕—그러니까 1711년의 물건으로써 브리타니아 마크가 찍혀 있었다. 실제 아이의 모습보다도 은제 커피포트나 여과기, 아니면 세례식 컵들이 더 쉽게 기억에 떠올랐다.

"실리아를 본지도 무척 오래되었군요."

"아, 그래요. 좀 충동적인 처녀죠." 버튼콕스 부인이 말했다.

"성격이 변덕스럽다는 뜻이에요. 물론 지적(知的)이며 대학에서도 공부를 잘했다는 건 알고 있어요. 하지만, 그녀의 정치적인 견해는—요즘 젊은 사람들은 모두 나름대로 정치적인 견해를 갖고 있는 것 같아요."

"미안하지만 난 정치에 대해선 잘 몰라요."

올리버 부인이 말했다. 그녀에게 정치는 오래전부터 기피해 온 문제였다.

"부인을 믿고 모든 걸 말하죠. 지금부터 내가 궁금해하는 게 뭔지 얘기하겠어요. 아마 불쾌하진 않을 거예요. 부인은 정말 친절하고, 무슨 일이든지 자발적으로 한다는 얘길 여러 사람에게서 들었거든요."

이 여자가 돈을 빌려달라는 부탁을 하려는 모양이라고 올리버 부인은 생각했다. 이런 방법으로 접근한 사람들이 무슨 이야기를 꺼내는지 올리버 부인은 잘 알고 있었다.

"이건 내게 아주 중요한 일이에요. 난 반드시 알아야 해요. 그러니까, 실리아는 곧 결혼할 거예요—아니, 결혼하게 될 것 같다는 거죠. 우리 아들인 데스몬드와."

"어머나!" 올리버 부인이 말했다.

"적어도 지금 두 사람은 그렇게 생각하고 있어요. 물론 누구든지 사람에 대해서 알고 싶어하겠지만, 난 특히 궁금한 문제가 있어요. 그런 걸 다른 사람에게 물어본다는 게 이상한 일이라는 건 알아요. 사실, 음—낯선 사람을 찾아가서 물어보고 싶지는 않아요. 하지만 왠지 당신은 낯선 사람이라는 느낌이 들지 않는군요, 올리버 부인."

차라리 낯선 사람이라는 느낌을 받았으면 좋겠다고 올리버 부인은 생각했다. 혹시 실리아가 사생아를 낳았거나, 아니면 낳을 예정인 것은 아닐까? 그래서 자신이 그 문제에 대해서 잘 알고 있을 테니 자신에게서 자세한 설명을 듣고 싶어하는 것인지도 모른다. 그런 일이라면 정말 골치 아픈 문제다. 하지만 나는 5~6년 동안 실리아를 만나지 못했으며, 그 애는 벌써 스물대여섯 살이나 되었을 것이다. 그러므로 난 아무것도 모른다.

버튼콕스 부인은 몸을 앞으로 내밀면서 숨을 거칠게 몰아쉬었다.

"부인 생각을 듣고 싶어요. 아마 부인은 그 일이 어떻게 해서 일어났는지 잘 알고 있을 거예요. 그녀의 어머니가 아버지를 죽인 걸까요, 아니면 어머니를 죽인 것이 아버지일까요?"

올리버 부인이 버튼콕스 부인에게서 무슨 얘기를 기대했는지 모르지만, 분명히 그런 건 아니었다. 그녀는 미심쩍은 얼굴로 버튼콕스 부인을 빤히 쳐다보았다.

"무슨 말인자―." 올리버 부인은 말을 제대로 잇지 못했다.

"모르겠군요. 무엇 때문에―."

"부인, 당신은 틀림없이 알고 있을 거예요. 그렇게 유명한 사건을―물론 오래된 일이긴 하지만. 아마, 10년이나 20년은 되었겠군요. 하지만 그 당시엔 굉장히 충격을 불러일으켰었죠. 부인도 기억하고 있을 거예요. 아니, 잊어버렸을리가 없죠."

올리버 부인은 머리를 필사적으로 흔들었다.

실리아는 그녀의 대녀였다. 그건 틀림없는 사실이다. 실리아의 어머니는―그래, 실리아의 어머니는 몰리 프레스턴그레이였는데, 올리버 부인과 특별하게 절친한 사이는 아니었지만 잘 알고 지냈다. 그녀는 군인과 결혼했다. 그래(남편의 이름이 뭐였더라) 무슨 래븐스크로프트 경이라는 사람이었다. 아니면, 대사였던 것 같기도 하다. 이상하게도 그런 일들은 잘 기억나지 않는다.

올리버 부인은 자신이 몰리의 들러리를 섰던 일조차도 가물가물했다. 아마들러리를 섰던 것 같다. 가드 채플 교회인가 그런 곳에서 제법 성대한 결혼식을 치렀었다. 하지만, 그런 일은 모두 잊어버리게 마련이다. 그 뒤로 올리버부인은 오랫동안 그들 부부를 만나지 못했다. 그들은 외국으로―중동인지 페르시아인지, 아니면 이라크인지로 떠났다. 한때는 이집트인가 인도에도 가 있었다. 아주 가끔씩 그들 부부가 영국에 오면 만나기는 했지만, 올리버 부인에게 그들은 여러 사람들과 함께 찍은 사진 속의 인물에 지나지 않았다.

사진 속의 인물은 누구든지 막연하게 기억하고 있다가 점점 희미해져서 나중에는 누군지 알아보지도 기억할 수도 없게 되고 만다. 올리버 부인은 지금무슨 래븐스크로프트 경과 레이디 래븐스크로프트(결혼하기 전에는 몰리 프레스턴그레이였지만)가 자기 생활에 깊숙이 들어와 있다는 사실도 기억하지 못하고 있었다. 그녀는 더 이상 생각하지 않았다. 하지만…… 버튼콕스 부인은여전히 그녀를 쳐다보고 있었다. 그녀가 그렇게 유명한 사건을 기억하지 못하는 무능함에 실망이라도 한 듯한 얼굴로.

"죽였다고요? 사고였나요?"

"아, 아니, 사고가 아니었어요. 바닷가에 있는 집이었죠. 아마 콘월 반도(영국 남서부 끝의 큰 반도)였을 거예요. 바위가 많은 곳이었죠. 그들 부부의 집이 그곳에 있었어요. 그런데 그들 두 사람이 그곳 벼랑 위에서 총에 맞아 쓰러져 있는 게 발견된 거예요. 경찰은 아내가 남편을 쏜 다음에 자신을 쏜 것인지, 아니면 남편이 아내를 쏜 다음에 자살한 것인지 알아내지 못했어요. 총알이라든가 다른 여러 가지 증거물들을 조사하긴 했지만, 그런 걸 알아낸다는 건 아주 어려운 일이죠. 결국 경찰에선 동반 자살일 거라고 결론을 내렸죠. 평결은 어떻게 났는지 기억나지 않는군요. 실수로 인한 사건인가 뭐라고 했던 것 같은데. 하지만 사람들은 그것이 틀림없이 계획적인 사건일 거라고 말했으며, 항간엔 그 사건에 대해서 별별 소문이 다 떠돌았죠."

"모두 꾸며낸 얘기들이었을 거예요."

올리버 부인은 그 얘기들 가운데 한 가지라도 기억해 보려고 애쓰며 넌지시 말했다.

"글쎄, 그럴지도 모르죠. 뭐라고 말하기가 어렵군요. 그들 부부가 사건 당일과 그 전날에 싸움을 했다는 얘기도 있었고, 아내에게 다른 남자가 있었다는 소문도 있었어요. 또, 남편에게 다른 여자가 있었다는 소문도 나돌았죠. 그렇지만 어떤 얘기가 사실인지 아는 사람은 아무도 없었어요. 내 생각엔 래번스크로프트 장군이 고위층 인물이기 때문에 많은 사실을 쉬쉬하고 넘어갔던 것 같아요. 그 사람은 그 해에 요양원에 입원했었는데, 자신이 무슨 일을 하고 있는지도 모를 정도로 상태가 몹시 좋지 않았다는 얘기도 들렸죠."

"유감스럽게도 난 그 일에 대해선 전혀 아는 게 없어요."

올리버 부인은 딱 잘라 말했다.

"지금 부인이 얘기하니까 그런 사건이 있었다는 게 기억나는 정도로군요. 그들 부부의 이름과 얼굴은 알고 있지만, 그 일이 어떻게 해서 일어났는지 하는 건 전혀 몰라요. 정말 아는 게 없어요⋯⋯."

그리고 용기를 내어, '도대체 내게 왜 그런 걸 물어보는 거죠? 난 몰라요.' 하고 말하고 싶었지만 차마 그럴 용기가 나지 않았다.

"그건 아주 중요한 일이에요. 난 꼭 알아야 해요."

버튼콕스 부인이 말했다. 대리석처럼 차가운 그 여자의 눈이 번쩍거렸다.

"부인을 도와줄 수가 없군요. 난 그 사건에 대해서 아무 얘기도 듣지 못했어요." 올리버 부인이 말했다.

"하지만, 부인은 알고 있을 거예요. 그렇게 훌륭한 소설을 몇 권씩이나 썼는데 모를 리가 있나요. 누가 저질렀으며 동기가 뭔지도 알고 있을 거예요. 많은 사람들이 부인에게 작품의 힌트가 되는 얘길 해준다죠? 사람들이 그러더군요."

"난 몰라요." 올리버 부인이 말했다.

그녀의 목소리는 이제 겸손하지 않았으며, 완전히 짜증스러운 말투였다.

"하지만 누구에게 가서 물어본다고 해도 알 만한 사람이 있을까요? 아무도 모르잖겠어요? 이렇게 오랜 시간이 지난 뒤에 경찰에 가서 물어볼 수도 없는 일이고 게다가 그 사람들은 틀림없이 쉬쉬하고 말해 주지 않을 거예요. 하지만 내겐 무척 중요한 문제예요. 반드시 진실을 알아야 한다고요."

"난 글을 쓰는 사람이에요!" 올리버 부인이 냉담하게 말했다.

"내 작품의 내용은 모두 꾸며내는 거예요. 난 범죄에 대해선 아무것도 몰라요. 또 범죄학 같은 덴 관심도 없고요. 안타깝지만, 부인을 도와줄 수 있는 방법이 없군요."

"부인이 대녀에게 물어보면 되잖아요. 실리아에게 말이에요."

"실리아한테 물어보라고요!"

올리버 부인이 다시 그 여자를 뚫어지게 쳐다보았다.

"어떻게 물어보라는 건지 모르겠군요. 그 앤—그러니까 그 사건은 그 애가 아주 어렸을 때 일어난 일이에요."

"아, 그렇지만 실리아는 자세하게 알고 있을 거예요. 왜 아이들이 더 잘 알잖아요. 그리고 그녀는 부인에게 말했을 거예요. 틀림없이 말했을 거라고 믿어요."

"부인이 실리아에게 직접 물어보는 게 좋을 것 같군요."

"난 그럴 수가 없어요." 버튼콕스 부인이 말했다.

"데스몬드가 그런 걸 좋아하지 않거든요. 그 앤, 뭐라고 할까. 실리아에 대한 일이라면 신경을 곤두세우는 편이죠. 난 물어볼 수 있는 처지가 아니에요. 틀림없이 실리아가 부인에게 말했을 거예요."

"난 실리아한테 물어볼 생각이 털끝만큼도 없어요." 올리버 부인이 말했다.

그러고는 손목시계를 보는 체했다.

"이런, 훌륭한 점심시간이 너무 많이 지났군요. 중요한 약속이 있어서 얼른 가봐야겠어요. 안녕히 가세요, 음—버튼콕스 부인. 도움을 주지 못해 미안하군요. 하지만 그런 일들은 좀 곤란한 거라서요. 부인이 보기에도 문제가 있을 것 같잖아요?"

"아, 모든 게 문제투성이죠."

그때 올리버 부인이 잘 알고 있는 작가 한 사람이 옆을 지나갔다. 올리버 부인은 얼른 다가가서 그녀의 팔을 잡아 당겼다.

"루이스, 만나게 되어 반가워요. 당신이 온 줄은 몰랐는데."

"어머, 애리어든, 이게 얼마 만이에요. 그동안 많이 날씬해진 것 같은데."

"만날 때마다 그 말이에요."

올리버 부인은 그 친구의 팔을 잡고 긴 의자에서 일어나며 말했다.

"약속이 있어서 막 나가려던 참이었어요."

"저 끔찍스러운 여자한테 붙들려 있었던 모양이군?"

그녀의 친구는 어깨너머로 버튼콕스 부인을 돌아보며 말했다.

"아주 이상한 걸 물어보잖아요."

"저런, 그래서 뭐라고 대답해야 좋을지 몹시 난처했겠군요?"

"그렇지는 않았어요. 나와 관계있는 얘기가 아니니까. 내가 전혀 모르는 일이에요. 하지만 설령 알고 있다고 하더라도 대답해 주지 않았을 거예요."

"재미있는 얘기가 아닌 모양이죠?"

"어쩌면—." 올리버 부인에게 새로운 생각이 떠올랐다.

"재미있을지도 모르겠군요. 단지—."

"그 여자가 따라오고 있어요. 어서 가요. 차를 가져오지 않았으면 내 차로 데려다주죠."

"난 런던에선 차를 몰고 다니지 않아요. 세워둘 만한 곳이 있어야죠."

"그건 그래요. 끔찍한 문제죠."

올리버 부인은 적당히 작별인사를 했다. 그리고 정말 고맙다는 말을 하기가 무섭게 차는 런던 광장을 돌아나갔다.

"이튼 테라스에 살고 있죠?" 친절한 친구가 물었다.

"맞아요. 하지만 지금 내가 가는 곳은 화이트 프라이어스 맨션인가 하는 데예요. 어디에 있는진 알겠는데, 이름이 뚜렷하게 생각나지 않는군."

"아, 그 공동주택 말이군. 최신식으로 지은 것이죠. 네모반듯하고 기하학적으로."

"맞아요." 올리버 부인이 말했다.

제2장

코끼리에 대한 최초의 언급

집으로 찾아갔지만 에르큘 포와로를 만나지 못한 올리버 부인은 부득이 전화를 걸어서 물어봐야 했다.

"혹시 오늘 저녁에 집에 계실 건가요?"

그녀는 전화기 옆에 앉아 좀 짜증스럽게 손톱으로 테이블을 톡톡 두드렸다.

"그런데 누구시더라―?"

"애리어든 올리버예요."

그녀는 자신의 이름을 대야 한다는 사실이 좀 뜻밖이었다. 친구들은 그녀의 목소리를 듣자마자 이내 알아내곤 했는데.

"아, 예, 오늘 저녁엔 집에 있을 겁니다. 그것보다도 내가 부인의 집을 방문하는 즐거움을 갖는 게 어떨까요?"

"정말 친절하시군요. 저희 집을 찾아오는 게 즐거운 일이 아닐 텐데."

"부인을 만난다는 건 언제나 즐거운 일이죠."

"귀찮게 해 드리는 거나 아닌지 모르겠군요. 사실은 물어볼 게 있어요. 어떤 일에 대한 당신 생각을 듣고 싶어요."

"그런 거라면 언제든지 누구에게나 말해 줄 준비가 되어 있답니다."

"문제가 생겼어요. 좀 성가신 문젠데, 어떻게 해야 좋을지 모르겠어요."

"그런 일이라면 부인이 우리 집으로 오는 게 낫겠군요. 부인이 찾아와 준다면 굉장한 영광이죠."

"몇 시에 가는 게 좋을까요?" 올리버 부인이 물었다.

"9시가 어떻습니까? 석류 시럽이나 까치밥나무 시럽을 좋아하지 않으면 함께 커피를 마시도록 합시다. 아 참, 그런 걸 싫어한다고 했던가. 이제 생각나는군요."

"조지─."

포와로는 아주 충실한 하인을 불렀다.

"오늘 저녁에 올리버 부인이 올 테니까 커피와 적당한 술을 준비해 놓게. 그녀가 어떤 걸 좋아하는지 모르겠단 말이야."

올리버 부인은 약속한 시간에 딱 맞춰 도착했다.

포와로는 저녁식사를 하면서 올리버 부인이 무슨 일로 찾아온 것이며, 또 왜 어떻게 해야 좋을지 모르겠다는 것일까 하고 생각했다. 골치 아픈 문제를 갖고 오는 걸까, 아니면 자신에게 범죄에 대해 알리러 오는 걸까? 포와로가 잘 알고 있듯이, 올리버 부인은 그 두 가지 가운데 어떤 것을 가져올 것이다.

가장 평범한 문제가 아니면 아주 이상한 문제이리라. 그녀에겐 그런 일이 어울렸다. 포와로가 보기에 올리버 부인은 걱정거리가 있는 것 같았다.

그렇지만 에르퀼 포와로는 지금까지 해왔던 것처럼 올리버 부인을 잘 상대할 수 있을 거라고 생각했다. 이따금 그녀는 그의 마음을 혼란스럽게 하곤 했었다. 그러나 그는 올리버 부인에게 남다른 애착이 있었다.

그들 두 사람은 많은 경험과 시련을 함께 나누었다.

포와로는 그날 아침 신문에서 그녀에 대한 기사를 읽었다─아니, 저녁 신문이었던가? 그는 올리버 부인이 도착하기 전에 그걸 기억해 내려고 애써 봤다.

이윽고 그녀가 도착했다는 소리를 듣는 순간 겨우 생각이 떠오르는 것이었다. 올리버 부인이 방으로 들어오자 포와로는 자신이 걱정하고 있었던 것이 맞아들었다는 걸 알 수 있었다. 제법 공들였을 머리가 헝클어져 있었던 것이다. 그녀는 늘 하는 버릇대로 제정신이 아닌 상태에서 격분해서 손가락으로 머리칼을 쥐어뜯었을 것이다.

포와로는 반갑게 그녀를 맞이하여 의자에 앉으라고 권하고 나서 커피를 따르고는 버찌술 한잔을 건네주었다.

"휴!"

올리버 부인은 안도의 한숨을 내쉬며 말했다.

"당신은 제가 어리석다고 생각하겠죠. 하지만─."

"신문에서 부인이 오늘 문인 오찬회에 참석했다는 기사를 읽었소만. 유명한 작가들의 모임 같더군요. 부인은 절대 그런 데 가지 않는 줄 알았는데."

"대개는 가지 않죠. 그리고 다신 그런 모임에 가지 않을 거예요."

"하, 곤란한 일이 많았던 모양이로군요?"

포와로는 동정어린 목소리로 말했다.

그는 올리버 부인이 어떤 때에 당황하는지 잘 알고 있었다. 그녀는 자신의 작품에 대해 지나친 칭찬을 받으면 어떻게 대답해야 좋을지 몰라서 몹시 당황하게 된다고 그에게 말한 적이 있었다.

"즐겁지가 않았나 보죠?"

"어느 정도는 즐거웠죠. 그런데 아주 성가신 일이 있었어요."

"아, 그 일 때문에 날 만나자고 하셨군요."

"그래요. 하지만, 제가 왜 당신을 찾아왔는지 이유를 모르겠어요. 당신과 아무 관계도 없고, 또 당신이 관심을 가질 만한 일도 아닌데 말이에요. 그렇다고 제가 관심을 갖고 있는 문제도 아니에요. 그리고 당신의 생각이 어떤지를 알아야겠다거나 알고 싶은 것도 아니고요. 단지 당신이 저라면—그러니까, 어떻게 할지 알고 싶은 것뿐이에요."

"정말 어렵구먼, 그 마지막 질문 말이오. 난 이 에르퀼 포와로가 어떻게 어떤 식으로 행동해야 좋을지는 알고 있지만, 비록 내가 부인을 잘 알고 있다고 해도, 부인이 어떻게 행동해야 좋을지는 말해 주기 어렵군요."

"이번에는 말해 주셔야 해요. 저에 대해서라면 잘 알고 계시잖아요."

"글쎄, 우리가 안 지 20년 정도 되었죠?"

"아, 그런 건 몰라요. 정확하게 몇 년 며칠에 알게 됐는지 기억나지 않아요. 아시다시피, 전 기억력이 좋지 않잖아요. 전쟁이 시작되었을 때니까 1939년이겠군요. 여기저기서 이상한 일이 일어났기 때문에 그런 건 기억하고 있죠."

"그건 그렇고, 부인이 오찬회에 갔는데 즐겁지 않은 일이 있었다는 겁니까?"

"식사는 아주 훌륭했지만, 나중에 가서……."

"그곳에 모인 사람들이 부인에게 별의별 얘길 다 물어봤겠군요."

포와로는 마치 환자에게 증세를 물어보는 의사처럼 친절하게 얘기해 나갔다.

"글쎄, 사람들은 제게 얘기할 내용을 미리 준비해 갖고 다니는 모양이에요. 오늘 낮의 오찬회에서도 어디선가 느닷없이 질릴 만큼 몸집이 커다랗고 인상도 썩 좋지 않은 여자가 으스대며 제게 다가온 거예요. 나비 채집하는 사람처럼 그 여잔 나비채가 필요했던 거죠. 그 여잔 절 에워싸다시피 해서 기다란 의자에 앉히고 나선, 제 대녀 얘길 늘어놓기 시작한 거예요."

"아, 그렇습니까. 부인이 좋아하는 대녀였나요?"

"전 벌써 한참 동안 그 앨 만나지 못했어요. 모든 대자와 대녀들과 계속 연락하며 지낼 수는 없는 일이잖아요. 그런데 그 으스대는 여자가 제게 아주 곤란한 걸 묻는 거예요. 맙소사, 이런 얘길 한다는 게 얼마나 어려운지 잘 아실 거예요."

"아니, 그렇지는 않지. 아주 쉬워요. 누구든지 내겐 모든 걸 털어놓게 된답니다. 알다시피, 난 외국인이기 때문에 별문제가 안 된다는 거죠. 다시 말해서, 내가 외국인이기 때문에 사실대로 털어놓기가 쉽다는 겁니다."

"하긴, 당신에게 얘기하는 건 좀 쉬운 편이에요. 그 여잔 제게 제 대녀의 부모 문제를 물어보더군요. 그 애의 어머니가 아버지를 살해한 건지, 아니면 아버지가 어머니를 살해한 건지 알고 싶다는 거예요."

"다시 한 번 말해 주시겠소?" 포와로가 말했다.

"아, 좀 괴상망측한 얘기죠? 글쎄, 저도 마찬가지예요."

"부인 대녀의 어머니가 아버지를 살해한 건지, 아버지가 어머니를 살해한 건지 알고 싶다고요?"

"바로 그거예요." 올리버 부인이 말했다.

"아니, 그것이 사실입니까? 부인 대녀의 아버지가 어머니를 살해하지 않았으면 어머니가 아버지를 살해했다는 겁니까?"

"그래요, 그 애의 부모는 함께 총에 맞아 죽은 채로 발견되었어요. 콘월인지 코르시카인지 확실하게 기억할 순 없지만, 그곳의 벼랑 꼭대기에서 말이에요."

"그럼, 그 여자가 말한 게 사실이군요?"

"그래요, 사실이에요. 아주 오래전에 일어난 사건이죠. 그런데 이상한 점은 하필이면 왜 제게 와서 그런 걸 물어보느냐는 거죠."

"그야 부인이 범죄소설 작가이기 때문이겠죠. 그 여잔 틀림없이 부인이 범죄에 대해서라면 모든 걸 알 거라고 말했을 텐데요, 그러지 않았습니까?"

"맞아요, 그렇게 말했어요. 만일, 어머니가 아버지를 살해했거나 아버지가 어머니를 살해했다면 어떻게 하는 것이 적절한 절차인지─또는, 어떻게 해야 하는지 따위를 물어본 게 아니에요. 그건 실제로 일어난 사건이었죠. 그래서 당신에게 모든 걸 얘기하는 게 낫겠다고 생각했어요.

지금은 자세하게 기억나지 않지만, 그 당시엔 아주 유명한 사건이었죠.

그러니까, 벌써 20년 전의 일이군요. 그들 부부는 제가 아는 사람들이었기 때문에 이름을 기억하고 있죠. 또, 그 아내되는 사람은 저와 학교를 함께 다녔기 때문에 제법 잘 알고 있어요. 우린 가깝게 지낸 편이었거든요. 정말 충격적인 사건이었죠─신문이나 잡지마다 온통 그 사건을 다뤘으니까.

앨리스테어 래븐스크로프트 경과 레이디(귀족 부인에게 붙이는 경칭) 래븐스크로프트, 두 사람은 아주 다정한 사이였어요. 남편은 대령인가 장군이었고, 레이디 래븐스크로프트는 남편과 함께 세계 곳곳을 여행 다녔죠. 얼마 뒤 그들 부부는 어딘가에 집을 샀어요─바닷가 쪽인 것 같은데 기억나지는 않는군요.

그런데 느닷없이 신문에 그 사건 기사가 실린 거예요. 누군가가 그들 부부를 살해했든지, 아니면 암살 같은 걸 당했든지, 그렇지 않으면 부부가 서로를 살해한 거라는 얘기였죠. 흉기는 오래전부터 그들의 집에 있었던 권총이라고 했던 것 같아요. 제가 기억하는 걸 모두 말씀드리죠."

마음을 가다듬은 올리버 부인은 기억하고 있는 이야기의 요점을 되도록 명확하게 포와로에게 설명해 주었다. 포와로는 가끔씩 그녀의 말을 확인해 가면서 들었다.

마침내 포와로가 물었다.

"그런데 그 여잔 뭣 때문에 그걸 알고 싶어하는 겁니까, 부인?"

"글쎄, 저도 그 점이 궁금해요. 아마 실리아는 만나볼 수 있을 거예요. 그 애가 아직도 런던에 살고 있다고 하니까요. 케임브리지나 옥스퍼드에 살고 있을지도 모르겠군요. 그 앤 학위를 받고 나서 어딘가에서 교사 생활을 하고 있을 거예요. 그리고 아주 현대적이겠죠. 이상한 옷차림에 머리가 긴 무리들과 어울려 다닐지도 모르고. 하지만 마약 같은 걸 복용하진 않을 거예요.

실리아는 꽤 올바른 편이거든요. 아주 가끔씩 그 애에게서 소식을 받았어요. 크리스마스 때면 카드를 보내오곤 했죠. 글쎄, 대모라고 해서 늘 대자와 대녀 생각을 하고 있는 건 아니잖아요. 게다가, 실리아는 벌써 스물대여섯 살이나 된걸요."

"아직 결혼은 안 했습니까?"

"안 했어요. 참, 곧 한다고 하더군요. 그래요, 그 여자의 이름이 뭐였더라—아, 그래, 브리틀 부인—아니, 버튼콕스 부인이 자기 아들과 결혼할 거라고 하더군요."

"아, 부인 대녀의 아버지가 어머니를 살해했거나, 아니면 어머니가 아버지를 살해했기 때문에 버튼콕스 부인은 자기 아들이 부인의 대녀와 결혼하는 걸 원치 않는다는 말이군요?"

"그런 모양이에요. 단지 저 혼자만의 생각이지만. 그런데 도대체 그 일이 결혼과 무슨 관계가 있다는 건지 모르겠어요. 가령 부모들이 서로를 살해했다고 해도, 그것이 결혼하려는 남자의 어머니에게 중요한 문제가 될 수 있을까요?"

"그 문제는 좀 생각해 봐야겠군요. 아주 흥미 있는 일입니다. 앨리스테어 래븐스크로프트나 레이디 래븐스크로프트에게 흥미 있다는 얘기가 아닙니다.

아주 어렴풋하게, 그 사건과 똑같지는 않았지만 비슷한 사건이 떠오르는군요. 그건 그렇고, 버튼콕스 부인은 이상한 사람 같습니다. 정신이 조금 돈 사람 같기도 하고. 자기 아들을 유별나게 좋아하나 보죠?"

"아마 자기 아들이 실리아와 결혼하지 않기를 바라는 모양이에요."

"실리아가 남편을 살해할 유전인자를 물려받았을지도 모르기 때문이라는 거겠죠—그런 이유 때문이 아니겠습니까, 부인?"

"그걸 제가 어떻게 알겠어요? 그 여잔 제가 그 사건에 대해서 말해 줄 수 있을 거라고 생각하는 것 같아요. 자기 입장은 충분히 설명해 주지도 않고서 말이에요. 하지만 이유가 뭘까요? 혹시 뒤에 뭔가 숨겨져 있는 건 아니겠죠? 도대체 무슨 뜻으로 그런 말을 했을까요?"

"그걸 알아낸다면 정말 재미있겠군." 포와로가 말했다.

"그래서 당신을 찾아온 거예요. 당신은 무엇이든지 밝혀내는 걸 좋아하시잖아요. 처음엔 도무지 뭐가 뭔지 알 수 없는 것들도 말이에요. 제 말은 아무도 해결하지 못하는 사건들을 뜻하는 거예요."

"버튼콕스 부인은 어느 쪽이길 바라는 것 같습니까?" 포와로가 물었다.

"남편이 아내를 살해한 건가, 아니면 아내가 남편을 살해한 건가 이 두 가지 가운데서 말이죠? 그건 모르겠어요."

"하긴 부인도 잘 모르겠죠. 아주 복잡한 문젠데. 부인은 오찬회에 갔다가 집으로 돌아왔습니다. 그런데 아주 곤란한—아니, 거의 불가능한 일을 해달라는 부탁을 받고 말이죠. 그 문제를 해결하는 데 가장 적당한 방법이 무엇일까 생각해 봤겠죠?"

"당신은 어떻게 하는 것이 가장 적당한 방법이라고 생각하세요?"

"정말 뭐라고 대답하기가 곤란하군요. 난 여자가 아니라서—우연히 파티에서 만난 잘 알지도 못하는 여자가 부인에게 문제를 불쑥 꺼내서는, 구체적인 이유도 설명해 주지 않고서 해결해 달라고 한 거란 말입니다."

"맞아요. 그럼, 전 어떻게 해야 하죠? 다시 말해서, 당신이 신문에서 그런 기사를 읽었다면 가장 먼저 무엇을 하시겠냐고 하는 거예요."

"글쎄, 먼저 할 수 있는 일이 세 가지 있지요. 먼저 버튼콕스 부인에게, '미안하지만, 난 부인을 도와줄 수가 없습니다.' 하고 편지를 쓰는 겁니다. 또 한 가지는, 부인이 대녀를 만나서 그녀가 결혼하려는 젊은이의 어머니에게 부탁받은 문제를 사실대로 털어놓는 거죠. 부인의 대녀가 그 젊은이와 정말 결혼할 마음이 있다면 뭔가를 알아낼 수 있을 겁니다.

이를테면 그 대녀가 어떤 생각을 갖고 있는지, 또는 그 젊은이가 대녀에게 자기 어머니의 정신이 좀 이상하다는 등 뭐라고 얘기했는지도 알 수 있겠죠. 게다가, 이 방법엔 또 다른 재미있는 점이 있어요. 부인의 대녀가 결혼하려는 젊은이의 어머니에 대해서 어떻게 생각하는지 알아낼 수 있다는 겁니다. 세 번째로 부인이 할 수 있는 건—난 부인에게 이렇게 하라고 강력하게 권하고 싶습니다만. 그건—"

"무슨 말을 하실지 저도 알아요."

"가만히 있으라는 겁니다." 포와로가 말했다.

"저도 그것이 간단하면서도 적절한 방법이라는 건 알고 있어요. 가만히 있는 것이 말이죠. 제가 대녀를 찾아가서, 장차 그 애 시어머니 될 여자가 사람들에게 이런저런 걸 물어보고 다닌다고 얘기한다는 건 너무 뻔뻔스러운 일이에요. 하지만—."

"그런 게 인간의 호기심이죠." 포와로가 말했다.

"도대체 그 얄미운 여자가 왜 제게 와서 그런 얘길 했는지 궁금해요. 예전엔 마음을 편안하게 갖고 모든 걸 잊을 수 있었어요. 하지만 지금은 그 이유를 알기 전엔—."

"부인은 잠도 자지 못할 겁니다. 한밤중에도 눈을 또렷하게 뜨고서, 당장이라도 아주 근사한 범죄소설로 옮겨 쓸 수 있다는 기묘하고도 엄청난 생각을 하겠죠. 소름이 오싹 끼치는 추리소설 같은 것 말입니다."

"글쎄, 그런 쪽으로도 생각할 수 있겠죠."

올리버 부인은 눈을 반짝거리며 말했다.

"하지만 손대지 마십시오. 소설로 써 놓으면 너무 어려운 내용이 될 겁니다. 내가 보기엔 소설의 주제로는 적합하지 못한 것 같아요."

"하지만 전 그것이 적당하지 않다는 걸 확인해 보고 싶어요."

"그게 바로 인간의 호기심이지." 포와로가 말했다.

"호기심이라는 건 아주 흥미로운 겁니다."

그는 한숨을 쉬었다.

"역사를 통해서 우리가 그 호기심으로부터 어떤 혜택을 받았는지 생각해 봅시다. 호기심—도대체 누가 호기심을 발명해냈을까요. 대개는 고양이와 결부시켜 말들을 하죠. 호기심이 고양이를 죽였다고 말입니다. 하지만 내가 보기엔 그리스인들이 호기심의 창조자인 것 같습니다. 그 사람들은 뭐든지 알고 싶어 했죠. 그들 세대 이전의 사람들은 그렇게 꼬치꼬치 알고 싶어하지 않았다고 합니다. 단지 자기들이 살고 있는 나라의 법률과 어떻게 하면 사형이나 말뚝에 꿰찌르는 형벌처럼 끔찍한 일을 피할 수 있을까 하는 정도만 궁금하게 여겼다는군요.

하지만 그 시대의 사람들도 복종하기도 했으며 그렇지 않기도 했습니다. 그런데 뭣 때문에 자신이 복종하거나 거역하는 건지 까닭을 알려고 들지 않은 겁니다. 하지만 그 뒤 세대의 사람들은 그 까닭을 알고 싶어했으며, 또 그 때문에 일어나는 여러 가지 일들을 궁금하게 여겼죠.

그래서 배, 비행기, 수소폭탄과 페니실린, 그 밖에 여러 질병을 치료하는 약들이 생겨났습니다. 어떤 소년이 수증기 때문에 주전자 뚜껑이 오르락내리락 하는 걸 보고 기차를 발명했습니다. 그리고 그 결과 철도 파업이 일어나게 되었죠. 이와 같은 일들이 수없이 많답니다."

"당신은 제가 끔찍하게도 오지랖 넓은 여자라고 생각하시죠?"

"아, 그렇지는 않습니다. 대체적으로 부인은 호기심이 많은 사람 같진 않아요. 부인은 문인 오찬회에서 몹시 흥분한 상태에 있었으며, 지나친 친절과 찬사를 피하려고 애썼습니다. 대신에 아주 불쾌한 인물을 만나서 곤란한 입장에 빠지게 된 거죠."

"맞아요. 그 여잔 정말 성가시고 불쾌한 사람이에요."

"오래전에, 겉으로 보기엔 다정하고 문제가 없는 부부가 함께 죽었습니다. 그런데 그 사건의 진상을 아는 사람이 아무도 없다는 거 아닙니까?"

"그들 부부는 총에 맞아 죽었어요. 그건 틀림없는 사실이에요. 동반 자살로 볼 수도 있죠. 경찰에서도 처음엔 그렇게 생각했던 것 같아요. 물론, 지금은 너무 오랜 시간이 흘렀기 때문에 어느 누구도 그 사건에 대해서 알아낼 수 없을 테지만."

"아, 그렇습니까? 난 그 사건에 대해서 몇 가지 알아낼 수 있을 것 같은데."

"당신의 재미있는 친구들을 통해서 말인가요?"

"그 친구들을 그렇게 부르고 싶진 않아요. 그들은 통찰력이 있는 친구들이랍니다. 그 사건에 대한 기록을 손에 넣을 수도 있고, 사건 당시의 보고서를 조사해 볼 수도 있어요. 또 내가 다른 기록을 얻을 수 있는 접근방법을 알려 주기도 하죠."

"뭔가를 알아내시면 제게도 알려주세요."

올리버 부인이 기대에 찬 목소리로 말했다.

"그럽시다. 어쨌든 부인이 그 사건의 진상을 알아내는 데 도움을 줄 수 있을 겁니다. 좀 시간이 걸리긴 하겠지만." 포와로가 말했다.

"당신이 도와주신다면(전 당신이 도와주시기를 바라요) 저 스스로도 몇 가지 알아낼 수 있을 거예요. 먼저 대녀를 만나야겠어요. 그 애가 그 사건에 대해서 어느 정도 알고 있으며, 제가 장차 시어머니가 될 사람에 대해 혹평해도 괜찮은지, 또는 그 앨 도와줄 수 있는 다른 방법이 있는지 알아낼 수 있을 거예요. 그리고 그 애와 결혼할 거라는 청년도 만나봐야겠어요."

"아주 좋은 생각입니다." 포와로가 말했다.

"어쩌면 사람들이—."

올리버 부인은 말을 멈추고 이맛살을 찌푸렸다.

"아는 사람들이 별로 없을 겁니다." 에르큘 포와로가 말했다.

"벌써 오래전 사건이니까. 그 당시엔 유명한 사건이었겠지만, 유명한 사건이란 게 뭡니까. 깜짝 놀랄 만한 결과가 따르지 않는다면 그건 그 이상은 유명한 사건이 아니죠. 그러므로 그 사건을 기억하는 사람은 없을 거라는 겁니다."

"글쎄, 그건 당신 말이 맞아요. 신문에도 여러 차례 실렸고, 얼마 동안은 사람들 입에 계속 오르내리긴 했지만, 어느새 흐지부지되고 말았으니까요. 글쎄, 요즘에 일어나는 사건들도 대개 그런 식이죠. 언젠가 있었던 그 소녀 사건도 그랬잖아요. 어떤 소녀가 집을 나가서 행방불명이 되었어요. 5~6년 전에 있었던 일이죠. 그런데, 한 남자아이가 모래더미인지 자갈채취장 같은데서 놀다가 그 소녀의 시체를 발견한 거예요. 5~6년이 지난 뒤에 말이죠."

올리버 부인이 말했다.

"그런 일이 있었죠. 그리고 그 시체를 검사해서 죽은 지 얼마나 됐으며, 사건 당일에 무슨 일이 있었는지, 또 기록에 있는 다른 여러 가지 사건들을 다시 조사해서 범인을 밝혀낼 수도 있습니다. 하지만, 지금 부인이 말하는 문젠 좀 성격이 다르죠. 대답은 두 가지 가운데 하나일 테니까 말입니다. 남편이 아내를 미워해서 없애버린 건지, 아니면 아내가 남편을 싫어했던가, 또는 다른 애인이 있었던 건지도 모르죠.

그러므로 그 사건은 정열에서 우러난 범죄였을 수도 있고, 또 성격이 다른 범죄였을 수도 있습니다. 이를테면, 아무것도 알아내지 못할 수도 있다는 말입니다. 경찰이 그 당시에 밝혀내지 못했다면, 사건의 동기는 쉽게 찾을 수 없는 아주 까다로운 것일 겁니다. 그러면 결국 그렇고 그런 일로 되는 거죠"

"전, 대녀를 찾을 수 있을 거예요. 아마 제게 접근한 그 얄미운 여자도 제가 그러기를 바랄 거예요. 그 여잔 실라이는 잘 알고 있을 거라고 생각하는 것 같았어요—하긴, 그 애는 알고 있을지도 모르죠"

올리버 부인이 계속 말했다.

"당신도 알다시피, 아이들이란 그렇잖아요. 아주 기묘한 일들을 기억하는 경우가 있죠."

"그 사건이 일어났을 당시에 부인의 대녀는 몇 살쯤 되었습니까?"

"글쎄, 아홉 살이나 열 살 정도 되었을 거예요. 아니, 더 많았던 것 같기도 하군요. 당시에 그 앤 학교에 가고 없었어요. 하지만 그건 신문에 난 기사를 기억하고서 제가 막연히 상상하는 건지도 모르겠군요."

"그런데 버튼콕스 부인은 당신이 대녀에게서 사실을 알아내주기를 바라는 거 아닙니까? 어쩌면 부인의 대녀가 뭔가를 알고 있어서 남자친구에게 그 얘길 했으며, 또 그 젊은이는 어머니에게 얘기했을지도 모르죠. 버튼콕스 부인은 그녀에게 직접 물어보려고 했지만 뜻대로 되지 않자, 그녀의 대모이며 범죄 지식이 풍부한 그 유명한 올리버 부인이라면 알고 있을 거라고 생각하고 부인에게 접근했을 수도 있습니다. 하지만 그 사건이 그 부인에게 왜 중요하다는 건지 이해할 수 없군요. 그리고 부인은 막연하게 이렇게 오랜 시간이 지난 뒤에도 도와줄 수 있는 '사람들'이 있을 거라고 했지만, 난 그렇게 생각지 않습니다. 도대체 누가 그 사건을 기억하고 있겠습니까?"

"글쎄, 기억하는 사람들이 있을 것도 같아요."

"무슨 말인지 모르겠는데."

포와로는 좀 당황한 얼굴로 그녀를 쳐다보았다.

"사람들이 기억하고 있다고요?"

"사실 전 코끼리를 생각하고 있었어요."

"코끼리?"

전에도 느낀 거지만, 올리버 부인은 도대체 종잡을 수 없는 여자라는 생각이 새삼 들었다.

"어제 오찬회에서 코끼리 생각을 했어요." 올리버 부인이 말했다.

"왜 코끼리 생각을 하게 됐습니까?"

포와로가 좀 호기심 어린 목소리로 물었다.

"사실 전 치아에 대해서 생각하고 있었어요. 음식을 먹으려고 하는데 틀니를 했다면—글쎄, 제대로 먹을 수가 없죠. 먹을 수 있는 음식과 먹을 수 없는 음식을 가려서 먹어야 하니까요."

"아!" 포와로가 깊은 한숨을 내쉬었다.

"그건 그렇지. 치과의사가 많은 걸 해줄 수 있겠지만, 모든 걸 해줄 수 있는 건 아니지요."

"맞아요. 전 우리 인간의 치아는 뼈로 되어 있기 때문에 그렇게 튼튼하지 못하다는 생각을 했어요. 우리도 개처럼 진짜 상아질 치아를 갖고 있으면 얼마나 좋을까요. 그러고는, 어떤 동물들이 상아질 치아를 갖고 있나 생각해 봤죠. 해마와 그 밖에 몇몇 동물들이 떠오르더군요. 그러다가 코끼리 생각을 하게 되었죠. 상아 하면 누구든지 코끼리를 떠올리지 않나요? 거대한 코끼리 엄니 말이에요."

"그렇죠."

포와로가 말했다. 하지만 그는 올리버 부인이 무엇을 말하려는 건지 아직도 파악할 수가 없었다.

"그래서 말인데, 우리가 코끼리와 비슷한 사람들을 만나볼 필요가 있다고 생각해요. 사람들 말에 따르면, 코끼리는 잘 잊어버리지 않는다고 하거든요."

"나도 그런 얘길 들은 적이 있긴 합니다."

포와로가 말했다.

"코끼리는 잊어버리지 않는대요. 왜 아이들이 하는 얘기가 있잖아요? 인도의 어떤 재단사가 바늘인가 뭔가로 코끼리의 엄니를 찔렀대요. 아니, 엄니가 아니라 몸통이에요. 코끼리의 몸통을 찔렀대요. 그런데 세월이 흐른 뒤에 그 코끼리는 물을 한입 가득 넣고 지나가다가 그 재단사에게 물을 뿜어댔어요.

몇 년 동안이나 재단사를 보지 못했는데도 말이에요. 코끼리는 잊어버리지 않았던 거예요. 기억하고 있었던 거죠. 이것이 중요한 사실이에요. 코끼리가 기억하고 있다는 것. 그래서 전—전 몇몇 코끼리를 만나볼 생각이에요."

"무슨 말을 하는 건지 도무지 모르겠군요. 도대체 어떤 사람들을 코끼리로 분류하는 겁니까? 정보를 얻으러 동물원으로 가겠다는 소리처럼 들리는군요."

포와로가 말했다.

"그런 게 아니에요. 진짜 코끼리를 만나겠다는 게 아니라, 코끼리와 비슷한 사람을 만나겠다는 거예요. 뛰어나게 기억력이 좋은 사람들이 몇몇 있으니까요. 사실, 사람들은 묘한 일들을 기억하고 있죠. 저도 오래전 일이지만 또렷하게 기억하는 일이 몇 가지 있어요. 이를테면, 다섯 살 때 갔었던 생일 파티와 분홍색 케이크가 잊히지 않아요—정말 예쁜 케이크였어요. 그 위엔 설탕으로 만들어진 새 한 마리가 있었죠. 그리고 카나리아 새가 날아가 버려서 몹시 울었던 날짜도 기억하고 있어요. 또 언젠가 들판에 나가보니 황소 한 마리가 있었는데, 사람들은 그 황소가 절 들이받을 거라고 했어요.

그때 제가 겁에 질려서 있는 힘껏 들판을 뛰어나오던 일도 생생하게 기억하고 있어요. 뭣 때문에 그날이 화요일이었다는 걸 기억하고 있는지 모르겠지만, 아무튼 그날은 화요일이었어요. 또, 검은 딸기를 따러 갔었던 즐거운 소풍도 생생하게 기억나고요. 그때, 전 여러 군데 찔리긴 했지만 다른 친구들보다 검은 딸기를 많이 땄죠. 정말 즐거웠어요! 그때 전 아홉 살이었어요. 하지만 그렇게 오래전 일까지 거슬러 올라갈 필요는 없죠.

전 지금까지 수없이 많은 결혼식장에 다녀왔지만, 특별하게 머리에 남아 있는 건 단지 두 결혼식뿐이에요. 그 가운데 하나는 제가 신부의 들러리를 섰죠. 뉴포리스트에서 했었던 것 같은데, 누구의 결혼식이었는지는 잘 생각나지 않아요. 사촌의 결혼식이었던 것 같기도 하군요. 신부는 제가 잘 아는 사람이 아니었지만, 그녀가 여러 명의 들러리를 세우고 싶어했기 때문에 저도 나서게 됐던 것 같아요. 그렇지만, 또 하나의 결혼식은 뚜렷하게 기억하고 있어요.

해군에 있는 친구의 결혼식이었죠. 그는 결혼하기 바로 전에 잠수함에 탔다가 물에 빠졌는데 간신히 살아남아 죽을 고비를 넘겼어요. 그래서 신부 측에서는 두 사람의 결혼을 반대했어요. 하지만 끝내 그는 그녀와 결혼했고, 전 그 결혼식장에서 신부의 들러리를 섰죠. 제가 말하려는 건, 누구든지 오랫동안 기억하고 있는 일이 있게 마련이라는 거예요."

"무슨 말인지 알겠소. 재미있는 얘기군. 그래서 부인이 코끼리를 찾아나서겠다는 겁니까?"

"그래요. 정확한 날짜를 알아야 할 필요가 있어요."

"내가 도움을 줄 수 있었으면 좋겠는데."

"당시에 제가 알고 있었던 사람들을 생각해 봐야겠어요. 저와 제 친구가 알고 있었던 사람들과, 그 뭐라고 하는 장군이 알고 있었던 사람들에 대해서 말이에요. 또, 그 두 사람이 외국에 있는 동안 알고 지냈던 사람들도 있을 거예요. 비록 아주 오랫동안 보진 못했지만 전 알아볼 수 있어요. 오랫동안 만나지 않은 사람들을 찾아가 보기도 해야겠죠. 누구나 과거 속의 사람들을 만나는 걸 좋아할 거예요. 비록 찾아온 사람에 대해서 잘 기억하고 있지 못하더라도 말이에요. 그리곤 그날 있었던 일들과 서로가 기억하는 얘길 하게 되겠죠."

"아주 재미있겠군. 부인은 지금 말한 일들을 아주 잘해낼 겁니다. 래븐스크로프트 부부를 잘 알고 있거나 조금이라도 알고 있는 사람들, 그리고 그 사건이 일어난 곳에서 살았던 사람들과 그곳에서 머물고 있었던 사람들이 있죠. 조금 어렵긴 하겠지만, 알아낼 수 있을 거라고 봅니다. 그래서, 어떻게든 다른 문제에 접근하는 거죠. 당시에 일어났었던 일에 대해서 몇 가지만 말해 주면 일어났었던 것 같은 일, 또 어떤 사람은 아마 일어났을지도 모르는 일에 대해서까지도 얘기해 줄 겁니다. 또, 그들 부부의 애정문제나 누군가가 물려받았을지도 모르는 재산에 대한 얘기도 듣게 되겠죠. 부인이라면 많은 사실들을 그러모을 수 있을 겁니다."

"맙소사, 절 정말 오지랖 넓은 여자로 생각하시는 모양이군요."

"부인은 이미 명령을 받았습니다. 부인이 좋아하지 않으며, 친절을 베풀고 싶지 않은 아주 싫어하는 사람으로부터 명령을 받았지요. 하지만 그건 문제가 되지 않습니다. 부인은 아직도 탐색중입니다—지식에 대한 탐색 말이죠. 또, 자신의 이론을 갖고 있습니다. 코끼리에 대한 이론. 코끼리는 아마 기억하고 있을 겁니다. 멋진 항해가 되길 바랍니다."

"무슨 말씀이세요?" 올리버 부인이 말했다.

"부인을 발견의 항해에 보내면서 하는 말입니다. 코끼리 발견을 위한 항해."

"미칠 것 같아요."

올리버 부인이 우울한 목소리로 말했다. 그녀가 다시 손가락으로 머리칼을 쓸어넘기자, 마치 스트루웰피터의 오래된 그림책에 나오는 사람처럼 보였다.

"전 황금사냥개에 대한 소설을 써볼까 생각하고 있었는데, 뜻대로 되지 않아요. 시작을 어떻게 해야 좋을지 도무지 생각이 떠오르지 않는군요."

"황금사냥개는 포기하고, 코끼리 문제에만 전념하십시오."

제1부 코끼리
제3장

앨리스 대고모의 안내

"주소록 좀 찾아주겠어요, 리빙스턴 양?"

"책상 위에 있어요, 올리버 부인. 왼쪽 구석을 보세요."

"그 주소록이 아니라—그건 요즘에 쓰는 거고. 작년 주소록 말이에요. 작년 거나, 아니면 재작년 거라도."

"버리지 않으셨나요?" 리빙스턴 양이 넌지시 말했다.

"난 주소록 같은 건 버리지 않아요. 새 주소록에 옮겨적지 않은 주소들 중에서도 찾아보고 싶은 것이 종종 있거든. 아마 2층장 서랍 안에 있을 거예요."

리빙스턴 양은 세직 양 후임으로 새로 온 비서였다.

애리어든 올리버는 세직 양이 아쉬웠다. 그녀는 올리버 부인이 물건을 어디에 놓아두며, 어디에 보관해 두는지 잘 알고 있었다. 또, 올리버 부인이 친절하게 편지를 써보내는 사람들과 참을 수 없을 만큼 재촉을 받아서 좀 거친 표현으로 답장을 써보내는 사람들의 이름까지도 기억하고 있었다. 그녀는 유능했다. 아니, 유능했었다.

'그녀가 그 주소록을 뭐라고 불렀었는데?'

올리버 부인은 속으로 생각하면서 중얼거렸다.

"아, 그래, 커다란 갈색 노트였어. 빅토리아 시대 사람들은 모두 그런 노트를 갖고 있었지. 〈가정 상식〉, 마에 묻은 녹물 자국 없애는 방법과 마요네즈를 엉기게 하는 요령, 그리고 주교에게 기탄없이 편지를 쓰는 법 등이 쓰여 있었어. 〈가정 상식〉엔 그 밖에도 여러 가지 것들이 실려 있었지." 앨리스 대고모의 중요한 예비물이기도 했다.

세직 양은 앨리스 대고모의 책만큼 자신이 맡은 일을 잘해냈다. 하지만 리빙스턴 양은 그것만 훨씬 못했다. 그녀는 창백한 피부에 아주 긴 얼굴을 갖고 있었는데, 애써 유능한 표정을 지어 보이며 서 있었다. 그녀 얼굴의 주름 하나하나가, "난 아주 유능한 사람이에요." 하고 말하는 것 같았다. 하지만 사실은 그렇지가 않다는 걸 올리버 부인은 잘 알고 있었다.

리빙스턴 양은 단지 전임자가 물건을 보관해 둔 장소와, 올리버 부인이 보관해 둬야 한다고 생각하는 장소들만 알고 있을 뿐이었다.

올리버 부인은 응석부리는 어린아이에게 하는 것처럼 엄격하게 말했다.

"내가 찾는 건, 1970년도 주소록이에요. 1969년 거도 괜찮고, 될 수 있는 대로 빨리 찾아주겠어요?"

"알겠습니다." 리빙스턴 양이 말했다.

리빙스턴 양은 생전 처음 들어보는 물건을 찾아야 하는 사람처럼 좀 멍청한 얼굴로 서 있었다. 하지만 그 얼굴엔 요행으로 능력이 생겨나길 기대하는 표정이 섞여 있었다.

'세직 양을 다시 부르지 않는다면 미쳐버리겠군.'

올리버 부인은 속으로 생각했다. 세직 양 없이는 이 일을 할 수 없을 것 같았다.

리빙스턴 양은 올리버 부인의 서재 겸 사무실에 있는 가구의 서랍이란 서랍을 모조리 열어보기 시작했다.

"여기에 작년 주소록이 있네요." 리빙스턴 양이 활기찬 목소리로 말했다.

"오, 이건 너무 최근 거죠? 1971년도 거니까."

"1971년도 주소록을 찾는 게 아니잖아요." 올리버 부인이 말했다.

어렴풋한 생각과 기억들이 그녀에게 떠올랐다.

"차(茶)를 넣어두는 테이블 속을 찾아봐요."

리빙스턴 양은 걱정스러운 얼굴로 둘러보았다.

"저쪽에 있는 테이블 말이에요."

올리버 부인은 손가락으로 가리키며 말했다.

"사무용품이 차를 넣어두는 테이블에 있을 리가 없잖아요."

리빙스턴 양은 고용주에게 생활의 일반적인 면을 지적해 주었다.

"아니, 있을지도 몰라요. 어렴풋하게 기억나는 게 있어요."

그녀는 리빙스턴 양을 옆으로 밀어젖히고 차를 넣어두는 테이블로 가서 뚜껑을 열고 매력적인 상감세공이 된 안쪽을 들여다보았다.

"여기 있군."

올리버 부인은 홍차에 필적할 만한 중국산 차를 넣어두기 위해 만든 둥그런 종이상자의 뚜껑을 열고서 끝이 말려 올라가 있는 조그만 갈색 노트를 꺼냈다.

"바로 이거예요." 그녀가 말했다.

"그건 1968년도 주소록이에요, 올리버 부인. 4년 전 거잖아요."

"괜찮아요."

올리버 부인은 그 노트를 들고 책상으로 돌아왔다.

"이젠 됐어요, 리빙스턴 양. 그리고 생일 수첩이 어디 있는지 알고 있어요?"

"잘 모르는데요……."

"지금은 보지 않지만, 전엔 자주 봤죠. 아주 커다란 노트인데, 내가 어렸을 때부터 써온 오래된 거예요. 아마 2층 다락방에 있을 거예요. 휴일에 남자아이들이나 친구들이 놀러왔을 때 임시로 쓰는 방 있잖아요. 침대 옆에 있는 상자나 책상 같은 델 찾아봐요."

"알겠어요. 올라가서 찾아보죠."

"그렇게 해요." 올리버 부인이 말했다.

리빙스턴 양이 밖으로 나가고 나니 기분이 좀 밝아지는 것 같았다.

올리버 부인은 그녀가 나간 문을 꼭 닫고는 책상에 앉아서 잉크 글씨가 희미해진 주소록을 들춰보았다. 은은하게 차 냄새가 풍겨났다.

"래븐스크로프트. 실리아 래븐스크로프트. 그래, 남서구 3가 피세이크레 뮤스 14번지. 이건 첼시의 주소인데. 한동안 여기에 살았었지. 하지만 다른 데로 이사했어. 큐 브리지 근처의 스트랜드온더그린인가 어디였지 아마."

올리버 부인은 몇 장을 더 넘겼다.

"아, 그래, 이것이 나중에 이사한 주소 같군. 마다이크 그로브 펄햄 로(路)에서 조금 떨어진 곳이지. 거기 근처 어디야. 전화번호가 있었던가? 지워버렸군. 하지만 맞을 거야―플랙맨……이 번호로 걸어봐야지."

그녀가 전화기 쪽으로 다가가는데 문이 열리며 리빙스턴 양이 들어왔다.

"혹시ㅡ."

"내가 찾는 주소를 찾아냈어요." 올리버 부인이 말했다.

"그러니 리빙스턴 양은 생일 노트를 계속 찾아봐요. 중요한 일이에요."

"혹시 실리 하우스에 계실 때 두고 오시지 않았나요?"

"두고 오지 않았어요. 계속 찾아봐요." 올리버 부인이 말했다.

문이 닫히고 나자 그녀는 웅얼거리듯이 말했다.

"그 일이 좋아질 때까지 계속 찾아보라고."

올리버 부인은 다이얼을 돌리고 나서 기다리는 동안 문을 열고 계단 쪽을 향해 소리쳤다.

"스페인풍의 상자를 찾아봐요. 가장자리가 청동으로 장식된 거 있잖아요. 어디에 놔뒀는지 기억나지 않지만 홀의 테이블 밑을 한번 잘 찾아봐요."

올리버 부인이 처음 건 전화는 성공하지 못했다. 스미스 포터 부인이 직접 받았는데, 그녀는 불친절하고 짜증스럽게 전에 살던 사람이 지금 어디에 있는지 모른다고 했다.

올리버 부인은 다시 한 번 주소록을 자세히 살펴보았다.

두 개의 주소를 더 찾아냈지만, 그 위에 성급하게 다른 전화번호를 휘갈겨 써놓았기 때문에 도저히 알아볼 수가 없었다. 하지만 다시 자세히 살펴보니 옆줄을 그은 사이로 래븐스크로프트라는 이름의 머리글자와 주소 글씨가 희미하게 나타나 보였다.

어떤 목소리가 실리아를 알고 있다고 했다.

"하지만 오래전에 이사를 갔는데요. 뉴캐슬에 있다는 소식은 들었는데 그다음엔 어떻게 됐는지 잘 몰라요."

"미안하지만, 그곳 주소를 알 수 없을까요?"

"모르겠네요." 그 친절한 처녀가 말했다.

"어떤 수의사의 비서로 갔다는 것 같은데."

그 목소리는 자신 없는 듯한 목소리였다. 올리버 부인은 한두 차례 더 시도해 보았다. 최근의 주소록 두 권은 쓸모가 없었기 때문에 그녀는 더 오래된 것을 찾아보았다.

마지막 노트인 1962년도 주소록을 살펴보다가 올리버 부인은 뜻밖의 대성공을 거두었다.

"아, 실리아 말이군요. 실리아 래븐스크로프트였죠? 아니면, 핀치웰(색의 종류)이었던가요?"

올리버 부인은 잠시 가만히 있다가, "아니에요. 레드브레스트(울새)도 아니고요." 하고 대답했다.

"아주 똑똑한 아가씨였어요. 1년 반 정도 나와 함께 일했는데, 정말 똑똑한 아가씨였죠. 더 오래 있어 주길 바랐는데, 할리가(街)의 어딘가로 가버렸어요. 정확한 주소는 모르겠군요. 잠깐만—."

이름을 모르는 부인은 무엇을 찾는지 한참 뒤에 말을 꺼냈다.

"여기에 주소가 있군요. 아일링턴 어디인 것 같은데, 이 정도로 찾을 수 있겠어요?"

올리버 부인은 찾을 수 있다고 말하고는, 정말 고맙다고 인사를 하면서 그 주소를 받아적었다.

"사람들의 주소를 찾아낸다는 건 정말 어려운 일이에요. 대개는 엽서 따위에 주소를 적어 보내오잖아요. 하지만 난 늘 그런 우편물을 잃어버린답니다."

올리버 부인은 자신도 그 점 때문에 애를 먹고 있다고 말했다. 그녀는 어렵게 아일링턴의 번호로 전화를 걸었다.

아주 묵직한 외국인 목소리가 대답했다.

"그러니까—아니, 무슨 말이세요? 예, 누구라고요?"

"실리아 래븐스크로프트 양이 거기에 사느냐고 물었어요."

"아, 그래요, 맞아요. 그녀가 여기에 살아요. 2층 방에 살고 있죠. 하지만 지금은 나가고 없어요."

"저녁 늦게 들어오나요?"

"아, 일찍 들어올 거예요. 왔다가 파티용 옷을 갈아입고 다시 나갈 거예요."

올리버 부인은 알려줘서 고맙다고 인사하고는 전화를 끊었다.

"정말—, 젊은 여자들이란!" 올리버 부인은 부아가 치밀었다.

그녀는 대녀인 실리아를 마지막으로 본 지가 얼마나 되었는지 곰곰 생각해 보았다. 도저히 생각나지 않았다. 그것이 문제였다.

실리아는 지금 런던에 있을 거라고 그녀는 생각했다. 실리아의 남자친구가 런던에 있다면, 아니 그 남자 친구의 어머니가 런던에 있다면, 세 사람은 모두 런던에 있을 것이다. 아, 이런 생각을 하면 머리가 아팠다.

"리빙스턴 양?"

올리버 부인은 고개를 흔들었다.

몸 전체에 거미줄과 먼지를 뒤집어써서 다른 사람처럼 보이는 리빙스턴 양이 먼지투성이인 책더미를 안고서 귀찮다는 표정으로 문가에 서 있었다.

"이 가운데서 부인이 찾는 게 어떤 건지 모르겠네요, 올리버 부인. 모두 오래된 것들이에요." 그녀는 투덜거리듯이 말했다.

"됐어요."

"어떤 걸 찾는 건지 잘 몰라서요."

"됐어요. 소파 구석에 갖다놓으면 내가 오늘 저녁에 찾아보겠어요."

모든 일에 불만투성이인 리빙스턴 양이 말했다.

"알겠습니다, 올리버 부인. 그런데 먼저 이 책의 먼지를 털어야겠어요."

"그렇게 해주면 고맙지."

올리버 부인은 잠시 가만히 있다가 말을 이었다.

"그리고 리빙스턴 양도 먼지를 털어야겠어요. 왼쪽 귀에 거미줄이 여섯 개나 달려 있어요."

그녀는 시계를 흘끗 보고 나서는 다시 아일링턴 번호로 전화를 걸었다.

이번에 전화를 받은 목소리는 순수한 앵글로 색슨계 사람으로서, 또렷하고 날카로운 말투였다. 올리버 부인은 만족스러웠다.

"래븐스크로프트 양? 아가씨가 실리아 래븐스크로프트 양인가요?"

"예, 제가 실리아 래븐스크로프트예요."

"아마 날 기억하지 못할 거야. 나는 올리버 부인이라고 해. 애리어든 올리버. 오랫동안 만나지 못했지만, 실리아의 대모야?"

"아, 알아요. 제가 왜 모르겠어요. 정말 너무 오랜만이군요."

"실리아를 만나고 싶은데. 나 있는 곳으로 와줘도 좋고, 아니면 다른 곳에서라도 괜찮아. 우리 집으로 식사하러 올 수 있을까?"

"글쎄, 지금은 좀 곤란해요. 근무 중이거든요. 대모님이 좋으시다면, 오늘 저녁엔 갈 수 있어요. 7시 반이나 8시쯤 어때요? 나중에 약속이 있긴 하지만……."

"난 괜찮아." 올리버 부인이 말했다.

"그럼, 그때 가겠어요."

"우리 집 주소를 알려줘야지."

올리버 부인은 자기 집 주소를 말해 주었다.

"됐어요. 찾아갈 수 있어요. 제가 아주 잘 아는 곳이군요."

올리버 부인은 전화 메모지에다 간단하게 기록해 놓고는 좀 귀찮다는 얼굴로 리빙스턴 양을 쳐다보았다. 그녀는 낑낑거리며 커다란 앨범을 들고서 방금 방으로 들어왔다.

"혹시 여기에도 찾아보실 것이 있는지 몰라서요, 올리버 부인."

"아니, 없어요. 그건 요리법을 모아놓은 거예요."

"맙소사, 그렇군요."

"글쎄, 몇 가지 볼 게 있을지도 모르겠군."

올리버 부인은 그 앨범을 낚아채듯이 받아들었다.

"가서 다른 델 찾아봐요. 리넨 찬장 근처 같은 데 말이에요. 목욕실 바로 옆방도 찾아보고 목욕수건을 놔두는 맨 꼭대기 선반도 한번 봐요. 가끔 거기에다 책이나 서류들을 끼워두곤 하니까. 잠깐만, 내가 올라가서 찾아보지."

10분 뒤에 올리버 부인은 낡은 앨범을 들여다보고 있었다. 마지막 헌신적인 단계에까지 이른 리빙스턴 양이 문 옆에 서 있었다.

올리버 부인은 그렇게 고통스러워하는 모습을 차마 볼 수 없어서 말했다.

"됐어요. 식당 책상을 찾아봐요. 한쪽이 조금 부서진 오래된 것 말이에요. 주소록이 더 있나 잘 살펴봐요. 아주 오래된 것도 좋아요. 10년이 넘는 것도 쓸모가 있을 때가 있으니까. 그리고 다음엔—오늘은 더 이상 할 일이 없어요."

리빙스턴 양이 밖으로 나갔다.

올리버 부인은 의자에 앉으면서 깊은 한숨을 내쉬었다. 그리고 생일 노트를 자세히 들여다보았다.

"누가 더 반가워할까? 그 애일까, 아니면 내가 더 반가워할까? 실리아가 다녀가고 나면, 난 저녁시간을 아주 분주하게 보내야 하겠지."

올리버 부인은 책더미 속에서 새 연습장을 꺼내 책상 옆의 작은 테이블 위에 올려놓았다. 그러고는 여러 개의 날짜들과 가능한 주소, 이름을 적고 나선 전화번호부에서 한두 가지 더 찾아본 다음 에르큘 포와로에게 전화를 걸었다.

"아, 포와로 씨?"

"그렇소, 부인, 바로 납니다."

"무슨 일이라도 하셨어요?"

"그게 무슨 말입니까?—내가 무슨 일을 하다니?"

"아무 일이나요. 제가 어제 부탁한 일 말이에요."

"아, 물론이지요. 행동에 옮길 몇 가지 일들을 알아냈소. 조사에 착수할 만반의 준비를 갖춰놓았어요."

"그럼, 아직 조사해 보진 않으셨군요."

무슨 일을 하겠다는 남자들의 의견을 무시하는 버릇이 있는 올리버 부인이 말했다.

"부인은?"

"전 아주 바쁘게 보냈어요."

"그래 무슨 일을 했소, 부인?"

"코끼리를 모았어요. 무슨 뜻인지 아시겠어요?"

"알 것도 같구먼."

"과거의 일을 조사한다는 건 쉬운 일이 아니에요. 주소록을 보고 있노라면, 자신이 그렇게 많은 사람들을 기억하고 있다는 사실에 놀라움을 금치 못하죠. 어처구니없게도 사람들은 때때로 어이없는 사실을 생일 노트에 써놓곤 해요. 열예닐곱 살에, 아니 서른 살이 넘어서까지도 뭣 때문에 생일 노트를 적었는지 모르겠어요. 해마다 그 특별한 날을 위해서 시 구절을 인용했죠. 그 가운데 몇 구절은 끔찍하게도 어리석은 거예요."

"조사하는 데 용기를 얻은 게로군요?"

"그렇진 않았어요. 하지만 제가 올바른 길을 가고 있다고 생각했죠. 대녀에게 전화를 걸어서—"

"아, 그럼, 대녀를 만나기로 했습니까?"

"그래요, 그 애가 저 있는 곳으로 온다고 했어요. 절 완전히 잊어버린 게 아니라면 오늘 밤 7시에서 8시 사이에 올 거예요. 하지만 모르는 일이죠. 젊은 사람들이란 믿을 만하지 못하니까요."

"부인이 전화를 거니까 대녀가 반가워하던가요?"

"모르겠어요. 특별히 반가워하는 것 같진 않았어요. 목소리가 좀 날카롭더군요—지금 생각해 보니, 그 앨 마지막으로 본 게 거의 10년이나 되었어요. 그때 그 앤 좀 무서웠죠."

"무서웠다고? 어떤 식으로 무서웠다는 말입니까?"

"제가 그 애에게 으스댔다기보다는 오히려 그 애가 제게 으스댔던 것 같아요."

"그건 나쁜 게 아니라 좋은 현상일 겁니다."

"그렇게 생각하세요?"

"사람들이 누굴 좋아하고 싶지 않다고 마음을 먹는다면, 절대로 그 사람을 좋아하게 되지 않죠. 그리고 상대방이 그 사실을 알아차린 것에 대해서 더욱 큰 즐거움을 느낀답니다. 이와 똑같이, 유쾌하고 친절하게 행동하려 마음먹는다면 자신이 하는 것보다 더 많이 상대방에게 알려주려 하게 되겠죠."

"저보고 그렇게 하라는 말씀인가요? 물론 일리 있는 말이긴 해요. 그러니까 상대방이 즐거워할 만한 얘기를 한다는 말이죠. 반대로 상대방을 귀찮게 여긴다면 귀찮아할 얘길 할 거고. 전 어느 때보다도 그 애가 다섯 살 때의 모습을 잘 기억하고 있어요. 실리아에게 보모 겸 가정교사가 있었는데, 그녀에게 부츠를 내던지곤 했죠."

"가정교사가 아이에게 던졌다는 겁니까, 아니면 아이가 가정교사에게 던졌다는 겁니까?"

"그야 아이가 가정교사에게 내던졌죠." 올리버 부인이 말했다.

그녀는 수화기를 내려놓고 소파로 다가가서 수북하게 쌓인 과거의 기록들을 들춰보았다. 그러고는 혼잣말로 사람들의 이름을 웅얼거렸다.

"마리아나 조세핀 포타리에—그래, 오랫동안 그녀 생각을 하지 않았군. 죽은 줄 알았지. 안나 브래이스바이—그래, 그녀는 외국에서 살고 있는데, 어딘지 잘 생각나지 않는군—."

이러는 사이에 시간은 계속 흘러갔다—올리버 부인은 벨 소리에 깜짝 놀랐다. 그녀는 나가서 문을 열어주었다.

제4장

실리아

키가 큰 처녀가 바깥 신발 닦는 깔개 위에 서 있었다.

잠시 동안 올리버 부인은 놀란 얼굴로 그녀를 쳐다보았다.

그래, 이 처녀가 실리아였던 것이다.

실리아는 생기 있고 활기에 넘치는 강한 인상을 주었다.

올리버 부인은 좀 생소한 느낌을 받았다. 개성이 강한 여성일 거라고 생각했다. 적극적이며, 다루기가 어려울 수도 있고, 어쩌면 위험스러울지도 모른다. 인생에 대해서 사명감을 갖고 있으며, 폭력에 의지하며, 어떤 주장 따위에 적극적으로 뛰어드는 여자들 가운데 한 사람.

하지만 재미있다. 정말 재미있는 처녀다.

"어서 와, 실리아. 정말 오랜만이구나. 마지막으로 본 게 어느 결혼식에서였지. 그때 넌 신부 들러리를 섰어. 살구색 시폰 옷에 커다란 꽃다발을 들고 있었지―무슨 꽃이었는지는 기억나지 않지만, 미역취 꽃이었던 것 같아."

"아마 미역취였을 거예요." 실리아 래븐스크로프트가 말했다.

"우린 건초열 때문에 재채기를 연거푸 해댔죠. 정말 끔찍한 결혼식이었어요. 생각나요. 마사 레그혼 결혼식이었죠? 신부 들러리들의 옷이 몹시 흉했어요. 저도 그렇게 보기 흉한 옷은 그때 처음 입어 봤죠."

"그래, 모두에게 어울리지 않았어. 그래도 그중 네가 가장 돋보였단다."

"칭찬해 주셔서 고마워요. 그땐 기분이 좋지 않았어요."

올리버 부인은 실리아에게 의자를 권하고는, 유리병 두개를 만지작거렸다.

"셰리주가 어떨까, 아니면 다른 것으로 할까?"

"아니, 셰리주가 좋아요."

"자, 여기 있다. 내가 갑작스럽게 전화를 걸어서 좀 이상하다는 생각을 하고 있을 거야." 올리버 부인이 말했다.

"아니, 그렇지 않아요. 뭐 특별나게 이상하다고 생각하진 않아요."

"그동안 내가 대모로서 네게 너무 무심했었지?"

"괜찮아요. 제가 이렇게 컸는데요 뭐."

"네 말이 맞다. 사람의 의무는 어느 시기가 되면 끝나게 되는 법이지. 난 정말 내 의무를 제대로 이행하지 못했어. 네 세례식에 갔었던 것도 기억하지 못하니까."

"대모님의 의무는 교리문답과 그 밖의 몇 가지를 배우게 하는 거라고 생각하는데요? 제 이름에서 악마와 악마의 행위를 부인하도록 말이에요."

실리아가 말했다.

익살스러운 미소가 희미하게 그녀의 입술에 떠올랐다. 실리아는 아주 상냥하면서도, 어떤 면으로는 좀 위험스러운 처녀라는 인상을 주었다.

"그럼, 내가 널 만나자고 한 까닭을 말하지. 모든 게 좀 특별하단다. 난 문학가 모임에 자주 나가는 편이 아닌데, 공교롭게도 그저께 모임에 나갔었어."

"알고 있어요. 신문에서 읽어거든요. 애리어든 올리버 부인이라고 대모님의 이름이 끼어 있더군요. 전 대모님이 그런 모임에 잘 나가시지 않는다는 걸 알기 때문에 좀 뜻밖이라는 생각을 했죠."

"차라리 가지 않았던 편이 훨씬 나았을 게다."

"재미있지 않았던 모양이죠?"

"그런 모임에 자주 나가지 않아선지 그런대로 재미는 있었어. 그래, 처음엔 누구나 즐거워하지. 하지만 그런 모임엔 골치 아픈 일들이 뒤따른단다."

"대모님에게도 골치 아픈 일이 있었던 모양이죠?"

"그래. 그리고 그 일이 이상하게도 너와 연관된 거란다. 글쎄, 난 무슨 일이 일어나는 걸 원치 않기 때문에 네게 사실대로 말해야겠다고 생각했어."

"흥미 있는 얘기일 것 같군요."

실리아는 이렇게 말하고는 셰리주를 홀짝였다.

"어떤 여자가(나도 모르는 여자고, 그 여자도 날 본 적이 없었어) 내게 다가와서 말을 걸더구나."

"글쎄, 그 정도의 일이야 대모님에겐 종종 있잖아요."

"그래, 그렇지. 그런 일이 작가로선 아주 곤란한 경우야. 사람들이 다가와선 이렇게 말하지. '부인 작품을 좋아하는데 이렇게 만나게 돼서 반가워요.'"

"저도 작가의 비서로 일한 적이 있기 때문에 그런 일에 대해선 어느 정도 알고 있어요. 정말 어렵죠."

"그래, 사실 무척 어려워. 그 모임에서도 그런 일이 몇 번 있었지만, 미리 준비를 해뒀기 때문에 용케 빠져올 수 있었단다. 그런데 그 여자가 다가와서는, '부인에게 실리아 래븐스크로프트라는 대녀가 있죠?' 하는 게 아니겠니?"

올리버 부인이 말했다.

"대모님을 보자마자 그렇게 얘기했다는 게 좀 이상하군요. 그런 얘긴 좀 나중에 해야 되는 게 아닌가요? 먼저 대모님의 지난번 작품을 무척 재미있게 읽었다는 둥 책에 대해서 얘길 꺼낸 다음에 본론으로 들어가는 게 순서일 텐데요. 그 여자가 저에 대해서 무슨 나쁜 감정을 갖고 있나요, 대모님?"

"내가 보기엔 나쁜 감정 같은 걸 갖고 있진 않았어."

"그 여자라는 사람이 제 친구였나요?"

"그건 잘 모르겠구나."

잠시 침묵이 흘렀다.

실리아는 셰리주를 한 모금 더 마시고 나서는, 몹시 궁금하다는 얼굴로 올리버 부인을 쳐다보았다.

"흥미가 생기는데요. 그런데 무슨 말씀을 하시려는 건지 감이 안 잡혀요."

"내가 무슨 말을 하더라도 화를 내지 않겠지?"

"제가 왜 대모님에게 화를 내겠어요?"

"내가 이 얘길 한다면, 아니 내가 들은 얘길 한다면, '그건 저와 상관없는 일이에요. 그러니까 대모님도 아무 말 하지 말고 가만히 계세요.' 하고 말할 것 같구나."

"정말 호기심을 불러일으키시는군요."

"그 여잔 자신이 버튼콕스 부인이라고 소개했어."

"어머나!"

실리아는 좀 특이한 목소리로 탄성을 질렀다.

"그 여자를 알고 있지?"

"예, 알고 있어요."

"그래, 나도 네가 알고 있을 거라고 생각했다. 왜냐하면—."

"왜냐하면요?"

"그 여자가 한 얘기 때문이지."

"무슨 얘기요. 저에 대해서 말인가요? 잘 알고 있다고 한 것 말이에요?"

"그 여잔 자기 아들이 너와 결혼하게 될 거라고 했어."

실리아의 얼굴 표정이 바뀌었다. 그녀는 눈썹을 추켜세웠다가 다시 내렸다. 그러고는 몹시 날카로운 눈길로 올리버 부인을 쳐다보았다.

"그래서 대모님은 그것이 사실인지 아닌지 알고 싶으신 거군요?"

"아니, 특별히 알고 싶진 않아. 단지 그 여자가 한 말을 그대로 한 것뿐이다. 그 여잔 네가 내 대녀이니까 어떤 사실을 물어볼 수 있을 거라고 했어. 그래서 네 대답을 자기에게 전해 달라는 뜻이겠지."

"어떤 사실을 말인가요?"

"글쎄, 내가 지금 하는 말이 듣기 거북할 게다. 나도 말하기가 괴로우니까. 사실 나도 소름이 오싹 끼칠 정도로 불쾌한 기분이야. 글쎄, 그건 너무 뻔뻔스러우면서도 무례한 행동이야. 도저히 용서할 수 없는 일이지. 그 여잔, '그녀의 아버지가 어머니를 살해한 건지, 아니면 어머니가 아버지를 살해한 건지 알아보실 수 있겠어요?' 하고 말했단다."

"그 부인이 그렇게 말했어요? 대모님에게 그걸 알아내 달라고 부탁했다는 거예요?"

"그래."

"그 부인은 대모님을 몰랐다고 했죠? 대모님이 작가이며 그 모임에 참석했다는 것만 알았던 거죠."

"그 여잔 날 전혀 몰랐어. 우린 한 번도 만난 적이 없으니까."

"뭔가 이상한 점을 알아차리진 못하셨어요?"

"그 여자가 한 말엔 특별히 이상한 점은 없는 것 같다. 어쨌든 나로선 얄미운 여자라는 느낌뿐이야.”

“그래요. 좀 얄미운 사람이죠.”

“그래, 넌 그 여자의 아들과 결혼할 거니?”

“글쎄, 아직 생각 중이라서 뭐라고 말씀드릴 수가 없네요. 그 부인이 무슨 얘길 하던가요?”

“누군가 네 가족과 가까운 사람을 알고 있는 모양이더라.”

“아버지가 인도에서 퇴역하신 다음에 부모님은 영국 시골에 집을 한 채 장만하셨죠. 어느 날 두 분은 벼랑 쪽으로 산책하러 나가셨어요. 그런데, 그곳에서 두 분이 총에 맞은 채 발견되었죠. 그리고 옆엔 권총이 놓여 있었어요. 그 총은 아버지가 갖고 계시던 거죠. 아버진 집에 권총을 두 자루 갖고 계셨어요. 그 사건이 동반 자살인지, 아니면 아버지가 어머니를 쏜 다음 자살하신 건지, 또는 어머니가 아버지를 쏜 다음 자살하신 건지 아무도 결론을 내리지 못했어요. 하지만 이런 얘긴 대모님도 이미 알고 계신 거잖아요.”

“어느 정도는 알고 있지. 그 일이 일어난 지도 벌써 12년인가 15년이 지났구나.”

“그쯤 되었을 거예요.”

“그때 네가 열두 살이나 열네 살쯤 되었지.”

“예……”

“사실 난 그 일에 대해서 별로 아는 게 없단다. 영국에 있지 않았으니까. 그때, 강연 여행차 미국에 가 있으면서 신문에 실린 기사만 읽었지. 신문에도 커다랗게 실렸어. 진상을 알아내기도 어렵고, 뚜렷한 동기도 없었기 때문에 더욱 요란하게 떠들어댔던 것 같아.

네 아버지와 어머닌 늘 행복했으며 사이가 좋은 부부였지. 신문에도 그렇게 실렸어. 난 네 부모들이 아주 젊었을 때부터 알고 지내왔기 때문에 많은 관심을 가졌었단다. 특히 네 어머니와 같은 학교에 다녔었지. 그런데 졸업하고 나선 헤어지게 되었단다.

난 결혼해서 다른 곳으로 갔고, 네 어머니도 결혼해서 군인인 남편을 따라 인도인가 어딘가로 떠났지. 그런데 네 어머니가 내게 딸의 대모가 되어달라고 부탁해 왔어. 그게 바로 너였단다. 네 부모가 외국에서 사는 동안 우린 자주 만나질 못했어. 그래서 너도 가끔씩밖에 볼 수 없었지."

"그래요. 대모님이 절 데리러 학교에 오시곤 하셨죠. 생각나요. 그리고 맛있는 음식도 주셨어요. 정말 좋은 음식을 잔뜩 먹었던 기억이 나요."

"넌 좀 유별난 애였어. 캐비아(철갑상어의 알젓)를 무척 좋아했지."

"지금도 좋아해요. 자주 먹진 못하지만 말이에요."

"난 신문에 실린 기사를 읽고 충격을 받았단다. 하지만 신문엔 상세하게 실리지 않았어. 그 사건은 미해결 평결을 받았던 걸로 기억한다. 특별한 동기도 증거도 없었으며, 또 싸움을 할 이유도 없었고, 외부에서 침입한 흔적도 없었어. 물론 충격적인 일이긴 했지만, 흐지부지 내 기억 속에서 사라졌지. 사건의 동기가 무엇일까 하고 한두 번 생각해 보긴 했지만, 사건 당시 난 영국에 있지 않았기 때문에(아까 말한 대로 강연 여행차 미국에 가 있었거든) 머릿속에서 사라지고 말았단다. 그러고 나서 몇 년 뒤에 널 만났지. 하지만 그때는 네게 그 사건에 대해서 아무 말도 하지 않는 게 당연하다고 생각했단다."

"그 점은 저도 고맙게 생각하고 있어요."

"사람이 살아가다 보면 친구들이나 친지들에게 좋지 않은 일이 일어나는 경우가 있단다. 물론 일이 일어난 동기에 대해서 친구들과(무슨 일이 일어났든지) 자주 얘길 해봐야지. 하지만 친구들과 토론하고 얘길 나누고 나서 시간이 많이 흐르고 나면, 도무지 뭐가 뭔지 모르게 되고 지나친 호기심을 나타내 보일 수도 없게 된단다."

"대모님은 늘 제게 잘해 주셨어요. 좋은 선물을 보내주시곤 했죠. 제가 스물한 살 때 아주 특별한 선물을 보내주셨던 기억이 나요."

"여자들이 그 나이 정도 되면 여분의 돈이 필요한 법이지. 하고 싶은 것도 많고, 갖고 싶은 물건도 많을 테니까."

"맞아요. 전 늘 대모님이 이해심이 많은 분이라고 생각했어요. 글쎄요, 대모님도 사람들이 어떻다는 걸 잘 아실 거예요. 언제나 의심하고, 물어보고, 샅샅이 알고 싶어하죠. 하지만 대모님은 제게 한마디도 물어보지 않으셨어요.

절 데리고 쇼 구경도 가고, 맛있는 음식도 사주셨죠. 그리고 마치 모든 일이 잘되었고 제가 먼 친척인 것처럼 담담하게 말씀하셨어요. 전 그 점이 고마 웠어요. 그런데 살다 보니 필요 이상으로 간섭하고 알고 싶어하는 사람들이 많더군요."

"그래, 누구나 그런 문제 때문에 고민하게 되지. 지금도 그 문인 모임에서 날 당황시킨 사람 때문에 곤란을 겪고 있잖니. 버튼콕스 부인처럼 생전 처음 보는 사람이 그런 걸 물어보다니 이상한 일이지. 그 여자가 무엇 때문에 알고 싶어하는지 이해할 수가 없구나. 그건 그 여자와 관계없는 일이잖니. 단자—."

올리버 부인이 말했다.

"그 일이 제가 결혼할 데스몬드와 관계가 없다면 그렇겠죠. 하지만 데스몬 드는 그 부인의 아들이에요."

"그래, 그렇겠지. 하지만 어떻게 어떤 식으로 버튼콕스 부인과 관계가 있다 는 건지 모르겠구나."

"모든 게 버튼콕스 부인과는 관계있는 일이죠. 그 부인은 수다스럽고, 대모 님이 말씀하신 대로 얄미운 여자예요."

"하지만 데스몬드는 그런 젊은이가 아니겠지?"

"물론이죠. 전 데스몬드를 좋아해요. 데스몬드도 절 좋아하고요. 제가 싫어 하는 건 그이의 어머니죠."

"데스몬드는 어머니를 좋아하니?"

"잘 모르겠어요. 아마 좋아할 거예요—싫어할 까닭이 없잖아요? 지금 같아 선 데스몬드와 결혼하고 싶지 않아요. 결혼할 마음이 없어요. 글쎄, 어려운 문 제가 너무 많은데다가 골치 아픈 일이 한두 가지가 아니거든요. 아마 대모님 도 호기심을 갖고 계실 거예요. 제 말은, 무엇 때문에 그 말 많은 버튼콕스 부 인이 슬그머니 절 피해서 대모님에게 알아봐 달라고 부탁했는지 궁금해하실 거란 뜻이에요. 대모님은 제게 그걸 묻고 싶으시죠?"

"네 어머니가 아버지를 죽였는지, 아니면 아버지가 어머니를 죽였는지, 또는 동반 자살인지, 네가 어떻게 생각하는지 물어보고 싶어한다는 말이니? 그런 뜻이야?"

"글쎄, 그런 뜻이죠. 만일, 대모님이 제게 그 점을 물어보고 싶으시다면 저도 대모님에게 물어볼 게 있어요. 대모님이 제게서 어떤 사실을 알아낸다면 그걸 버튼콕스 부인에게 말씀하실 건지 궁금하군요."

"말하지 않을 거다. 절대로 말하지 않을 거야. 그 얄미운 여자에게 왜 그런 얘길 해주겠니. 난 그 일은 그녀 일도 내 일도 아니기 때문에, 네게서 어떤 사실을 알아내어 그녀에게 전해 주고 싶은 마음이 하나도 없다고 딱 잘라 말할 생각이다."

"대모님이 그러실 줄 알았어요. 이제 대모님을 믿을 수 있겠군요. 제가 알고 있는 사실을 말씀드리죠. 대단한 사실도 아니지만 말이에요."

"말하지 않아도 괜찮아. 난 그걸 물어보지 않았어."

"저도 알아요. 그렇지만 대답해 드리겠어요. 대답은─아무것도 모른다는 거예요."

"아무것도 모른다고?"

올리버 부인이 심각하게 말했다.

"몰라요. 그때 전 그곳에 있지 않았거든요. 집에 없었다는 뜻이에요. 어디에 있었는지 정확하게는 기억나지 않는데, 아마 스위스의 학교에 있었던가, 아니면 방학을 이용해서 학교 친구와 함께 지내고 있었던 것 같아요. 그 일을 생각하면 지금도 머리가 혼란스러워요."

"나도 네가 모를 줄 알았다. 그때 네 나이를 생각해 봐도─."

올리버 부인은 미심쩍은 듯이 말했다.

"전 대모님이 그 점을 어떻게 생각하시는지 알고 싶어요. 대모님은 제가 모든 걸 알고 있을 거라고 생각하시죠? 그렇지 않나요?"

"글쎄, 넌 그 당시 집에 있지 않았다고 했잖니. 만일, 그때 네가 집에 있었다면 뭔가를 알고 있을 거라고 생각했을 거야. 어린아이들은 뜻밖에 많은 걸 알고 있으니까. 10대 아이들도 마찬가지야. 그 또래의 아이들은 많은 걸 알고 봤으면서도 좀처럼 얘기하려고 들지 않는단다. 그리고 외부인이 알지 못하는 사실이나 경찰심문에 대답하고 싶지 않은 것들을 알고 있는 경우도 있지."

"맞아요. 대모님은 정말 예리하시군요. 그렇지만 전 알고 있는 게 없어요. 그리고 알았었다고도 생각지 않아요. 아무것도 몰라요. 경찰에선 어떻게 판단했죠? 제가 이렇게 물어본다고 불쾌하게 여기지는 마세요. 관심이 있어서 물어보는 거니까요. 전 심문이나 조사에 대한 신문기사는 읽어보지 못했거든요."

"경찰에선 동반 자살이라고 했던 것 같아. 하지만 네 부모에겐 그럴 만한 이유가 없었단다."

"제가 그 사건에 대해 어떻게 생각하는지 듣고 싶으시죠, 대모님?"

"말하고 싶지 않으면 하지 않아도 괜찮다."

"하지만, 궁금하시잖아요. 대모님은 자살이나, 서로 죽이거나, 아니면 그럴 만한 동기를 갖고 있는 사람들을 주제로 해서 범죄소설을 쓰시죠. 그러니까 틀림없이 관심을 갖고 계실 거예요."

"그래, 그건 사실이야. 하지만 나와 관계없는 일을 물어봐서 네 기분을 상하게 하고 싶진 않다."

"글쎄, 저도 가끔 그 사건의 동기가 무엇일까 하고 생각해 보곤 해요. 하지만 아는 게 별로 없어요. 집에서 어떤 일이 일어나고 있었는지 통 몰랐으니까요. 그 사건이 일어나기 전 방학에 환전 문제 때문에 유럽에 있었기 때문에 부모님을 만나지 못했어요. 부모님은 스위스에 오셔서 한두 번 절 데리러 학교에 오시곤 했죠. 하지만 조금 나이가 들어 보인다는 것 말고는 여느 때와 다른 게 없었어요.

아버진 기분이 좋아 보이지 않으셨어요. 쇠약해지신 것 같기도 했고요. 심장이 좋지 않았는지, 아니면 다른 곳이 편찮으셨는지 모르겠어요. 사람들은 그 점에 대해선 생각하지 않더군요. 어머니도 조금 신경이 날카로워지신 것 같았어요. 우울증은 아니었지만, 건강 때문에 초조해하셨죠. 두 분은 아주 사이가 좋았기 때문에 전 아무것도 눈치채지 못했어요. 가끔씩 신경이 날카로워질 수도 있고 초조해할 수도 있는 일 아닌가요? 사람들은 두 분이 진실했지만, 언제나 올바른 행동을 한 건 아니라고 생각하더군요. 하지만—"

"그 얘긴 이제 그만하는 게 좋겠다. 군이 그런 걸 밝혀내어 알 필요는 없잖니. 이미 지나간 일이야. 평결은 만족할 만했지. 증거나 동기 같은 건 밝혀지지 않았어. 하지만 네 아버지가 계획적으로 어머니를 살해했거나 어머니가 아버지를 쐈을 거라는 의문의 여지는 없어."

"그 두 가지 가운데 가능성이 많은 쪽을 생각해 본다면, 아버지가 어머니를 쐈을 거라는 생각이 들어요. 왜냐하면 남을 쏜다는 건 남자에게 더 자연스러운 일이니까요. 어떤 이유 때문에 여자를 쏘는 남자가 가끔 있죠. 저로선 여자가, 더욱이 우리 어머니 같은 분이 아버지를 쐈다는 건 상상할 수도 없는 일이에요. 만일, 어머니가 아버지를 죽이고 싶었다면 아마 다른 방법을 썼을 거예요. 그렇지만 부모님 가운데 누구도 상대방이 죽길 바라진 않았을 거예요."

"그렇다면, 외부 사람일 수도 있지."

"외부 사람이 저질렀을 거라는 말씀이세요?"

"그 집에 다른 사람들도 살고 있었니?"

"잘 듣지도 보지도 못하는 나이 많은 가정부와 오페어걸(가정에 입주하여 집안일을 거들며 언어를 배우는 여성 외국인 유학생)인 처녀가 있었어요. 그녀는 한동안 제 가정교사로 있다가(아주 친절한 사람이에요) 병원에 입원한 어머니를 보살펴줬어요. 그리고 제가 좋아하지 않는 아주머니가 한 명 있었죠. 하지만 그 사람들 가운데 누군가가 부모님에게 원한을 품었을 리는 없어요. 부모님의 죽음으로 이득을 본 사람이 없으니까요. 유산은 저와 저보다 네 살 아래인 에드워드라는 남동생이 물려받았어요. 그리 많은 액수는 아니지만 말이에요. 아버진 연금을 받으셨으며, 어머닌 얼마 안 되지만 개인적인 수입이 있었죠. 아니에요, 그런 건 하나도 중요한 문제가 아니에요."

"미안하구나. 그 얘길 꺼내어 네게 고통을 줬다면 정말 미안하다."

"아니, 그렇지 않아요. 오히려 대모님 덕분에 제가 관심을 갖게 되었죠. 보시다시피, 저도 이젠 알고 싶어할 만한 나이가 되었잖아요. 다른 사람들처럼 저도 부모님을 좋아했죠. 뭐 특별하게 열정적이진 않았지만 보통 정도는 되었어요. 그런데 부모님이 어떤 분이셨고, 어떻게 생활하셨는지, 또 무슨 문제가 있었는지 아무것도 모르고 있어요. 정말 아는 게 아무것도 없다고요. 하지만 이젠 알고 싶어요. 가시처럼 아프게 찌른다고 그냥 못 본 체할 수 있겠어요? 그래요, 전 알고 싶어요. 왜냐하면 더 이상 그 사건에 대해서 생각할 필요가 없을 테니까요."

"생각할 필요가 없다고?"

실리아는 잠시 동안 올리버 부인을 쳐다보았다. 그녀는 뭔가 마음을 굳히려고 애쓰는 것 같았다.

"그래요. 전 요즘에 줄곧 그 사건에 대해서 생각했어요. 그리고 어떤 결심을 하게 되었죠. 또, 데스몬드도 같은 생각을 하고 있어요."

제5장

과거의 죄는 긴 그림자를 갖고 있다

에르퀼 포와로는 회전문을 밀었다. 그러고는 돌아가는 문을 한 손으로 잡고 레스토랑으로 들어섰다. 레스토랑 안에는 사람들이 별로 없었다. 아직 붐빌 시간이 되지 않은 것이다. 포와로는 한눈에 자기를 만나러 온 사람을 찾아냈다. 네모난 얼굴에 탄탄한 몸집을 가진 스펜스 총경이 구석 테이블에서 일어났다.

"어서 오십시오. 찾아오는 데 별로 어렵지 않았죠?"

"전혀. 총경이 아주 정확하게 가르쳐준 덕분에."

"소개해 드리죠. 이쪽은 개로웨이 주임총경님이시고, 이쪽은 에르퀼 포와로 씨입니다."

개로웨이 주임총경은 고행자처럼 야윈 얼굴을 가진 키가 크고 마른 사람이었다. 희끗희끗한 머리 위쪽은 마치 삭발한 것처럼 둥그스름하게 벗겨져서 왠지 성직자를 연상시켜 주는 모습이었다.

"반갑습니다." 포와로가 말했다.

"지금은 퇴직한 몸이지만 기억은 남아 있죠." 개로웨이 주임총경이 말했다.

"예, 몇 가지 일들은 아직도 기억하고 있습니다. 이미 오래전에 끝났기 때문에 일반 사람들은 아무것도 기억하지 못하는 사건도 난 기억하고 있습니다."

에르퀼 포와로는 아주 친절하게, "코끼리는 기억하고 있죠"라고 말하고는 잠시 얘기를 멈췄다. 그 말은 애리어든 올리버 부인에 의해 그의 마음속에 깊이 새겨져 있는 탓에 포와로는 정말로 부적당한 경우에도 종종 튀어나오곤 하는 것이었다.

"성급하실 것 없습니다." 스펜스 총경이 말했다.

그가 의자를 앞으로 당기고 나서 세 사람은 자리에 앉았다. 메뉴가 앞에 놓여졌다. 스펜스 총경은 이 레스토랑에 자주 와봤는지 조용한 목소리로 음식에 대해서 설명해 주었다. 개로웨이 주임총경과 포와로는 각자 음식을 선택했다. 이윽고, 각자 의자 뒤로 몸을 기대어 셰리주를 홀짝이면서 세 사람은 말을 꺼내기 전에 잠시 침묵을 지키며 서로의 표정을 자세히 살펴보았다.

"먼저 미안하다는 말부터 해야겠소." 포와로가 말했다.

"이미 오래전에 끝난 일로 이렇게 만나자고 해서 정말 미안하오."

"제가 관심이 있는 건 포와로 씨가 흥미를 갖고 있다는 겁니다. 처음엔 과거의 사건을 파헤쳐보고 싶어하는 게 당신답지 않은 행동이라고 생각했습니다. 그 사건이 요즘 일어난 어떤 사건과 관련 있는 겁니까, 아니면 미해결로 끝난 사건에 대해서 갑작스럽게 호기심이 생긴 겁니까? 당신은 어느 쪽입니까?"

스펜스 총경이 물었다. 그는 테이블 건너편을 쳐다보았다.

"당시에 경감으로 있었던 개로웨이 주임총경님은 래븐스크로프트 총격 사건을 담당했었습니다. 개로웨이 주임총경님은 저와는 오랫동안 친하게 지내고 있기 때문에 연락하는 데 별 어려움이 없었죠."

"이렇게 나와주셔서 고맙습니다." 포와로가 말했다.

"한마디로 말하자면 호기심 때문입니다. 물론 이미 오래전에 있었던 사건에 대해 내가 호기심을 느낀다는 게 가당치 않은 일이라는 건 알고 있습니다만."

"아니, 그렇지 않습니다." 개로웨이 주임총경이 말했다.

"누구나 과거의 사건에 대해서 관심을 가질 수 있습니다. 리치 보덴이 정말 도끼로 자기 부모를 살해했을까요? 아직도 그렇지 않다고 생각하는 사람들이 많이 있죠. 누가, 무엇 때문에 찰스 브라운을 죽였을까? 몇 가지 의견들이 있지만, 대부분이 증거가 충분치 못합니다. 하지만 아직도 사람들은 다른 방법으로 증명해 보이려고 애쓰고 있죠."

개로웨이 주임총경은 날카롭고 빈틈없는 눈매로 포와로를 쳐다보았다.

"내 기억이 틀리지 않는다면, 포와로 씨는 가끔 과거의 사건으로 돌아가서 진상을 파헤쳐내곤 했죠. 두세 번 그런 적이 있는 걸로 압니다만."

"세 번이었죠." 스펜스 총경이 말했다.

"캐나다 처녀에게 부탁을 받고 해결한 적이 있었죠?"

"그렇습니다." 포와로가 말했다.

"아주 정열적이며 격정적이고 설득력이 있는 처녀였죠. 그녀는 자기 어머니가 사형선고를 받게 된 살인사건을 조사하기 위해서 영국에 왔습니다. 하지만 그녀의 어머니는 사형이 집행되기 전에 죽었죠. 그런데 그녀는 자기 어머니가 무죄라는 확신을 갖고 있었습니다."

"당신도 무죄라고 생각했습니까?" 개로웨이 주임총경이 말했다.

"그녀가 처음 그 사건을 설명할 때 난 믿지 않았습니다. 하지만 그녀는 아주 정열적이며 확신을 갖고 있었지요."

"딸의 입장으로서 어머니가 무죄이길 바라며, 또 어머니가 무죄라는 것을 증명해 보이려고 애쓰는 건 당연한 일입니다." 스펜스 총경이 말했다.

"그것보다 더한 일이 있었다오." 포와로가 말했다.

"그녀는 자기 어머니가 어떤 타입의 여자라는 걸 내게 확신시켜 주었지요."

"절대로 살인을 하지 않을 타입의 여자라고 말입니까?"

"그런 게 아니오." 포와로가 말했다.

"난 두 분도 나와 같은 의견일 거라고 믿습니다. 누군가가 어떤 타입의 사람이라는 걸 알게 된다고 해서 절대로 살인하지 않을 거라고 생각하기는 정말 힘들죠. 하지만 그 사건에서 그녀의 어머니는 한 번도 자신의 무죄를 주장한 적이 없었습니다. 오히려 사형선고 받은 걸 만족스럽게 여기는 것 같았죠. 첫째로 난 그것이 이상했습니다. 혹시 패배주의자인가? 그렇진 않았습니다. 난 조사를 시작하자마자 그렇지 않다는 걸 분명하게 알게 되었습니다. 오히려 패배주의자와는 반대의 인물이었죠."

개로웨이 주임총경이 관심을 나타 내보였다. 그는 접시 위의 롤빵을 조금 비틀어 떼어내며 몸을 테이블 앞으로 기울였다.

"그래, 그녀의 어머니는 무죄였습니까?"

"그렇습니다. 무죄였습니다." 포와로가 말했다.

"뜻밖이었겠군요?"

"그때까진 그런 걸 느끼지 못했습니다. 그녀의 어머니가 유죄일 수가 없다고 여겨지는 일이 한두 가지 있었죠. 당시에 아무도 그 사실을 깨닫지 못했습니다만. 그 사실을 알게 되자, 사람들은 다른 경우를 보는 것처럼 메뉴 위에

적힌 걸 바라봐야 했습니다."(《회상 속의 살인》 참조)

그때 구운 송어가 테이블 위에 놓여졌다.

"다른 방법이긴 하지만, 포와로 씨가 과거를 파헤쳐서 조사해 낸 사건이 또 있죠." 스펜스 총경이 계속했다.

"살인 현장을 목격한 적이 있다고 파티석에서 말한 여자 말입니다."

"뭐라고 해야 좋을까?—앞으로 나아가는 게 아니라 뒤로 다시 거슬러 올라가야겠군요. 예, 그런 일이 있었죠." 포와로가 말했다.

"그럼, 그 여자가 정말 살인 현장을 목격한 겁니까?"

"아니, 목격했다는 건 그 여자가 잘못 말한 거였습니다. 이 송어구이 맛이 좋군요." 포와로는 맛을 보면서 말했다.

"여기 생선요리는 아주 일품이죠." 스펜스 총경이 말했다.

그리고 배 모양의 소스 그릇에서 자기 접시에 소스를 덜어 담았다.

"소스 맛도 기막히죠."

잠시 동안 세 사람은 아무 말 없이 음식 맛을 보았다.

"스펜스 총경이 찾아와서 래븐스크로프트 사건을 기억하고 있느냐고 물었을 때, 난 호기심이 일기도 하고 또 한편으론 반갑기도 했습니다."

개로웨이 주임총경이 말했다.

"그 사건을 완전히 잊어버리고 있진 않았군요?"

"래븐스크로프트 사건은 잊을 수 없죠. 쉽게 잊힐 사건이 아니었으니까요."

"그럼, 당신도 그 사건에 어떤 모순점이 있다는 걸 알겠군요. 증거가 불충분하다든지, 또는 다른 해결책이 있을 수도 있다고 말입니다." 포와로가 말했다.

"아니, 그렇진 않습니다. 모든 증거가 뚜렷한 사실을 보여줬죠. 전에도 그런 사건이 몇 가지 있었는데, 아주 순조롭게 진행되었습니다. 그런데―."

"그런데―?" 포와로가 물었다.

"그런데, 바로 그것이 잘못된 거죠." 개로웨이 주임 총경이 말했다.

"아!" 스펜스 총경이 말했다.

그는 흥미 있는 표정을 지어 보였다.

"총경도 언젠가 그렇게 생각한 적이 있잖소?"

포와로가 스펜스 총경을 쳐다보면서 말했다.

"맥긴티 부인 사건 때 그런 생각을 했었죠."

"완전히 엉뚱한 청년이 체포되자, 총경은 이해하기가 어려웠지요. 그 청년에 겐 그 범행을 저지를 만한 까닭이 있으며, 또 마치 범행을 저지른 것처럼 보였어요. 그래서 모두들 그 청년이 범인이라고 생각했습니다. 하지만 총경은 그 청년이 범인이 아니라는 걸 알고 있었던 겁니다. 그런 확신을 가진 총경이 날 찾아와서 도와달라고 부탁했지요."

"당신이라면 도와줄 수 있을 거라는 생각이 들어서—또 실제로 도움을 줬 잖습니까?" 스펜스 총경이 말했다.

포와로는 한숨을 쉬었다.

"다행히도 도움을 줄 수 있었죠. 하지만 그 청년도 정말 한심한 친구더군요. 살인을 저지르진 않았지만, 자신이 무죄라는 걸 증명하기 위해서 아무에게도 도움을 청하지 않은 죄만으로도 처형을 받을 만한 사람인 겁니다. 이제 그만 래븐스크로프트 사건에 대해서 생각해 봅시다. 개로웨이 주임총경, 무언가 잘 못되었다고 했죠?"

"그렇습니다. 난 틀림없이 무엇인가가 잘못되었다고 확신합니다."

"나도 그렇습니다. 스펜스 총경도 마찬가지 생각이고 누구나 때때로 이런 일들을 만나게 되는 모양입니다. 증거도 있으며, 동기·기회·실마리·주위 환경 도 그대로 있습니다. 하지만 우리 같은 계통의 직업을 가진 사람들은 알고 있 죠. 마치 미술 평론가들이 엉터리 그림을 알아보듯이 우리들은 알고 있습니다. 그림이 가짜이며 진품이 아니라는 걸 알아내듯이 알고 있다는 말입니다."

"난 그 사건에 대해서 아무것도 할 수가 없었습니다."

개로웨이 주임총경이 말했다.

"포와로 씨 말대로 여러 각도에서 그 사건을 조사해 봤습니다. 그리고 사람 들과 얘기도 나눠봤지만 아무것도 알아내지 못했죠. 그 사건은 동반 자살인 것처럼 보였고, 또 그렇게 말할 만한 특징이 여러 가지 있었습니다. 물론 남편 이 아내를 쏜 다음 자살했을 수도 있으며, 반대로 아내가 남편을 쏘고 나서 자살했을 수도 있죠. 사건은 이 세 가지 가운데 어느 한 방법으로 일어났을 겁니다. 하지만 어떤 사건이든지 동기가 있기 마련이죠."

"그런데 그 사건에선 동기가 없잖습니까?" 포와로가 말했다.

"예, 그렇습니다. 사건에 대해서 조사해 보고, 그들 부부의 주위 사람들과 환경으로 보건대 일반적으로 그들 부부의 생활은 아주 좋은 편이었습니다. 나이도 제법 든 사람들이었고, 남편은 화려한 경력을 갖고 있었고 아내는 다정다감한 사람이었죠. 또, 사이도 아주 좋았습니다. 사람들이 한결같이 그렇게 말했고요. 그 부부는 행복한 생활을 보내고 있었습니다. 함께 산책하고, 밤엔 두 사람이 포커 게임을 즐기곤 했죠. 또, 아이들이 있었는데 속을 썩이지도 않았습니다. 영국에서 학교에 다니는 아들과 스위스의 기숙학교에 다니는 딸이 있었죠. 사람들 말에 따르면, 그 아이들 생활도 괜찮았다고 합니다.

의학적인 증언으로 봐선 그 부부의 건강이 특별히 나쁘지도 않았습니다. 남편이 한때 고혈압으로 고생한 적이 있긴 하지만, 혈압을 안정시키는 약을 복용하고 있었기 때문에 걱정할 만한 상태는 아니었죠. 아내도 귀가 잘 들리지 않고 심장병 증세가 있긴 했지만 걱정할 정도는 아니었습니다. 물론 다른 사람들처럼 그들 부부도 자신의 건강에 대해서 두려워하고 있었을 수도 있겠죠. 실상은 건강상태가 좋은데도 자신이 암에 걸렸다고 확신하고는 앞으로 1년도 살지 못할 거라고 생각하는 사람들이 있잖습니까. 이런 사람들이 가끔 자신의 목숨을 끊어버리는 경우가 있죠. 하지만 래븐스크로프트 부부는 그런 사람들 같진 않더군요. 아주 침착하고 생각이 깊은 사람들 같았습니다."

"정말로 그렇게 생각합니까?" 포와로가 물었다.

"문제는 내가 아무런 생각도 할 수 없다는 데에 있습니다. 그 사건을 돌이켜보건대, 난 자살이라고 생각했습니다. 물론 자살이었을 수도 있죠. 몇 가지 이유 때문에 그들 부부가 더 이상 살아갈 수 없다고 판단했을 수도 있습니다. 그렇지만 그건 경제적으로 곤란하다든가 건강이 나쁘다든가, 또는 불행한 생활이 이유는 아니었을 겁니다. 거기에서 난 막히고 말았습니다. 그 사건엔 자살이라고 할 만한 특징이 여러 가지 있었죠. 나로선 자살 이외엔 다른 방법을 알아낼 수 없었습니다.

그들 부부는 함께 산책하러 나갔는데, 권총을 갖고 있었죠. 그 권총은 두 사람 시체의 가운데 놓여 있었고, 두 사람의 지문이 흐릿하게 남아 있었습니다. 그들 부부 두 사람이 모두 그 권총을 만졌지만, 마지막으로 총을 쏜 사람이 누군지 가려낼 만한 증거가 없었습니다. 사람들은 아마 남편이 아내를 쏘고 나서 자살했을 거라고 생각하겠죠. 일반적으로 그럴 가능성이 더 많으니까. 하지만, 동기가 뭘까요? 그 사건이 일어난 지 꽤 오랜 세월이 지났습니다.

그런데 얼마 전에 일어난 어떤 사건 때문에 난 그 사건을 다시 생각하게 되었죠. 어디선가 부부의 시체가 발견되었는데 겉으로 보기엔 자살 같다는 기사가 신문에 실린 겁니다. 난 오래전 일을 생각하다가 래븐스크로프트 사건에 대해서 다시 의아심을 갖게 되었습니다. 12년인가 14년이라는 세월이 지났지만, 난 아직도 래븐스크로프트 사건을 기억하고 있으며 그 의아심을 풀지 못하고 있었죠. 동기, 동가—도대체 동기가 뭘까? 정말 오래전부터 남편이 아내를 미워했을까? 아내가 남편을 미워한 나머지 없애버리고 싶은 마음이 들은 걸까, 아니면 더 이상 견딜 수 없을 정도로 서로를 미워한 걸까?"

개로웨이 주임총경은 빵을 한 조각 떼어내어 입속에 넣고 우물거렸다.

"당신도 어떤 생각을 갖고 있겠죠, 포와로 씨? 누가 당신을 찾아와서 흥미를 불러일으킬 만한 말을 했습니까? 그 '동기'라고 설명할 만한 사실을 알고 있는 게 아닙니까?"

"모릅니다." 포와로가 말했다.

"당신이야말로 틀림없이 어떤 생각을 갖고 있을 텐데요. 그렇잖습니까?"

"그렇긴 합니다. 누구나 몇 가지 생각을 갖고 있죠. 그러고는 그것들 모두가, 아니 적어도 한 가지가 적중하길 바라지만 대개는 그렇게 되질 않더군요. 내 말은 분명치 않은 일들이 너무 많기 때문에 끝내 동기를 알아내지 못했다는 겁니다. 내가 그 부부에 대해서 알고 있는 게 뭘까요? 래븐스크로프트 장군은 예순이 가까웠으며, 그의 아내는 서른다섯 살이었습니다. 엄밀히 말하자면, 난 그들 부부가 죽기 전 5~6년 정도의 생활밖에 모릅니다. 장군은 퇴직해서 연금을 받고 있었습니다. 그늘 부부는 외국에서 돌아왔는데, 내가 알아낸 정보와 지식은 그들이 처음 본머스의 집에서 살았을 때와, 그 이후 그 비극이 일어난 집으로 이사해 생활한 기간이 전붑니다. 그들은 그 집에서 평화롭고 단란한 생활을 했으며, 방학 때면 아이들이 집으로 돌아왔죠. 평화로운 시간이었습니다. 마지막은 평화로웠다는 겁니다. 하지만 그 평화로운 생활에 대해서 내가 얼마나 알고 있을까 하고 생각해 보았습니다. 난 장군이 퇴역하고서 영국에 돌아온 이후의 생활과 가족들에 대해서 알고 있을 뿐입니다. 그동안엔 경제적인 동기나 증오에 대한 동기도 없었고, 성적인 문제나 성가신 애정문제에 대한 동기도 없었습니다.

그렇지만 래브스크로프트가 퇴역하기 전의 시기도 있잖습니까. 난 그 시기에 대해서 뭘 알고 있을까? 내가 알고 있는 것은 그들 부부가 대개 외국에서 지내면서 가끔씩 영국에 왔었다는 사실과, 남편에 대한 만족스러운 기록과 그 아내의 친구들에게서 들은 그녀에 대한 좋은 기록들뿐입니다. 사람들은 뚜렷하게 비극적인 일이나 불화가 없었다는 것밖엔 아무것도 알지 못하더군요. 결국 그 당시엔 아무것도 알아내지 못했습니다. 아무도 알아내지 못했죠. 하지만 그들 부부에겐 어린 시절에서부터 결혼할 때까지의 20~30년이라는 긴 시간이 있습니다. 어쩌면 그 비극의 원인은 그 기간 동안에 있을지도 모릅니다.

우리 할머니는 이런 속담을 자주 말씀하셨죠. '과거의 죄는 긴 그림자를 갖고 있다.' 그 죽음의 원인은 긴 그림자, 과거로부터의 긴 그림자일까요? 그걸 알아낸다는 건 쉬운 일이 아니죠. 래브스크로프트의 기록을 들춰보고, 친구들이나 친지들에게서 얘길 들어보았지만, 깊은 내부사정까진 알아낼 수 없었습니다. 그래서 그 사건을 조사하기 위해선 그 장소에 다녀와야겠다는 생각이 들더군요. 어쩌면 외국에서 어떤 일이 있었을 지도 모르니까 말입니다. 혹시 그런 일이 이미 잊혔거나 사라져 버렸을지도 모르지만, 그래도 어딘가는 남아 있을 겁니다. 과거에 원한이 있을 수도 있고, 그들이 외국에 있을 때 아무도 알지 못하는 사건이 생겼을 수도 있잖습니까. 그걸 알아내려면 그곳에 찾아가서 조사해 봐야겠죠."

"그런 게 아니라 당신 말은, 누군가가 기억하고 있을지도 모른다는 뜻이겠죠? 오늘날에도 말입니다. 영국에 있는 그 부부의 친구들이 모르는 어떤 사건을 말이죠." 포와로가 말했다.

"영국에 있는 그 부부의 친구들은 대개가 퇴역한 다음에 사귄 사람들입니다. 물론 몇몇 옛 친구들이 그들을 찾아오거나 가끔씩 서로 만나기도 했겠지만 말입니다. 하지만 대부분의 사람들은 과거의 사건 얘길 마음속에 남겨두려하지 않습니다. 그냥 잊어버리고 말죠"

"그렇습니다. 사람들은 잊어버리죠." 포와로가 심각하게 말했다.

"사람은 코끼리와는 다르죠. 코끼리는 모든 걸 기억한다고 하더군요."

개로웨이 주임총경이 엷은 미소를 지으며 말했다.

"당신이 그런 얘길 하니 좀 이상하군요." 포와로가 말했다.

"예전의 죄에 대해서 얘기하는 거 말입니까?"

"그게 아니라, 코끼리 얘길 하는 게 이상하다는 겁니다."

개로웨이 주임총경은 좀 뜻밖이라는 얼굴로 포와로를 쳐다보았다. 그는 포와로가 무슨 얘기를 좀더 하기를 기다리는 눈치였다.

스펜스 총경도 역시 옛 친구를 흘끗 쳐다보았다. 그가 넌지시 말했다.

"어쩌면 인도에서 무슨 일이 있었을지도 모르죠. 코끼리는 인도에서 나온거니까. 아니, 아프리카에서 나왔던가. 어쨌든 누군가가 당신에게 코끼리 얘길한 모양이군요?"

"어떤 친구가 그런 얘길 했소. 당신도 알 만한 사람이죠."

포와로는 스펜스 총경을 쳐다보며 말했다.

"올리버 부인이라고."

"아, 애리어든 올리버 부인. 물론 잘 알고말고요!" 그는 잠시 멈칫했다.

"왜 그러시오?" 포와로가 물었다.

"그럼, 올리버 부인이 뭔가를 알고 있다는 겁니까?" 스펜스 총경이 물었다.

"지금은 그렇지 않지만, 오래전엔 뭔가를 알고 있었을지도 모르지요."

포와로는 생각에 잠긴 목소리로 말했다.

"올리버 부인은 워낙 여러 군데를 돌아다니는 사람이잖소."

"그렇죠. 그녀는 어떻게 생각하고 있습니까?" 스펜스 총경이 물었다.

"소설가인 애리어든 올리버 부인을 말하는 거요?"

개로웨이 주임총경이 관심을 나타내며 물었다.

"그렇습니다." 스펜스 총경이 말했다.

"올리버 부인은 범죄에 대해서 많은 걸 알고 있겠죠! 범죄소설을 쓰는 작가이니까. 그런 착상이나 얘깃거리를 어디서 얻어내는지 모르겠습니다."

"착상이야 그녀의 머리에서 나오지. 그리고 얘깃거리는—글쎄, 뭐라고 설명하기가 어렵군요." 포와로는 잠시 생각에 잠겼다.

"무슨 생각을 하십니까, 포와로 씨? 뭐 갑자기 떠오르는 거라도 있습니까?"

"예. 난 언젠가 올리버 부인의 작품 하나를 못 쓰게 한 적이 있습니다—아니, 그녀가 그렇게 말하더군요. 그녀는 작품을 쓸 만한 아주 좋은 착상을 갖고 있었는데, 그건 긴 소매의 모직 셔츠에 관한 것이었답니다. 그런데 내가 올리버 부인에게 전화를 걸어 뭔가를 물어보는 바람에, 머리에서 그 소설의 착상이 사라지고 말았다는 겁니다. 지금도 가끔 그 일로 날 탓하곤 하죠."

"저런 저런! 무더운 날에 버터 속에 빠진 파슬리 격이군요. 셜록 홈스와 밤에 가만히 있는 개 얘길 아시죠?" 스펜스 총경이 말했다.

"그 사람들은 개를 기르고 있었소?"

"무슨 말씀인지?"

"그 사람들이 개를 기르고 있었냐고 묻는 거요. 래븐스크로프트 장군 부부 말이오. 혹시 사건이 있었던 날 산책하러 나가면서 개를 데리고 가진 않았소? 래븐스크로프트 부부가 말이오."

"예, 개를 기르고 있었습니다. 그리고 산책하러 나갈 땐 거의 데리고 나갔던 걸로 알고 있습니다." 개로웨이 주임총경이 말했다.

"그것이 올리버 부인의 소설에 나오는 얘기라면, 그 개가 두 사람의 시체 주위를 맴돌며 짖어댔겠군요. 하지만 그런 일은 없었습니다."

스펜스 총경이 말했다.

개로웨이 주임총경이 고개를 흔들었다.

"지금 그 개는 어디에 있을까요?" 포와로가 물었다.

"누군가의 정원에 묻혔겠죠. 벌써 14년이나 지났으니까."

개로웨이 주임총경이 말했다.

"어차피 개한테 물어볼 순 없는 거지." 포와로가 심각하게 말했다.

"유감스럽군. 하긴 개가 기억할 수 있다면 그거야말로 놀라운 일이죠. 정확하게 그 집엔 누구누구가 있었습니까? 사건이 있었던 그날 말입니다."

"알고 싶으시다면 명단을 드리죠." 개로웨이 주임총경이 말했다.

"나이가 많은 요리사 겸 가정부인 휘테이커 부인이 있었는데, 그날은 휴일이었기 때문에 도움이 될 만한 사실을 말해 주지 못했습니다. 그리고 한때 그 집 아이들의 가정교사였던 사람이 머물고 있었다고 합니다. 휘테이커 부인은 잘 듣지도 보지도 못하는 사람입니다. 그녀는 레이디 래븐스크로프트가 최근에 병원인가 요양원에 다녀왔다는 얘기 말고는 특별한 사실을 모르더군요. 레이디 래븐스크로프트가 병원인지 요양원에 간 건―특별한 질병 때문이 아니라 신경과민 때문이었다고 하더군요. 그리고 정원사가 한 명 있었습니다."

"외부에서 낯선 사람이 찾아왔을 수도 있죠. 과거로부터의 낯선 사람. 당신은 그렇게 생각하고 있죠, 개로웨이 주임총경?"

"그건 생각이라기보다는 이론이죠."

포와로는 아무 말 없이 잠시 생각에 잠겼다. 그는 과거의 사건을 조사해 달라고 부탁받았던 때의 일을 더듬고 있었다. 당시에 포와로는 '다섯 마리의 돼지'라는 동요를 떠오르게 한 과거 속의 다섯 사람을 조사했었다. 결국은 진실을 밝혀냈기 때문에 보람을 느낄 수 있었던 흥미로운 사건이었다.

제6장

옛 친구의 회상

다음 날 아침 올리버 부인이 집으로 돌아오자, 마치 기다리고 있었다는 듯이 리빙스턴 양이 얘기했다.

"두 군데서 전화가 왔었어요, 올리버 부인."

"그래요?"

"첫 번째는 크릭턴 스미스에게서 왔는데 부인이 옅은 초록색 금란으로 할 건지, 아니면 옅은 푸른색으로 할 건지 알고 싶다고 하더군요."

"아직까지 결정하지 못했는데. 내일 아침에 다시 말해 줘요. 저녁 불빛에 다시 한 번 봤으면 좋겠어."

"그리고 또 하나는 외국인에게서 온 건데, 에르큘 포와로 씨라고 하더군요."

"아, 그래요? 무슨 일로 걸었다고 하던가요?"

"오늘 오후에 부인을 만날 수 있는지 알고 싶다고 하더군요."

"만날 시간이 없는데 어떡하지? 포와로 씨에게 만날 수 없다고 전화 걸어주겠어요? 사실은 지금 다시 나가봐야 하거든. 포와로 씨가 전화번호 알려줬죠?"

"예."

"잘 됐군. 다시 전화번호를 찾지 않아도 되니까. 지금 전화를 걸어서, 미안하지만 만날 수 없다고 해요. 코끼리를 추적하러 나가야 한다고."

"다시 한 번 말씀해 주시겠어요?"

"코끼리를 추적해야 한다고요."

"아, 알겠어요."

리빙스턴 양은 재빠르게 고용주의 눈치를 살펴보았다. 애리어든 올리버 부인은 비록 성공한 소설가이긴 하지만, 성격이 썩 좋은 편은 아니었다. 그래서 고용주의 기분이 어떤지 눈치를 살펴야 했다.

"코끼리 사냥을 해본 적은 없지만, 제법 재미있을 거야"

올리버 부인이 말했다. 그녀는 거실로 들어가서 소파 위에 구별해서 뽑아놓은 낡은 책들 가운데서 맨 위에 있는 책의 겉장을 펼쳤다. 그 전날 밤을 꼬박 새워 그 책들을 보고서, 몇 개의 주소를 뽑아 종이 한 장에 베껴놓았었다.

"글쎄, 어디서부터 시작하지……." 올리버 부인이 말했다.

"줄리아가 아직까지 제정신으로 있다면 그녀부터 시작해야겠지. 줄리아는 그 근처에 살았기 때문에 그 마을에 대해서 잘 알고 있을 거야. 좋았어, 줄리아부터 만나봐야지."

"여기 서명하실 편지가 네 통 있어요" 리빙스턴 양이 말했다.

"지금은 아무 일도 할 수 없어요. 1분도 시간을 낼 수 없다고. 햄튼 코트 저택으로 내려가야 하는데, 꽤 먼 길이에요"

올리버 부인은 좀 흥분한 목소리로 말했다.

줄리아 카스테어스는 팔걸이의자에서 조금 힘들게 일어났다. 일흔이 넘은 사람이 의자에 오랫동안 앉아 있거나 선잠이라도 자고 있다가 일어나기란 결코 쉬운 일이 아니다. 그녀는 앞으로 걸어나왔다. 그러고는 '특권계급을 위한 가정'의 일원이라는 자격으로 그녀가 소유하고 있는 아파트에서 함께 거주하는 충실한 하녀가 방금 도착했다고 알린 사람이 누군지 자세히 살펴보았다.

귀가 잘 들리지 않기 때문에 이름을 제대로 알아들을 수 없었다. 걸리버 부인. 걸리버 부인이 누굴까? 줄리아 카스테어스는 걸리버 부인이라는 사람이 기억나지 않았다. 그녀는 여전히 앞의 사람을 살펴보면서 조금씩 떨리는 무릎으로 앞으로 걸어나왔다.

"만난 지 너무 오래됐기 때문에 절 기억하지 못하실 거예요"

다른 노인들과 마찬가지로 카스테어스 부인도 얼굴보다는 목소리를 듣고 기억할 수 있었다.

"기억하고말고" 그녀는 소리쳤다.

"저런—애리어든! 이렇게 만나게 되어 반가워."

두 사람은 서로 인사말을 주고받았다.

"마침 이 근처에 볼일이 있어서요." 올리버 부인이 설명했다.

"이 근처에 사는 사람을 만나러 내려와야 했거든요. 그런데 어젯밤에 주소록을 들춰보다가 부인의 아파트가 이 근처에 있다는 걸 알았죠. 집은 괜찮죠?"

그녀는 주위를 둘러보며 노부인이 알아들을 수 있도록 목소리를 높여 말했다.

"좋아." 카스테어스 부인이 말했다.

"소문난 것만큼 좋진 않지만, 여러 가지 이점이 있어. 개인 가구를 가져올 수도 있고, 중앙 레스토랑이 있어서 식사를 할 수도 있지. 물론 개인 물건도 들여 놓을 수가 있어. 아, 그래, 정말 좋은 곳이야. 정원도 아름답게 잘 가꿔져 있어. 그건 그렇고, 앉아서 얘기하지, 애리어든. 어서 앉아, 아주 좋아 보이는군. 애리어든이 저번 날에 문인 오찬회에 참석했다는 기사를 신문에서 읽었어. 그런데 신문에서 본 사람을 며칠 지나지 않아 이렇게 실제로 만나게 되다니 재미있는 일이군. 정말 재미있는 일이야."

올리버 부인은 카스테어스 부인이 권하는 의자에 앉으며 말했다.

"세상일이란 게 모두 재미있죠."

"아직도 런던에 살고 있지?"

올리버 부인은 그렇다고 대답했다. 그러고는 어린 시절에 무용반에 들어가 랜서(네 사람이 한 조가 되어 추는 춤)의 첫 번째 무용수로서 춤을 추었던 희미한 기억을 되살리며 속으로 생각했던 얘기를 끄집어냈다. 앞으로, 뒤로, 손을 앞으로, 두 바퀴 돌고, 크게 한 바퀴 돌고 등등.

올리버 부인은 카스테어스 부인의 딸 하나와 두 명의 손자 안부를 묻고는, 또 다른 딸은 무엇을 하고 있느냐고 물었다. 그녀는 뉴질랜드에서 일을 하고 있다고 했는데, 카스테어스 부인은 그 일이 무엇인지는 정확하게 모르는 것 같았다. 아마 사회학 방면의 연구를 하는 모양이었다.

카스테어스 부인은 의자의 팔걸이에 붙어 있는 전자벨을 눌러서, 에마에게 차를 가져오라고 했다. 올리버 부인은 귀찮게 하고 싶지 않다고 했지만, 줄리아 카스테어스는 이렇게 말했다.

"애리어든이 차를 마시게 해줘야지."

두 여자는 의자 뒤로 몸을 기대었다. 랜서의 2번 무용수와 3번 무용수가 생각났다. 옛 친구들. 다른 사람들의 아이들. 친구들의 죽음.

"애리어든을 본 지가 꽤 오래 되었지?"

카스테어스 부인이 말했다.

"르웰린스의 결혼식 때 보고 못 본 것 같아요." 올리버 부인이 말했다.

"그래, 아마 그럴 거야. 신부 들러리를 섰던 마리아가 아주 끔찍한 모습을 하고 있었지. 그 살굿빛 옷이 정말 너무나도 어울리지 않았어."

"기억나요. 정말 어울리지 않는 옷이었죠."

"요즘 결혼식은 우리 때만큼 아름답지가 못한 것 같아. 개중에 아주 특이한 옷차림새를 하는 사람도 몇몇 있더군. 언젠가 내 친구가 결혼식장에 다녀왔는데, 신랑이 목에 주름이 있는 하얀색 누비 공단 옷을 입었다는 게야. 아마 벌렌시엔스(프랑스산(産) 고급 레이스의 일종) 레이스로 만든 옷이었겠지. 아주 특이한 차림새잖아. 그리고 그 신부도 독특한 바지를 입었다는군. 물론 하얀색이긴 하지만, 전체적으로 초록색 토끼 무늬가 있는 옷이었다지 뭐야. 애리어든, 한번 그 장면을 상상해 봐. 정말 특이한 결혼식이지. 역시 교회에서 했다는군. 내가 목사였다면 그 결혼식은 받아들이지 않았을 거야."

차가 날려져 왔다. 얘기는 계속되었다.

"저번에 제 대녀인 실리아 래븐스크로프트를 만났어요."

올리버 부인이 말했다.

"래븐스크로프트 부부를 기억하고 계시죠? 너무 오래된 일이긴 하지만—."

"래븐스크로프트 부부라고? 잠깐만. 아주 비참한 사건이었지? 동반 자살을 했던가, 아마 그렇지? 오버클리프의 자기 집 근처에서."

"정말 기억력이 좋으시군요, 줄리아."

"좋은 편이지. 하지만 사람들 이름은 잘 기억하지 못해. 그래, 아주 비극적인 사건이었지."

"정말 비극적인 사건이었죠."

"내 로디 포스터라는 사촌이 인도에서 그들과 잘 알고 지냈지. 래븐스크로프트 장군은 아주 훌륭한 경력을 갖고 있는 사람이었어. 퇴역할 때쯤엔 귀가 멀긴 했지만 말이야. 사람들이 하는 말을 잘 듣지 못했지."

"그 부부를 잘 기억하고 계세요?"

"물론 기억하고말고. 누구든지 사람들을 완전히 잊어버리진 않지. 그 부부는 오버클리프에서 5~6년 정도 살았어."

"그 부인의 세례명이 뭐였죠?" 올리버 부인이 말했다.

"뮤리얼이었지, 아마. 하지만 모두들 몰리라고 불렀어. 그래, 뮤리얼. 그 당시엔 뮤리얼이라는 세례명을 가진 사람들이 제법 많았잖아? 그녀는 가발을 쓰고 다니곤 했는데, 기억해?"

"예. 정확하게 기억하진 못하지만, 그랬던 것 같아요."

"몰리는 내게도 가발을 장만해 두라고 권했어. 그녀 말로는 외국여행을 할 때 아주 쓸모 있다고 하더군. 몰리는 가발을 네 개씩이나 갖고 있었는데 하나는 저녁 외출용이었고, 하나는 여행용, 또 하나는—정말 이상한 가발이었어. 가발을 쓰고 나서 그 위에 모자를 쓰면 가발이 벗겨지지 않았지."

"전 부인만큼 그 부부에 대해서 잘 알지 못해요. 또 그 사건이 일어났을 때, 전 강연 여행차 미국에 가 있었기 때문에 자세한 얘길 듣지 못했어요."

"글쎄, 그건 불가사의한 사건이었어. 누구도 진상을 밝혀내지 못했으니까 말이야. 당시엔 별의별 얘기가 다 나돌았지." 줄리아 카스테어스가 말했다.

"검시재판 결과는 어떻게 나왔죠—물론 검시재판은 했겠죠?"

"물론 했고말고. 경찰이 안 할 리가 있나. 하지만 권총 발사로 인한 죽음이라고 좀 모호하게 말했지. 경찰에서도 구체적으로 사건이 어떻게 해서 일어났는지 설명하지 못했어. 래븐스크로프트 장군이 아내를 쏘고 나서 자살했을 가능성도 있지만, 반대로 레이디 래븐스크로프트가 남편을 죽이고 나서 자신의 목숨을 끊었을 수도 있는 일이거든. 내 생각엔 동반 자살했을 가능성이 높을 것 같아. 하지만 정확하게 어떤 방법으로 했는진 말할 수가 없단 말이야."

"범죄일 가능성은 없나요?"

"아니, 없어. 범죄라고 할 만한 증거가 없었다고 들었어. 시체 근처에 다른 사람이 접근했던 흔적이나 발자국 같은 게 없었거든. 그 부부는 평소와 마찬가지로 차를 마신 뒤에 산책하러 나갔어. 그런데 저녁식사 시간이 되어도 돌아오지 않아서 하인인가 정원사인가(어떤 사람이겠지) 그들을 찾으러 나갔다가 시체를 발견한 거야. 옆에 놓인 권총도 함께."

"그건 래븐스크로프트 장군의 총이었다죠?"

"그래, 장군은 집에 권총을 두 자루 갖고 있었지. 퇴역한 군인들은 대개 권총을 갖고 있으니까. 권총을 갖고 있으면 세상일에 대해서 좀더 안전하게 느껴지겠지. 나머지 한 자루는 집의 서랍 속에 그대로 보관되어 있었어. 그래서 말인데, 래븐스크로프트 장군은 일부러 권총을 갖고 나갔던 게 틀림없어. 그 부인이 권총을 갖고 산책했을 것 같진 않거든."

"그렇지만도 않아요. 그건 뭐라고 단정할 수 없는 일이에요. 그렇잖아요?"

"하지만, 그 부부 사이가 나빴다든가 불행했다는 증거가 없어. 그리고 특별히 자살할 만한 까닭도 없고. 물론 사람들의 사생활에 어떤 비극적인 요소가 있는진 아무도 모르는 일이지만 말이야."

"그건 그래요. 아무도 모르는 일이죠. 그건 사실이에요, 줄리아. 부인은 어떻게 생각하세요?"

"글쎄, 나도 그 사건에 대해서 알고 싶은 게 많지."

"그렇죠. 누구나 다 그럴 거예요."

"물론 래븐스크로프트 장군이 어떤 병에 걸렸을 수도 있겠지. 혹시 그가 암이라는 진단을 받은 건 아닐까 하고 생각하지만, 의학적인 증언에 따르면 그렇지가 않아. 그는 아주 건강한 편이었다고 하거든. 그리고 그전에 래븐스크로프트 장군은(그런 걸 뭐라고 하지) 관상동맥혈전증(coronary)이었어. 관(corona)이라는 단어와 발음은 비슷하지만, 일종의 심장마비를 일으키는 병이지. 그 사람은 그 병에 걸렸다가 회복되었고, 그 아내는 좀 신경질적인 면이 있었어."

"그랬던 것 같군요. 물론 그 부부를 잘 알진 못했지만 말이에요."

올리버 부인은 불쑥 물었다.

"사건이 일어났을 때, 그녀는 가발을 쓰고 있었나요?"

"글쎄, 그건 기억나지 않는데. 그녀는 늘 가발을 쓰고 있었어. 네 개 가운데 하나를 쓰고 있었지."

"좀 이상하군요. 권총으로 자살할 생각이나 남편을 쏠 생각을 했다면 가발을 쓰지 않았을 것 같은데."

두 사람은 이 문제를 놓고 서로 의견을 나누었다.

"정말로 어떻게 생각하세요, 줄리아?"

"글쎄, 조금 전에 말한 대로 알고 싶은 게 많아. 여러 가지 소문이 나돌았지만, 늘 그렇듯이 단지 추측일 뿐이었지."

"남편에 대해서요, 아내에 대해서요? 누구에 대한 소문이 나돌았죠?"

"사람들 말로는 남편에게 젊은 여자가 있었다고 해. 그의 비서로 있던 여자를 두고 하는 말이지. 그는 인도에서 근무했었을 때의 일을 회고록 형식으로 쓰고 있었어(출판사에서 써달라는 부탁을 받았겠지). 그 젊은 여자는 장군이 구술하는 내용을 받아적었어. 하지만 사람들—글쎄, 사람들이 간혹 무슨 얘길 하는지 잘 알잖아. 래븐스크로프트 장군이 그 여자와 묘한 관계에 있다고 수군거린 거야. 그 여자는 아주 젊은 편도 아니었어. 서른 살이 넘은 데다가 과히 예쁜 얼굴도 아니었어. 그리고 아내에게도 나쁜 소문이 없었다곤 할 수 없지만, 그런 건 아무도 모르는 일이야. 사람들은 장군이 그 젊은 여자와 결혼하고 싶어서 아내를 쐈을 거라고 생각했겠지만, 난 그렇게 여기지 않아. 절대로 그럴 리는 없다고 생각해."

"부인 생각은 어떤 건데요?"

"글쎄, 난 아내 쪽이 더 의심스러워."

"남자관계가 있었다는 말씀인가요?"

"말레이에 있었을 때의 얘길 거야. 그 아내에 대해서 어떤 소문이 들렸어. 자기보다 훨씬 젊은 남자와 가깝게 지냈다는 거야. 그래서 남편이 몹시 못마땅하게 여겼으며, 그 일 때문에 조금 문제가 있었다는군. 어딘지 장소는 잊어버렸어. 하지만 어쨌든 그건 벌써 오래전 일이었으니까 그 일이 사건의 동기가 되었으리라곤 생각지 않아."

"그 집 근처에서 어떤 얘기가 나돌진 않았나요? 또, 특별히 친하게 지냈던 이웃은 없었나요? 그 부부가 싸웠다는 증거는 없었다고 하셨죠?"

"물론 없었지. 난 그 당시에 그 사건에 대한 신문기사는 모조리 읽었어. 사람들이 그 사건을 두고 이런저런 얘길 많이 했지. 왜냐하면 모두들 그 사건과 관련되어 아주 비극적인 사랑 얘기가 있을 거라고 추측했으니까."

"하지만 그런 건 없었잖아요! 그 부부에겐 아이들이 있었죠? 물론 제 대녀도 그들의 아이였죠."

"그래. 그 딸 말고도 아들이 하나 있었지. 당시에 그 아인 아주 어렸어. 어딘가에서 학교에 다니고 있었을 거야. 딸아이는 열두 살 정도 됐던 것 같은데—아니, 그보다 조금 많았겠군. 그 아인 스위스의 기숙학교에 다녔지."

"그 집안에 정신병을 앓았던 사람은 없나요?"

"아, 그 청년 말이자—그래, 그렇지. 아주 이상한 얘길 들었을 거야. 그 아들이 아버지를 쏘았지. 아마 뉴캐슬 근처였을 거야. 그 비극적인 사건보다 몇 년 전에 일어난 일이지. 그 청년은 아주 심한 우울증에 걸려 있었는데, 대학에 들어가선 목을 매달아 자살을 기도하곤 했던 모양이야. 그런데 졸업하고 나서 총으로 아버지를 쏜 거야. 그 이유를 아는 사람은 아무도 없지. 그건 그렇고, 그건 래븐스크로프트 부부와는 관계없는 얘기야. 아니, 난 사건이 그런 식으로 일어났다곤 보지 않아, 애리어든. 다른 면으로 생각하고 있지—."

"어떻게 생각하세요, 줄리아?"

"남자가 있었을 거라고 생각해."

"아내에게 말인가요?"

"그렇지. 글쎄—글쎄, 대개들 그렇게 생각할 거야. 가발도 그렇게 생각하는 이유 가운데 하나지."

"가발이요?"

"그래, 그녀는 무척 멋을 내고 싶어했어."

"그녀는 당시에 서른다섯 살이었어요."

"더 많았어. 아마 서른여섯 살이었을 거야. 그리고 언젠가 내게 가발을 보여준 적이 있었는데, 한두 개는 정말 그녀에게 썩 잘 어울렸지. 또, 늘 짙게 화장을 하고 다녔어. 그곳으로 이사 온 다음부터 그렇게 꾸미기 시작했던 것 같아. 어쨌든 아름다운 여자였지."

"그러니까 레이디 래븐스크로프트가 다른 사람과—어떤 남자와 만났다는 뜻인가요?"

"글쎄, 난 오래전부터 그렇게 생각했어." 카스테어스 부인이 말했다.

"애리어든도 알다시피, 남자가 여자를 몰래 만나면 요령 있게 처신하지 못하기 때문에 종종 사람들의 눈에 띄게 되지. 하지만 여자들은—음, 누굴 만나는지 아무도 눈치채지 못하잖아."

"정말 그렇게 생각하세요, 줄리아?"

"그래, 난 그렇게 생각해. 그 사실을 많은 사람들이 알고 있었으니까. 하인들도 알고 있었고, 정원사, 운전사도 알고 있었어. 또, 이웃사람들도 알고 있었지. 그래, 모두들 알고 있었어. 그러고는 자기들끼리 수군거렸어. 어쨌든 그런 일은 얼마든지 있을 수 있는 일이고, 그 남편도 그 사실을 알았을 거야……."

"그럼, 질투 때문에 일어난 사건이란 말인가요?"

"그렇지."

"그럼, 부인은 아내가 남편을 쏘고 나서 자살한 게 아니라, 남편이 아내를 죽이고 나서 자신을 쏜 거라고 생각하시겠군요."

"글쎄, 그렇게 생각해야겠지. 아내는 남편이 없어지길 바랐을 테니까. 그렇지만, 아내가 남편과 함께 산책하러 나가면서 핸드백에 권총을 넣어갔다곤 생각되지 않아. 그러려면 좀 커다란 핸드백을 들었어야지. 언제든지 실제적인 면을 생각해 봐야 해."

"그래야죠. 아주 재미있는 얘기군요." 올리버 부인이 말했다.

"애리어든은 범죄소설을 쓰는 사람이니까 더욱 재미있을 거야. 내 생각엔 애리어든이 훨씬 좋은 착상을 갖고 있을 것 같은데, 앞으로 무슨 일이 벌어질지 이미 알고 있는 것 아냐?"

"그렇진 않아요. 제 작품 속에 나오는 범죄는 모두 제가 꾸며내는 거예요. 다시 말하자면 제가 꾸미고 싶은 범죄를 소설 속에서 일어나게 하는 거죠. 결코 실제로 있었던 일이나 있을 수 있는 게 아니에요. 그러니까 전 앞으로 무슨 일이 일어날 것인지 예측할 자격조차 없는 사람이죠. 부인이 그들 부부를 잘 알고 있었으니까 어떻게 생각하는지 알고 싶었을 뿐이에요. 그리고 언젠가 레이디 래븐스크로프트가 부인에게 무슨 얘길 했었을 것 같아요—아니면, 남편이 얘기했던가."

"그래, 잠깐만. 그 얘길 들으니까 뭔가 생각나는 게 있구먼."

카스테어스 부인은 의자 뒤로 몸을 기대고는 의심스러운 듯이 고개를 저었다. 그러고는 눈을 반쯤 감으며 생각에 잠겼다.

올리버 부인은 주전자의 물이 끓기를 기다리는 여자 같은 표정으로 아무 말 없이 기다렸다.

"언젠가 그녀가 이런 얘길 한 적이 있었지. 그런데 무슨 뜻으로 그런 얘길 했는진 잘 모르겠어." 카스테어스 부인이 말했다.

"새로운 생활을 시작한다는 얘기였는데—성녀 테레사 얘길 하면서. 아빌라의 성녀 테레사 얘기 말이야."

"아빌라의 성녀 테레사라고요?"

"그래, 뚜렷하게 기억나진 않는군. 아마 그때 그녀가 성녀 테레사의 전기를 읽고 있었던 것 같아. 레이디 래븐스크로프트는 여자들이 새로운 생활을 갖는다는 건 아주 멋진 일이라고 말하더군. 평소엔 그런 말을 하지 않았는데, 그땐 그렇게 말했어. 애리어든도 알다시피, 여자들은 40~50대가 되면 갑자기 새로운 생활을 하고 싶어지는 법이지. 아빌라의 테레사는 그런 생활을 했어. 그녀는 그때까지 수녀가 되는 것 말고는 특별한 목적이 없었어. 그러고 있다가 갑자기 수녀원을 뛰쳐나가 모든 수녀원을 개혁하는 데 온 힘을 기울여서는 결국은 위대한 성녀가 되었잖아."

"그렇긴 해요. 하지만 그것과는 다른 얘기잖아요."

"아니, 그렇지 않아." 카스테어스 부인이 말했다.

"여자들이란 자신의 사랑 문제에 대해선 아주 어리석은 방법으로 얘길 하지. 인생을 시작하기에 절대로 늦지 않았다는 둥 하고 말이야."

어린 시절로 돌아가서

올리버 부인은 골목에 허름하게 서 있는 아담한 집의 작은 현관문과 세 단 짜리 계단을 의아스러운 표정으로 쳐다보았다. 창문 아래에는 구근식물 몇 가지가 자라고 있었는데, 주로 튤립이었다.

올리버 부인은 멈춰 서서는 손에 들고 있는 주소록을 펼쳐서 자신이 제대로 찾아왔는지 확인해 보았다. 벨을 누르려고 하다가, 벨소리에 응답이 없을 것 같아서 대신 현관문 고리쇠를 가볍게 두드렸다. 안쪽에서 아무런 응답이 없자, 그녀는 다시 한 번 두드렸다.

이번엔 안쪽에서 소리가 들렸다. 신발을 질질 끄는 소리와 천식환자 같은 숨소리가 들리더니 어떤 손이 문을 열려고 애쓰는 것이었다. 그와 함께 우편함을 통해서 희미하게 웅얼거리는 소리가 울려나왔다.

"이런, 제기랄. 빌어먹을, 왜 이러지."

이윽고 안쪽 사람의 노력이 성공을 거두어 삐거덕거리는 이상한 소리가 나며 문이 천천히 열렸다. 주름살투성이의 얼굴에 구부정한 어깨, 그리고 관절염 증세가 있어 보이는 나이 많은 여자가 방문객을 쳐다보았다.

그 노파는 몹시 못마땅한 얼굴을 하고 있었는데, 그건 두려워하는 표정이 아니라 영국 여자의 성 같은 집에 찾아온 방문객에 대한 혐오의 표정이었다. 그 노파는 70-80세는 되어 보였지만, 아직도 자기 가정의 용감한 수호자 역할을 하고 있었다.

"무슨 일로 찾아왔는지 알아요. 난—." 그 노파는 얘기를 멈췄다.

"아, 이게 누구야, 애리어든 양이잖아. 이렇게 만나게 되다니! 애리어든 양."

"절 알아보고 깜짝 놀라실 줄 알았어요." 올리버 부인이 말했다.

"안녕하세요, 매첨 부인?"

"애리어든 양! 그래, 이제야 생각나는군."

올리버 부인은 참으로 오랜만에 애리어든 양이라는 소리를 들었다.

나이 때문에 목소리가 조금 갈라지긴 했지만, 애리어든 양이라고 부르는 소리가 아주 친숙하게 들렸다.

"어서 들어와." 그 노파가 말했다.

"어서 와요. 아주 좋아 보이는군. 이게 몇 년 만이지? 15년은 되었을 게야."

사실은 15년이 훨씬 넘었지만, 올리버 부인은 아무 말 하지 않았다. 그녀는 안으로 들어갔다. 매첨 부인은 손이 떨렸으므로 뜻대로 움직여지지 않았다.

그녀는 간신히 문을 닫고 나서는 발을 질질 끌며 절뚝거리면서 작은 방으로 들어갔다. 그 방은 매첨 부인이 기꺼이 자기 집에 들어오게 한 방문자를 맞기 위해서 특별하게 꾸며놓은 흔적이 뚜렷한 곳이었다. 방 안에 들어가니 어린아이들과 어른들의 사진이 많이 보였다.

낡긴 했지만 완전히 떨어지진 않은 훌륭한 가죽 사진틀이 몇 개 있었다. 색이 변한 은제틀 속에는 머리에 깃털을 꽂고 예복을 입은 젊은 여자의 사진이 끼워져 있었다. 해군장교 사진 두 장, 육군 장교 사진 두 장, 그리고 깔개 위에 누워 있는 발가벗은 아기 사진도 몇 장 있었다.

올리버 부인은 인사를 하고 나서 의자에 앉았다. 매첨 부인은 털썩 소파에 앉아서는 쿠션을 끌어당겨 어렵게 등 뒤에 집어넣었다.

"이렇게 만나게 되다니 꿈만 같은데. 아직도 재미있는 소설을 쓰고 있지?"

"예."

올리버 부인은 대답했다. 하지만 추리소설과 범죄 및 일반적인 범죄행위를 다룬 소설이 어느 정도까지 재미있는 소설이라고 불릴 수 있는지 좀 의아스러웠다. 그렇지만 어느 것이든지 재미있는 소설이라고 말하는 것이 매첨 부인의 습관인 모양이다.

"지금은 나 혼자서 지내." 매첨 부인이 말했다.

"애리어든도 알듯이 그레이스라는 여동생이 있었는데, 지난 가을에 암으로 죽었어. 수술을 받긴 했지만, 너무 늦었지."

"저런, 안됐군요." 올리버 부인이 말했다.

다음 10분간 매첨 부인은 나머지 친지들의 죽음에 대한 얘기를 계속했다.

"그건 그렇고, 애리어든은 괜찮지? 건강은 어때? 결혼은 했나? 아, 몇 년 전에 남편이 세상을 떴지. 그런데 여기 리틀 샐턴 마이노엔 무슨 일로 왔어?"

"이 근처에 볼일이 있어서요. 마침 주소록에 부인 주소가 있어서, 잠깐 들러 어떻게 지내시는지 뵙고 싶었어요."

"잘 왔어! 덕분에 옛날 얘기도 할 수 있잖아. 이렇게 옛날 얘길 할 수 있다는 건 정말 즐거운 일이야."

"예, 그래요."

올리버 부인은 그것이 자신의 방문 목적과도 어느 정도 일치하기 때문에, 상대방이 그렇게 얘기해 준 것에 대해 안도감을 느꼈다.

"사진을 많이 갖고 계시는군요."

"아, 그런 편이지. 내가 전에 살던 집은—그 집 이름이 우스꽝스러웠는데, '노인들의 행복한 일몰 저택'이라고 했던가, 아무튼 그런 이름이었어. 난 그 집에서 일 년하고 석 달 정도 살다가 더 이상 견딜 수가 없어서 나왔지. 그곳 사람들이 얼마나 심술궂은지, 개인 물건은 한 가지도 들여놓을 수 없다는 거야. 집에 붙어 있는 것 이외엔 아무것도 가져올 수 없다는 거지. 편리하긴 하겠지만, 난 주위에 내 물건을 두는 걸 좋아하거든. 사진이나 가구 같은 것 말이야. 그런데 시의회인가 무슨 사회단체에선가 나온 친절한 부인을 만나게 되었어. 그 여자는 어디에 협회 주택 같은 게 있는데, 본인이 원하는 물건을 갖고 있을 수 있다고 알려주더군. 그리고 상냥한 봉사원이 잘 지내고 있는지 매일 보러 와줘. 정말 편안하고 안락한 집이야. 또, 내 물건도 모두 갖고 있을 수 있고."

"여러 나라에서 가져온 물건들이군요."

올리버 부인은 주위를 둘러보며 말했다.

"그래, 저 테이블은(놋쇠로 된 것 말이야) 윌슨 대령이 싱가포르인가 어디에서 보내준 거야. 그리고 저 베나레스 놋쇠 장식품도 그가 보내준 거지. 멋있지? 저기 재떨이 위에 우스꽝스러운 물건이 있지? 저건 이집트에서 가져온 거야. 스캐럽(왕쇠똥구리 모양으로 조각한 보석으로 옛 이집트인의 부적)인지 뭐라고 하더군. 피부병 이름 같은데, 사실은 완전히 다르지. 딱정벌레 같은 모양인데, 무슨 돌로 만든다나. 이집트 사람들은 저걸 보석으로 여긴다고 해. 밝은 푸른색이야. 레이저—라비스—레이지 라핀인가 뭐라고 하던데."

"라피스 라줄리예요."

"맞아, 바로 그거야. 아주 훌륭한 물건이지. 고고학자인 아들이 파냈는데, 내게 보내줬어."

"모두 옛날 물건이로군요." 올리버 부인이 말했다.

"그래, 모두 내 아들과 딸들이 보내준 거야. 어떤 아이는 갓난아이 때부터, 또 태어나자마자 데려다 키운 아이들도 있지. 그리고 어른이 된 다음에 만난 아이도 있어. 주로 내가 인도나 샴(태국)에 있을 때 인연을 맺었지. 저기 예복을 입은 아인 모야 양인데, 아주 예쁘긴 하지만 벌써 이혼을 두 번씩이나 했어. 첫 번째 남편과 성격이 맞지 않아 헤어지고 나서 유행가 가수와 결혼했지만 행복하지 못했어. 그 뒤에 캘리포니아에서 어떤 남자와 결혼을 했지. 두 사람은 요트를 타고 여기저기 여행을 많이 다녔어. 그런데 2~3년 전에 겨우 예순한 살이라는 나이로 세상을 떠난 거야. 너무 아까운 나이지."

"부인도 세계 곳곳을 여행하셨죠? 인도, 홍콩, 이집트, 남아메리카 등등."

"그래, 나도 제법 여러 나라를 다녀봤지."

"제가 인도에 있을 때 부인은 어느 군인 집에 있었어요, 그렇잖은가요? 무슨 장군이라고 했던 것 같은데—잠깐만, 이름이 잘 떠오르지 않는군요. 혹시 래븐스크로프트 장군이 아니었나요?"

"아냐, 애리어든이 잘못 기억하고 있군. 난 그때 바너비 집에서 지내고 있었어. 애리어든이 와서 함께 지내기도 했잖아, 기억나? 여행을 하다가 바너비 씨 집에 들러서 묵은 거지. 애리어든과 바너비 부인과는 옛 친구였으니까. 그리고 남편은 판사였어."

"아, 그랬죠. 좀 복잡하군요. 이름들이 서로 헷갈려서요."

"바너비 씨네는 아이들이 둘 있었어. 영국에서 학교에 다니고 있었지. 남자아이는 해로 학교에 다녔고, 여자아이는 로딘 학교에 다녔던 것 같아. 그래서 그 뒤에 난 다른 집으로 갔지. 아, 요즘엔 많이 변했어. 예전처럼 하녀들이 흔치 않다고 하더군. 또, 하녀들이 종종 말썽을 부리곤 하지. 난 바너비 씨 집에 있는 동안 하녀와 아주 사이좋게 지냈어.

아까 애리어든이 누구라고 했었지? 래븐스크로프트? 물론 그 사람들도 기억하고 있지. 지금은 어디에 살고 있는지 모르겠지만 그 가족들의 얼굴은 지금도 기억하고 있어. 벌써 오래전 일이지만 기억이 나. 바너비 씨네 집에 있을 때였어. 아이들이 학교에 가고 나면 난 바너비 부인의 일을 도와주었지. 주로 바너비 부인의 물건을 챙기고 고치는 일을 했어. 아, 그런데 끔찍스러운 일이 일어난 거야. 바너비 씨 가족에게가 아니라 래븐스크로프트 씨 가족에게 말이야. 난 절대로 그 일을 잊지 못해. 내가 직접 보진 못했지만, 정말 너무 끔찍한 사건이었어."

"끔찍한 사건이었죠." 올리버 부인이 말했다.

"그 일은 애리어든이 영국으로 돌아가고 난 뒤에 일어났지. 한참 뒤에 일어났어. 아주 다정한 부부였는데, 충격적인 사건이었지."

"전 잘 기억나지 않아요." 올리버 부인이 말했다.

"난 알고 있어. 모두들 잊어버렸겠지만, 난 또렷하게 기억하고 있지. 그때, 항간에 그 여자가 좀 이상했다는 소문이 나돌았어. 어렸을 때부터 이상했다는 거야. 좀 오래전 일인데, 그 여자가 아기를 유모차에서 끌어내 강에다 던졌다는군. 사람들 말에 따르면, 그 여자가 아일 죽이고 싶어했는데 뜻대로 되지 않아서 그렇게 했다는 거야."

"레이디 래븐스크로프트가 말인가요?"

"아니, 레이디 래븐스크로프트 얘기가 아니야. 애리어든은 나만큼 기억하지 못하고 있군. 그 언니 말이야."

"그 부인의 언니 말인가요?"

"부인의 언니였는지, 남편의 누이였는지 그건 잘 모르겠어. 사람들 말로는, 그 여자는 오랫동안 정신요양원 같은 데 있었다고 했어. 열한 살인가 열두 살 때부터라고 했던 것 같아. 병원에 입원하여 치료를 받고 나서 의사가 완쾌되었다고 해서 퇴원했어. 그리고 어떤 군인과 결혼을 했지. 그런데 또 문제가 벌어졌어. 그래서 그녀는 다시 정신병원으로 보내졌지. 그곳 의사들이 환자를 아

주 잘 다룬다나, 병실도 훌륭하고

그 부부는 언니를 찾아가곤 했어. 장군과 그의 아내 말이야. 아이들은 충격을 받을 것 같아서 다른 사람이 맡아서 길렀고 어쨌든 그녀는 완쾌되어 집으로 돌아와서 남편과 함께 살게 되었어. 그런데 남편이 고혈압인가 심장마비로 세상을 떠난 거야. 그녀는 너무 상심해서 집을 나와 오빠인가 여동생인가 하고 함께 살았지. 그녀는 아주 행복해 보였고, 아이들을 무척 예뻐했어. 그때 남자아이는 제법 커서 학교에 다녔지. 그리고 그 밑으로 딸이 둘 있었고 그날 오후에 그녀는 막내딸을 데리고 놀고 있었지. 아, 너무 오래전 일이라서 자세하게 기억나지가 않는데. 당시엔 별의별 소문이 다 나돌았지.

들리는 말에 따르면, 절대로 그녀의 짓이 아니라는 거야. 가정부가 저질렀다고 생각하는 사람들도 더러 있었지만, 가정부는 아이들을 몹시 사랑했으므로 그 말에 아주 흥분했지. 그녀는 아이들이 집에서 떠나 있는 게 좋다고 했어. 집에 있으면 안전하지 않다고 생각했겠지. 하지만 다른 사람들은 그 말을 믿지 않았어. 바로 그러고 있는 중에 그 사건이 일어났는데, 사람들은 틀림없이 그녀의 짓이라고 생각한 모양이야. 그녀의 이름이 뭔지 떠오르지 않는군. 어쨌든 그렇게 된 일이야."

"그런 뒤에 장군인가 레이디 래븐스크로프트인가의 언니는 어떻게 됐나요?"

"의사에게 넘겨져서 어느 병원에 입원했다가 결국은 영국으로 돌아왔을 거야. 전처럼 정신병원에서 치료를 잘 받았겠지. 돈이 많았으니까. 남편 쪽 집안이 아주 부자였거든. 아마 그녀는 다시 완쾌되었을 거야. 사실 난 그동안 이 사건을 잊어버리고 있었어. 애리어든이 래븐스크로프트 장군 부부에 대해서 물어오기 전엔 생각을 하지 않았으니까. 그 부부가 지금은 어디에서 사는지 모르겠는데. 아마 오래전에 퇴역했을 거야."

"아주 안됐어요. 신문에서 읽으셨을 텐데요." 올리버 부인이 말했다.

"뭘 말이지?"

"그 부부는 영국에다 집을 한 채 장만해서……."

"아, 그래, 이제야 생각나는군. 신문에서 그 기사를 읽었던 기억이 나. 그래, 래븐스크로프트라는 이름은 생각나는데, 언제 무슨 일이었는지 모르겠는데. 그 부부가 벼랑에서 떨어졌다던가 했다지? 그런 일이었던 것 같아."

"맞아요. 바로 그 일이에요." 올리버 부인이 말했다.

"그건 그렇고, 애리어든을 만나게 되어 무척 반가워. 차라도 줘야 할 텐데."

"괜찮아요. 마시고 싶은 생각이 없어요. 정말 괜찮아요."

"아냐. 괜찮다면, 부엌으로 가지 않겠어? 난 대부분 부엌에서 지내지. 그곳에 있는 게 일이 좀 수월하거든. 하지만 손님들이 오면 늘 자랑스러운 물건들이 있는 이 방으로 안내하지. 내가 갖고 있는 물건과 아이들 사진 등 자랑할 만한 게 많이 있으니까."

"부인은 아이들을 돌보는 일로 인생을 즐기시는 것 같아요."

"맞아. 애리어든이 어렸을 때가 기억나는군. 내가 얘기해 주는 걸 아주 좋아했지. 호랑이 얘기며, 원숭이 얘기—원숭이가 나무에 올라가는 얘길 자주 해줬지."

"그래요. 저도 기억나요. 아주 오래전 일이죠." 올리버 부인이 말했다.

올리버 부인은 예닐곱 살 때의 어린 시절로 돌아가서, 영국의 길에서 신기엔 좀 딱딱한 단추를 채우는 장화를 신고 걸어 다니던 일과, 유모에게서 인도와 이집트의 얘길 들었던 일을 떠올렸다. 그리고 여기 있는 사람이 그 유모이다. 매첨 부인이 바로 그 유모였던 것이다. 올리버 부인은 매첨 부인을 따라다니면서 방을 한 바퀴 둘러보았다. 소녀들, 학교에 다니는 남자아이들, 어린 아이들과 중년이 된 사람들의 사진이 걸려 있었다. 그들은 유모를 잊지 않고서 훌륭한 옷을 입고 찍은 사진을 아주 좋은 사진틀에 넣어 보내주었다. 그들 덕분에 이 유모는 경제적으로 꽤 넉넉한 노후생활을 보내고 있을 것이다.

올리버 부인은 갑자기 울음이 북받쳐 올랐다. 그녀는 가까스로 흐르는 눈물을 멈추고는, 매첨 부인을 따라 부엌으로 들어갔다. 그러고는 가지고 온 물건을 내밀었다.

"저런! 토폴 대샘스 차(茶)잖아. 옛날부터 내가 좋아하는 거지. 애리어든이 이런 걸 기억하고 있다니 정말 기쁜데. 요즘엔 거의 마셔볼 기회가 없었어. 그리고 이건 내가 좋아하는 비스킷이야. 정말 기억력이 좋군, 애리어든. 언젠가 남자아이 두 명이 놀러왔는데—한 아인 애리어든을 코끼리 아가씨라고 불렀고, 또 한 아인 백조 아가씨라고 불렀어. 코끼리 아가씨라고 부른 아인 애리어든 등에 자주 올라탔지. 그리고 애리어든은 몸을 구부리고 이리저리 돌아다니며 긴 코로 물건 줍는 흉내를 내곤 했지."

"정말 별일을 다 기억하고 계시는군요, 유모." 올리버 부인이 말했다.

"아, 속담에 있는 말인데, 코끼리는 잊어버리지 않는다고 하더군."

매첨 부인이 말했다.

제8장

일하는 올리버 부인

올리버 부인은 여러 가지 화장품도 판매하는, 시설이 썩 잘 된 윌리엄스 바넷이라는 약국 안으로 들어갔다. 그녀는 여러 종류의 치료약이 들어 있는 회전 진열대 앞에서 잠시 멈췄다가는, 산처럼 쌓인 스펀지 수세미 옆에서 머뭇거리다가 조제대 쪽으로 천천히 걸어갔다.

그리고는 엘리자베스 아덴, 헬레나 루빈스타인, 맥스 팩터 및 여성 생활에 은혜로운 공급자들이 꾸며낸 아름다움을 돋보이게 하기 위해 잘 전시된 모조물 옆으로 지나갔다.

그녀는 서른다섯 살 정도 되어 보이는 좀 통통한 여자에게 다가가서 립스틱을 달라고 하고는 조금 뜻밖이라는 듯이 말했다.

"어머, 말린―말린이 맞지?"

"어머나, 올리버 부인이시군요. 이렇게 뵙게 돼 반가워요. 정말 뜻밖이군요. 부인이 우리 가게에 물건을 사러 왔다고 하면 점원들이 모두 흥분할 거예요."

"그러지 말아." 올리버 부인이 말했다.

"모두들 부인에게 사인을 받으려고 노트를 가져올 거예요!"

"그럴 리가 있나. 그런데 어떻게 지내고 있지, 말린?"

"아, 보시다시피 잘 지내고 있어요." 말린이 말했다.

"말린이 아직도 여기에서 일하고 있는 줄은 몰랐어."

"다른 일자리보다 훨씬 나은 것 같아서요. 또 대우도 잘해 주는 편이죠. 작년에 월급을 올려받았어요. 그리고 지금은 이 화장품코너를 책임지고 있어요."

"어머니는? 안녕하시겠지?"

"예, 잘 지내세요. 부인을 만났다는 얘길 들으면 어머니도 무척 반가워하실 거예요."

"아직도 그—병원 옆의 길가 쪽 집에서 사나?"

"예. 아직도 그 집에서 살고 있어요. 아버진 썩 좋은 편이 아니에요. 한동안 병원에 입원해 계셨는데, 어머니가 잘 꾸려나가셨죠. 부인을 만났다는 얘길 들으면 몹시 반가워할 거예요. 혹시 이곳에서 머물고 계신가요?"

"아냐. 사실은 지나가다가 들렀어. 옛 친구를 만나러 왔다가—."

그녀는 손목시계를 쳐다보았다.

"지금쯤 어머니가 집에 계실까, 말린? 잠시 들러서 만날 시간이 있겠는데. 차를 타기 전에 몇 마디 얘기라도 나누고 싶어서 말이야."

"아, 그렇게 하세요. 어머니도 무척 반가워하실 거예요. 하지만 제가 모셔다 드릴 수가 없겠어요. 가게를 비울 수가 없거든요. 그렇지만, 별로 힘들이지 않고 찾아가실 수 있을 거예요. 한 시간 반씩이나 자리를 비울 수가 없어서요."

"아, 그렇겠지. 그런데 잘 기억나지 않는데, 17번지의 집 이름이 뭐였지?"

"로렐 코티지라고 해요."

"아, 그렇지. 이렇게 정신이 없어서야 원. 만나게 되어 정말 반가웠어."

올리버 부인은 필요치도 않은 립스틱을 서둘러서 가방에 집어넣었다. 그녀는 치핑 바트램의 큰길 쪽으로 차를 몰아서 자동차 수리공장과 병원 건물을 지나 좀 좁은 길로 들어섰다. 그 길의 양쪽으로는 아담하고 보기 좋은 집들이 늘어서 있었다.

그녀는 로렐 코티지 저택 밖에 차를 세워두고는 안으로 들어갔다. 쉰 살쯤 되어 보이는, 머리가 희끗희끗하고 좀 야윈 여자가 활기차게 문을 열어주고는 금세 알겠다는 표정을 지었다.

"어머, 이게 누구야? 올리버 부인이잖아. 어서 와요. 이게 몇 년 만이지?"

"오래됐죠?"

"어서 와요. 어서 들어와요. 차 한잔 마실 시간은 있겠지, 애리어든?"

"미안해요. 조금 전에 친구와 마셨어요. 그리고 얼른 런던으로 돌아가야 해요. 마침 살 물건이 있어서 약국에 들어갔다가 말린을 만났어요."

"아주 좋은 일자리예요. 대우도 꽤 괜찮은 편이고 사람들 말로는, 말린에게 사업가적인 재질이 있다고 하더군요."

"글쎄, 내가 보기에도 괜찮은 곳이더군요. 그건 그렇고, 그동안 어떻게 지냈어요, 버클 부인? 아주 좋아 보이는데요. 전에 봤을 때보다 하나도 늙지 않은 것 같아요."

"아, 그럴 리가 있나요. 흰 머리칼도 많이 생겼고, 몸도 많이 불었는데!"

"오늘은 옛 친구들을 많이 만나는 날 같군요."

올리버 부인은 집 안으로 들어가서 자그마한 거실로 안내를 받았다.

"혹시 카스테어스 부인이라고—줄리아 카스테어스 부인을 기억하세요?"

"아, 기억하고말고요. 기억해요. 그 부인도 잘 지내고 있지요?"

"예, 잘 지내고 있어요. 그 부인과 옛날 얘길 한참 동안 나눴죠. 사실은 어떤 비극적인 사건에 대해서 주로 얘길 했어요. 사건 당시 난 미국에 있었기 때문에 진상을 잘 알지 못하는 일이죠. 래븐스크로프트 부부 사건 말이에요."

"아, 그 일이라면 나도 웬만큼은 기억하고 있어요."

"한때 그 집에서 일을 한 적이 있죠, 버클 부인?"

"일주일에 세 번씩 오전에 가서 일을 해줬지요. 아주 좋은 분들이었어요. 정말 군인다운 부부였죠."

"그런데 비극적인 사건이 일어났어요."

"그래요, 정말 비극적인 사건이었죠."

"사건이 일어났을 때도 그 집에 일을 해주러 다녔나요, 버클 부인?"

"아니에요, 그때는 이미 그만둔 뒤였지요. 나이가 많은 아주머니가 나한테 와서 함께 살게 되었는데, 그 아주머니는 앞도 잘 못 보는데다가 건강이 좋지 않았기 때문에 내가 밖에 나가서 다른 일을 할 여유가 없었거든요. 사건이 일어나기 한두 달 전까지 그 집에서 일했어요."

"너무 끔찍한 사건이었어요. 당시에 사람들은 동반 자살이라고 생각했죠."

"난 그렇게 생각지 않았어요." 버클 부인이 말했다.

"그 부부가 절대로 함께 자살했을 리가 없어요. 또, 그렇게 무분별한 행동을 할 나이도 아니고요. 그 부부는 아주 행복하게 지냈어요. 물론 그곳에서 오랫동안 살진 않았지만."

"예, 오랫동안 살진 않았죠." 올리버 부인이 말했다.

"래븐스크로프트 부부가 처음 영국으로 와선 본머스 근처 어딘가에서 살았다죠?"

"그래요. 그런데 런던까지 나가는 데 거리가 너무 멀어서 치핑 바트램으로 오게 된 거죠. 집도 아주 훌륭했고, 정원도 근사했어요."

"부인이 그 집에서 일하고 있을 당시 그 부부의 건강은 좋았나요?"

"글쎄, 다른 사람들처럼 그 부부도 나이를 의식하고 있었어요. 래븐스크로프트 장군은 심장이 안 좋았어요. 약간 발작증세가 있었지요. 어쨌든 썩 좋은 상태는 아니었죠. 약을 먹기도 했는데, 때때로 자리에 눕곤 했어요."

"레이디 래븐스크로프트는?"

"글쎄, 그 부인은 외국에서 살던 때를 그리워하는 것 같았어요. 그 부부는 자기들과 비슷한 수준의 상류가정과는 친분관계가 있었지만, 이웃사람들과는 별 왕래가 없었어요. 하지만 영국이 인도나 그런 나라들과는 달랐을 거예요. 그 나라에선 여러 명의 하인들을 거느리고 있었겠죠. 또, 화려한 파티 같은 것도 많았을 거고요."

"레이디 래븐스크로프트가 화려한 파티 같은 곳에 가고 싶어했나요?"

"그건 정확하게 모르겠어요."

"어떤 사람에게서 들은 건대, 그 부인은 가발을 썼다고 하더군요."

"맞아요. 몇 개의 가발을 갖고 있었죠." 버클 부인은 살짝 웃으며 말했다.

"아주 예쁘고 값도 비싼 것들이었죠. 그 부인은 가끔씩 쓰던 가발을 런던의 가발가게로 보냈어요. 그러면 다시 손질해서 보내오곤 했죠. 가발의 모양이 다 달랐어요. 적갈색 머리칼로 된 게 하나 있었고, 또 전체적으로 고불고불한 회색 머리칼로 된 게 하나 있었어요. 그 가발은 레이디 래븐스크로프트에게 정말 잘 어울렸답니다. 그리고 두 개는 썩 예쁘진 않았지만 실용적인 거였어요 —비가 올 것 같은 흐릿한 날씨에 쓰기엔 꼭 알맞은 거였죠. 그 부인은 외모에 무척 신경을 썼기 때문에 옷에 많은 돈을 들였어요."

"그 비극적인 사건의 동기가 뭐라고 생각해요?" 올리버 부인이 말했다.

"알다시피 난 그 당시에 미국에 가 있었기 때문에 이 근처엔 와보지도 못했으며 친구들도 만나지 못했거든요. 사실은 그 동기에 대해 몹시 알고 싶었는데, 사람들이 그 사건에 대해 물어보는 것이나 편지 쓰는 걸 좋아하지 않더군요. 내 생각엔 틀림없이 무슨 까닭이 있었을 것 같아요. 그리고 사건에 사용된 총이 래븐스크로프트 장군 거라고 하더군요."

"그래요. 장군은 권총이 없으면 불안하다고 하면서 두 자루를 갖고 있었어요. 장군 말은 틀린 게 아니죠. 내가 알고 있는 한, 이전엔 특별한 문제가 없었어요. 그런데 어느 날 오후에 인상이 좋지 않은 남자가 현관문 쪽으로 다가왔어요. 정말 험상궃은 사람이었죠. 그는 장군을 만나고 싶다면서, 젊었을 때 장군의 연대에 소속되어 있었다고 하더군요. 래븐스크로프트 장군은 그 남자에게 몇 가지 질문을 해보더니, 별로 믿을 만한 인물이 아니라고 생각하는 것 같았어요. 그래서 그 남자를 쫓아버리듯이 해서 보냈죠."

"부인은 그 사건이 외부 사람의 짓이라고 생각하는 모양이군요?"

"글쎄, 난 그렇게 생각해요. 왜냐하면 다른 동기가 될 만한 일을 알지 못하거든요. 그리고 그 댁의 정원을 손질해 주러 오는 남자가 왠지 맘에 들지 않았어요. 그 사람은 평판도 좋지 않고, 젊었을 땐 감옥살이도 했던 것 같아요. 하지만 장군은 그 사람의 신원조사를 해보고는 올바른 생활을 할 기회를 준 거죠."

"그래서 그 정원사가 래븐스크로프트 부부를 살해했을 지도 모른다고 생각하는 건가요?"

"글쎄, 난—난 줄곧 그렇게 생각해 왔어요. 물론 내 생각이 틀린 건지도 모르죠. 그렇지만 장군이나 부인에 대한 추잡스러운 얘기나 문제가 있었다고 말하거나, 아니면 장군이 부인을 쐈다든지 부인이 장군을 쐈다고 말하는 사람들을 옳다고 보지는 않아요. 그건 모두 실없는 소리예요. 아니, 그건 외부 사람의 짓이 틀림없어요.

그런 사람들은—글쎄, 부인도 기억하겠지만 요즘처럼 심하진 않았어요. 그때만 해도 사람들이 아직 과격한 생각을 갖고 있지 않았잖아요. 하지만 요즘 신문에 나는 기사를 보세요. 아직 앳된 티도 벗지 않은 젊은이들이 마약을 먹고 난폭한 행동을 부리고, 아무런 까닭 없이 사람들에게 총질을 해대고, 또 함께 술을 마시자며 젊은 여자를 술집에 데려갔다가 그녀의 집까지 바래다주죠.

그런데 다음 날에 그 젊은 여자의 시체가 하수구에서 발견되는 일이 있어요.

또, 어머니들이 밀고 다니는 유모차에서 아이를 빼앗아가기도 하며, 젊은 여자를 춤추는 곳에 데려갔다가 살해하거나, 또는 돌아오는 길에 목 졸라 죽이는 일도 있죠. 세상사람 누구든지 무슨 일이라도 저지를 수 있다고 느끼는 모양이에요. 그리고 어쨌든 장군 부부는 오후에 산책하러 나갔다가 두 사람 모두 머리에 총을 맞았어요."

"머리에 맞았나요?"

"글쎄, 지금은 정확하게 기억나지 않는군요. 내 눈으로 직접 목격하진 못했으니까요. 하지만 장군 부부는 여느 때와 마찬가지로 산책하러 나갔어요."

"두 사람 사이가 나쁜 상태는 아니었죠?"

"글쎄, 가끔 말다툼을 하곤 했지만, 그 정도도 안 하는 부부가 어디 있나요?"

"남자친구나 여자친구 문제는 어땠어요?"

"그 나이 사람들에게 그런 문제를 얘기한다는 게—글쎄, 여기저기서 간간이 소문이 들리긴 했지만, 모두 실없는 말들이에요. 아무런 근거도 없는 얘기들이라고요. 예나 지금이나 사람들은 그런 얘길 좋아하잖아요."

"그들 부부 가운데 한쪽이, 몸이 안 좋았다죠?"

"그래요, 레이디 래븐스크로프트가 의사에게 진찰을 받으러 런던에 올라간 적이 있어요. 그 부인이 자세하게 얘기해 주진 않았지만, 아마 입원을 했거나 아니면 수술받기 위해서 입원할 계획이었던 것 같아요. 그런데 어느 정도 좋아졌어요—잠깐 병원에 입원했었거든요. 수술은 받지 않았던 것 같아요. 집에 돌아왔을 때 보니까 한결 젊어 보이더군요. 레이디 래븐스크로프트는 얼굴에 화장을 짙게 하는 편이었고, 멋을 내기 위해서 고불고불한 머리칼의 가발을 쓰곤 했죠. 다시 건강을 되찾은 것 같았어요."

"래븐스크로프트 장군은요?"

"장군은 아주 점잖은 분이었어요. 난 그분에 대해서 좋지 않은 소문을 들어보지도 못했고, 실제로도 그런 일은 없었을 거라고 생각해요. 사람들이 이러쿵저러쿵 말들을 하지만, 으레 그런 비극적인 사건의 뒤엔 뭔가 그럴 듯한 얘기가 있었을 거라고 생각하는 거죠.

그분은 인도인가 어딘가에 있을 때 머리를 세게 얻어맞은 적이 있었다고 들었어요. 우리 증조부인지 아저씨도 예전에 말에서 떨어진 적이 있었어요. 떨어지면서 대포인가 어딘가에 머리를 부딪쳤다는데, 그 뒤론 조금 이상해졌어요. 여섯 달 정도는 아무렇지도 않았는데, 언제부터인가 아내를 죽이려고 하는 바람에 수용소에 집어넣는 수밖에 없었죠. 아저씬 아내가 자기를 학대하며 늘 따라다닌다고 하는 거였어요. 그리고 나중엔 다른 나라의 스파이라고까지 억지를 부렸죠. 정말 세상 가정에서 무슨 일이 일어나며, 또 일어날 수 있는지 아무도 말할 수 없는 것 같아요."

"그렇다면 부인은 그 부부에 대해서 항간에 떠도는 소문이 절대로 진실이 아니라고 생각하는군요? 부부 사이에 문제가 있어서 한 사람이 상대방을 쏜 다음에 자살했을 거라는 소문 말이에요."

"아, 난 믿지 않아요."

"그 사건이 일어났을 때 아이들은 집에 있었나요?"

"아니, 없었어요. 음, 그 애 이름이 뭐더라—로시, 아니 페네로프였던가?"

"실라아예요. 내 대녀죠." 올리버 부인이 말했다.

"아, 그랬었죠. 이제 생각나요. 언젠가 부인이 와서 그 앨 데리고 나간 적이 있었죠. 그 앤 성격이 거칠고, 어떻게 보면 좀 심술궂은 면이 있었어요. 하지만 부모를 무척 좋아했던 것 같아요. 맞아요, 그 사건이 일어났을 때 그 앤 스위스에서 학교에 다니고 있었어요. 퍽 다행스러운 일이었죠. 만일 그 애가 집에 있다가 자기 부모의 모습을 봤다면 아주 굉장한 충격을 받았을 거예요."

"그리고 아들도 있었지요?"

"예, 있었죠. 에드워드라고 래븐스크로프트 장군은 그 아들 때문에 꽤 걱정했던 것 같아요. 그 애가 아버지를 별로 좋아하지 않았거든요."

"아, 그건 그렇지가 않아요. 누구나 남자아이들은 그런 때가 있는 법이에요. 하지만 어머니는 몹시 따랐죠?"

"글쎄, 레이디 래븐스크로프트는 아들이 귀찮아할 정도로 지나치게 잔소리를 하며 간섭했던 것 같아요. 아이들은 어머니가 좀더 두툼한 조끼를 입어라,

또는 스웨터를 더 입으라는 둥 잔소리하는 걸 좋아하지 않잖아요. 래븐스크로 프트 장군은 아들의 머리 모양을 탐탁지 않게 여겼어요. 뭐랄까—글쎄, 유행하는 머리 모양은 아니었지만 그와 비슷한 편이었죠."

"그 아들도 사건 당시에 집에 없었던가요?"

"있었어요."

"충격을 받았겠군요?"

"그랬을 거예요. 그 당시에 난 래븐스크로프트 장군 댁에서 일하고 있지 않았기 때문에 자세한 얘긴 듣지 못했어요. 굳이 말하라고 한다면, 난 그 정원사라는 남자가 맘에 걸려요. 이름이 뭐였더라—그래, 프레드라고 했어요. 프레드 위젤인가 뭐 그런 이름이었죠. 그 사람이 무슨 일을 저질렀는데—글쎄, 뭔가 부정한 일을 저질렀는데 장군이 그 사실을 알고는 그를 내쫓으려 했다고도 생각할 수 있잖겠어요? 난 왠지 그 정원사가 맘에 걸려요."

"그 부부를 쐈을 거란 말인가요?"

"글쎄, 그 정원사는 단지 장군만을 쏘려고 했을 거예요. 만일 그가 장군을 쐈다면 부인이 쫓아왔을 테니, 그녀도 쏠 수밖에 없었겠죠. 책에 보면 그런 얘기가 많이 나오잖아요."

"그래요. 책엔 그런 얘기가 많이 나오죠." 올리버 부인이 말했다.

"사건 당시 그 집엔 가정교사도 있었어요. 난 그 사람도 맘에 들지 않아요."

"가정교사?"

"그 집 아들이 어렸을 때 있던 가정교사죠. 그 앤(뭐라고 그러더라) 무슨 초급학교인가에 들어가는 시험에 떨어졌어요. 그래서 가정교사를 두게 됐죠. 그 사람은 그 집에서 1년 정도 있었는데, 레이디 래븐스크로프트가 그 사람을 무척 좋아했죠. 부인도 알다시피, 그녀는 음악을 좋아하는 사람이었잖아요. 그런데 그 가정교사도 음악을 좋아했어요. 에드먼드 씨, 그 사람을 그렇게 불렀죠. 좀 감상적인 성격의 젊은이였는데, 나 혼자만의 생각이지만, 래븐스크로프트 장군은 그 가정교사를 썩 좋아하지 않았던 것 같아요."

"레이디 래븐스크로프트가 그 가정교사를 좋아했단 말이죠?"

"그래요, 두 사람은 서로 통하는 점이 많았던 것 같아요. 레이디 래븐스크로프트는 장군보다 오히려 그 가정교사와 많은 시간을 보냈죠. 그는 예의가 깍듯하고 누구에게나 친절하게 얘기하는 사람이었어요."

"그리고 그 아들은, 이름이 뭐라고 했죠?"

"에드워드 말인가요? 아, 그 앤 가정교사를 몹시 따랐어요. 정말 좋아하는 것 같았어요. 거의 영웅처럼 숭배했으니까요. 어쨌든 그 집안에 대한 나쁜 소식이나, 부인이 다른 남자를 사귀었다는 얘기, 또는 래븐스크로프트 장군이 서류 정리를 도와주는 젊은 여자와 미묘한 관계라는 따위의 얘기들은 하나도 믿지 마세요. 믿을 게 못 되는 소문들이죠. 그 악랄한 범인이 누군지는 모르겠지만, 외부 사람의 짓이 틀림없어요. 경찰은 누구에게서도 혐의를 찾아내지 못했죠. 사건 현장 근처엔 차도 없었고, 차가 지나간 흔적도 없었기 때문에 더 이상 수사를 진행할 수가 없었던 거예요. 하지만 난 말레이인가 외국 어디서 그 부부를 알았거나, 아니면 그분들이 본머스로 처음 이사 왔을 때 알았던 사람을 조사해 볼 필요가 있다고 생각해요. 아무도 모르는 일이잖아요?"

"당신 남편은 어떻게 생각하고 있죠?"

올리버 부인이 물었다.

"물론 부인만큼은 자세히 알진 못하겠지만, 많은 얘길 들었을 거 아니에요?"

"아, 물론 많은 얘길 들었겠죠. '조지아 깃발'이라는 술집에서 저녁마다 들었을 거예요. 사람들은 별별 얘길 다하죠. 레이디 래븐스크로프트가 술에 취해서 빈 술병들을 집 밖으로 내던졌다는 소문도 있었어요. 난 그것이 절대로 사실이 아니라는 걸 잘 알고 있죠. 그리고 가끔씩 집으로 찾아오는 조카가 한 명 있었어요. 그가 무슨 일로 경찰에 끌려 간 적이 있었지만, 그 일이 그 사건과 특별한 관계가 있다고 보진 않아요. 경찰에서도 그렇게 생각했죠. 그리고 그건 사건 당시에 있었던 일도 아니었어요."

"래븐스크로프트 장군 부부 말고는 그 집에서 아무도 살지 않았나요?"

"레이디 래븐스크로프트의 언니가 가끔씩 찾아오곤 했어요. 이복언니인 것 같았어요. 얼굴이 레이디 래븐스크로프트와 비슷하긴 했지만 썩 예쁜 편은 아니고, 그녀보다 한두 살쯤 많아 보였어요. 생각해 보니까, 언니가 찾아오면 부부 사이에 언쟁이 벌어졌던 것 같아요. 그 언니라는 사람은 무슨 일을 일으키는 걸 좋아하는 여자였어요. 한마디로 남을 괴롭히는 사람이었죠."

"레이디 래븐스크로프트는 언니를 좋아했나요?"

"글쎄, 솔직히 말하자면 좋아했던 것 같진 않아요. 언니는 가끔씩 동생 부부네 집에서 함께 지내고 싶어했으나, 레이디 래븐스크로프트는 언니와 함께 있는 걸 좋아하지 않았어요. 그렇지만 언니라는 사람은 함께 지내려고 꽤나 애를 썼던 것 같아요. 그녀는 카드놀이를 썩 잘했기 때문에 장군이 좋아했죠. 두 사람은 체스 같은 걸 두기도 했는데, 장군은 그런 게임을 즐겼어요. 어떤 면으로 보면 그녀는 유쾌한 사람이었어요. 제리보이 부인이라든가—그녀를 그렇게 불렀던 것 같아요. 아마 남편을 여의었다고 했죠. 그리고 동생 부부에게서 돈을 빌려가기도 한 것 같더군요."

"부인이 보기에 그녀는 어떤 사람이었나요?"

"글쎄, 굳이 내 대답을 듣고 싶다면, 난 그녀를 좋아하지 않았어요. 아니, 싫어했죠. 그녀는 문젯거리를 일으키는 사람이었어요. 하지만 그 비극적인 사건이 일어나기 전 얼마 동안은 그곳에 내려온 적이 없었어요. 지금은 어떤 사람이었는지 자세하게 기억나지 않는군요. 한두 번 자기 아들을 데리고 온 적이 있었죠. 그 아이도 맘에 들지 않았어요. 어찌나 거짓말을 잘하는지 말이에요."

"진실을 알고 있는 사람은 아무도 없을 거예요. 오랜 시간이 지난 지금도—사실은 저번에 대녀를 만났어요."

"그랬군요. 실리아 양이 어떻게 지내는지 궁금하네요. 어때요, 잘 지내고 있죠?"

"예, 잘 지내고 있는 것 같아요. 곧 결혼할 모양이더군요. 아무튼 그 앤—."

"성실한 청년이겠죠?" 버클 부인이 말했다.

"아, 물론 그런 사람이겠죠. 대개 처음 마음을 준 사람과 결혼하게 되는 것 같진 않아요. 십중팔구는 그렇게 되지 않죠."

"버튼콕스 부인이라고 아세요?"

올리버 부인이 물었다.

"버튼콕스? 이름을 들어본 것 같기도 한데, 아니 잘 모르겠어요. 이 근처에서 살았든가, 아니면 래븐스크로프트 장군 부부와 함께 지냈던 사람이 아닌가요? 글쎄, 잘 기억나지 않지만, 들어본 이름 같긴 하네요. 래븐스크로프트 장군이 인도에 있을 때 알았다는 옛 친구가 그런 이름을 갖고 있었던 것 같기도 하고. 하지만 정확하게는 모르겠네요."

버클 부인은 고개를 흔들었다.

"쓸데없는 얘길 너무 오랫동안 한 것 같군요. 말린과 부인을 만나게 되어 정말 반가웠어요."

제9장

코끼리 조사의 결과

"올리버 부인에게서 전화가 왔었습니다."

에르퀼 포와로의 하인인 조지가 말했다.

"그래, 조지, 뭐라고 하던가?"

"오늘 저녁에 찾아오면 주인님을 만날 수 있는지 물어보시더군요. 저녁식사 뒤에 말입니다."

"만날 수 있고말고. 좋은 일이지. 따분한 하루였는데 마침 잘 됐군. 올리버 부인을 만나면 기분 전환이 될 거야. 그녀는 전혀 뜻밖의 얘기나 재미있는 얘 길 꺼내곤 하니까. 그런데 올리버 부인이 코끼리 얘길 했나?"

"코끼리 얘기요? 그런 얘긴 하지 않았습니다."

"음, 그렇다면 코끼리들에게 실망을 한 모양이군."

조지는 좀 의아해하는 눈으로 주인을 쳐다보았다. 그는 포와로가 하는 말이 무슨 뜻인지 알아듣지 못하는 때가 종종 있었다.

"올리버 부인에게 전화를 걸어서, 와주면 몹시 기쁘겠다고 하게."

조지는 전화를 걸기 위해서 나갔다. 잠시 뒤, 그는 돌아와서 올리버 부인이 8시 45분쯤 도착할 거라고 전했다.

"커피와 케이크를 준비해 두게. 얼마 전에 포트넘 맨슨에서 주문해 온 게 있지?"

"술은 뭐로 할까요?"

"난 생각 없어. 내가 알아서 까치밥나무 시럽을 만들어 마시지."

"알겠습니다, 주인님."

올리버 부인은 정확하게 도착했다. 포와로는 요란한 몸짓과 함께 그녀를 맞이했다.

"안녕하시오, 부인."

"힘이 하나도 없어요." 올리버 부인이 말했다.

그녀는 포와로가 권하는 팔걸이의자에 털썩 주저앉았다.

"완전히 녹초가 되어버렸어요."

"아, 무엇을 추적한다고 하더라—그런 말이 있잖습니까. 잘 기억나지 않는군요."

"전 기억하고 있어요. 어렸을 때 배웠거든요. '사슴을 쫓던 사냥꾼이 산을 발견하다.'"

"그건 부인이 추적한 것에 대해 적합한 말이 아닙니다. 난 비유를 한 게 아니라, 코끼리 추적을 두고 한 말입니다."

"전 미친 듯이 코끼리를 추적했어요. 여기저기 안 다녀본 데가 없죠. 제가 달린 가솔린의 양과 기차를 탄 거리, 써보낸 편지와 전보가 얼마나 되는지 알면—제가 어느 정도나 사용했는지 알면 깜짝 놀라실 거예요."

"마음을 가라앉히고 커피나 들어요."

"진한 블랙커피로 주세요. 지금은 그걸 마시고 싶어요."

"무슨 성과가 있었소?"

"많은 걸 알아냈죠. 그런데 문제는 그 사실들 가운데 어떤 게 쓸모가 있는지 모른다는 거예요."

"그렇다면 사실을 알고 있긴 하다는 게로군요?"

"아니, 그런 건 아니에요. 사람들이 말해 준 얘기 가운데 사실인 것이 있다고도 생각하지만, 어떤 게 사실인지 모르겠다는 말이에요."

"모두 소문인 모양이군요?"

"아니에요. 사람들은 자기가 기억하는 걸 얘기해 줬어요. 기억하는 사람들이 제법 있더군요. 문제는 누구나 그런 경우라면 마찬가지겠지만, 모든 걸 정확하게 기억하지 못한다는 거예요. 그렇잖아요?"

"글쎄, 하지만 그 정도라면 성과가 있었다고 말해도 좋을 듯싶은데, 그렇잖소?"

"포와로 씨는 무슨 일을 하셨어요?" 올리버 부인이 말했다.

"너무 혹독하게 얘기하는군요, 부인." 포와로가 말했다.

"부인에게 뛰어다니라는 명령을 받고, 나도 몇 가지 일을 했습니다."

"정말 여기저기 뛰어다니셨어요?"

"뛰어다니진 않았지만, 나와 같은 직업에 있는 사람들을 만나서 몇 가지 의논을 했지요."

"제가 한 일에 비하면 아주 편안했겠군요." 올리버 부인이 심술궂게 말했다.

"아, 이 커피 맛 괜찮은데요. 진한 게 맛이 좋아요. 포와로 씨는 제가 얼마나 피곤한지 모르실 거예요. 머리가 텅 빈 것 같다고요."

"어서 얘기해 봐요. 무슨 얘긴지 기대가 되는군. 뭔가 굉장한 사실을 알고 있는 모양인데."

"내용이 서로 다른 암시와 얘기를 수없이 많이 들었는데, 어떤 게 사실인지 모르겠어요."

"부인이 들은 얘기가 모두 사실일 순 없겠지만, 쓸모는 있을 겁니다."

"글쎄, 무슨 말인지는 알겠어요. 저도 그렇게 생각해요. 이 일을 시작하면서 그런 생각을 하긴 했죠. 사람들이 기억하고 얘기해 주는 것은 대개가 실제로 있었던 일이라기보다는 자신들이 있었을 거라고 생각한 사실일 것 같아요."

"하지만 사람들이 하는 얘긴 어느 정도 사실에 근거를 둔 걸 겁니다."

"목록을 보여드리죠." 올리버 부인이 말했다.

"제가 어디에 가서 무슨 얘길 했으며 무슨 얘길 들었는지 자세하게 적어넣지는 않았어요. 전 신중하게 생각해 보고 나서, 영국에 있었던 사람에게선 알아낼 수 없는 정보를 찾아다녔죠. 모두 래븐스크로프트 부부를 알고 있는 사람들에게서 얻어낸 거예요. 그들 중엔 아주 잘 알지 못하는 사람도 있었지만—."

"외국에서 얻어온 정보라는 겁니까?"

"대부분이 외국에서 살다온 사람들에게서 들은 얘기예요. 또, 영국에서 그 부부를 조금 알고 있는 사람들이나 오래전부터 그들을 알고 있는 친구, 사촌, 아주머니들에게서 알아낸 얘기도 있죠."

"그럼, 그 얘기들을 적으면서 그 비극에 참고가 될 만한 사항이나 관련된 사람 이름도 써넣었습니까?"

"그건 깜빡했군요. 대충 말씀드려도 괜찮겠죠?"

"그렇게 해요. 케이크 좀 드시고."

"고마워요." 올리버 부인이 말했다.

그녀는 즙이 발라져 있는 아주 달콤한 케이크를 들어서 덥석 베어먹었다.

"달콤한 음식은 피로회복에 좋죠. 자, 그럼, 얘기하겠어요. 이 얘기들은 대개, '아, 예, 물론이죠!' '뭐라고 그럴까, 그 얘기가 전부예요!' '물론 무슨 일이 있었는지 누구든지 알고 있을 거예요.'라는 말과 함께 들은 거예요."

"그랬겠지."

"그 사람들은 자신들이 그 사건의 진상을 조금은 알고 있다고 말하더군요. 하지만 사실이라고 믿을 만한 근거가 없어요. 다른 사람이 하는 얘길 들었거나, 아니면 친구들이나 하인들, 또는 친척들에게서 들은 얘길 한 것뿐이니까요. 래브스크로프트 장군은 인도에서 근무하던 경험을 회고록으로 쓰고 있었어요. 그는 젊은 여자를 비서로 고용했으며, 그녀는 장군이 구술하는 얘길 받아적고 타이프를 쳐주는 등 여러 가지 일을 했죠. 그런데 그 여비서는 아주 예쁜 여자였으며 틀림없이 두 사람 사이에 무슨 일이 있었을 거란 거예요.

결과는─글쎄, 두 가지 방향으로 생각해 볼 수 있어요. 한 가지는 장군이 그 여비서와 결혼하기 위해서 아내를 쐈다는 거죠. 그런데 아내를 쏜 순간 자신의 행동에 겁을 집어먹고서 자살했다는 거예요……."

"아주 낭만적인 설명이로군." 포와로가 말했다.

"또 한 가지 생각할 수 있는 건, 그 집 아들이 몸이 아파 여섯 달 정도 초급학교에 다니지 못했는데 그 사이에 공부를 지도해 준 가정교사가 있었어요. 아주 잘생긴 젊은이라고 하더군요."

"무슨 얘긴지 알겠소. 장군 부인이 그 젊은 가정교사와 사랑에 빠졌다는 거겠지. 그래서 문제를 일으켰다고 생각하는 모양이로군요?"

"바로 그거예요. 증거는 없지만 말이에요. 이것도 역시 낭만적인 얘기죠."

"그래서 어떻게 됐다는 겁니까?"

"그래서 장군이 아내를 쏜 다음에 양심의 가책을 느껴 자살했다는 거예요.

또, 장군이 바람피우는 걸 아내가 알아차리고는 남편을 쏜 다음 자살했다는 얘기도 있어요. 조금씩 다른 얘기들이죠. 하지만 사건의 진상을 알고 있는 사람은 아무도 없어요. 모두가 단지 있음직한 얘기라는 거죠. 장군이 어떤 처녀와 미묘한 사이였거나, 아니면 여러 명의 처녀나 유부녀와 관계를 가졌을 수도 있으며, 아니면 행실이 나쁜 건 오히려 그 아내 쪽일 수도 있어요.

이런 얘기들은 모두 서로 다른 사람들이 해줬어요. 하지만 어떤 뚜렷한 주장이나 증거는 없어요. 게다가 12~13년 전에 나돌던 소문이었기 때문에 사람들이 많이 잊어버렸더군요. 하지만 몇 사람의 이름과 사건에 관련된 사실들은 또렷하게 기억하고 있었어요. 래븐스크로프트 장군 집엔 좀 심술궂은 정원사와 잘 보지도 듣지도 못하는 아주 나이 많은 가정부 겸 요리사가 있었어요. 하지만 그 나이 많은 여자가 그 사건과 관련되었다고 의심하는 사람은 아무도 없더군요. 하지만 사건과 관련되었을 가능성이 있는 사람들의 이름은 모두 적어뒀어요. 그 이름 가운데 관련된 것도 있고 그렇지 않은 것도 있을 거예요. 그걸 가려낸다는 건 아주 어려운 일이죠.

래븐스크로프트 부인은 한동안 앓았던 적이 있대요. 무슨 열병 종류였던 것 같아요. 머리칼이 많이 빠졌으니까 가발을 네 개씩이나 구입했겠죠. 그녀의 소지품에서 가발이 네 개나 나왔다고 하더군요."

"그 얘긴 나도 들었습니다." 포와로가 말했다.

"누구에게서 들으셨어요?"

"경찰에 있는 친구에게서 들었지요. 그는 검시보고서와 사건 당시에 집에 있었던 물건들을 다시 조사했습니다. 네 개의 가발이라! 부인은 그 가발들을 어떻게 생각합니까? 너무 많은 것 같지 않습니까?"

"글쎄, 좀 많은 것 같군요. 제가 아는 아주머니도 가발을 쓰는데, 여분으로 하나를 더 갖고 있어요. 쓰던 가발을 손질해 달라고 보내고선 여분의 가발을 쓰죠. 한 사람이 가발을 네 개씩이나 갖고 있었다는 얘긴 들어본 적이 없어요."

올리버 부인은 가방에서 수첩을 꺼내어 몇 장 넘겼다.

"카스테어스 부인이라고 일흔일곱 살이나 되어서 좀 노망기가 있는 사람인데, 그녀는 이렇게 말하더군요. '래븐스크로프트 부부를 기억하고말고. 그래,

아주 사이가 좋은 부부였어. 정말 안된 일이야. 암에 걸리다니!' 전 누가 암에 걸렸냐고 물어봤어요."

"하지만 카스테어스 부인은 그건 잘 생각이 나지 않는 모양이었어요. 그녀는 래븐스크로프트 부인이 런던에 올라가 의사에게 진찰을 받고 수술을 한 다음 집으로 돌아왔지만, 몹시 초췌했으며 남편이 아내를 몹시 당황하게 하곤 했다는군요. 그래서 래븐스크로프트 장군이 아내를 쏜 다음에 자살했다는 거예요."

"그건 노부인의 생각입니까, 아니면 확실하게 들어서 알고 있는 겁니까?"

"그 노부인의 생각인 것 같아요. 제가 조사하면서 느낀 건(올리버 부인은 조사라는 말에 힘을 주어서 말했다) 사람들은 가깝게 지내지 않는 친구가 갑자기 병에 걸려 의사의 진찰을 받았다는 얘길 들으면 대개 암에 걸렸다고 생각하는 것 같더군요. 또, 당사자들도 그렇게 생각하는 것 같아요. 어떤 사람은 —여기엔 이름이 적혀 있지 않군요. 잘 기억나지 않는데, T자로 시작되는 이름이었어요. 그녀는 암에 걸린 건 오히려 남편이라고 하는 거예요. 장군은 몹시 우울해했으며, 아내도 마찬가지였겠죠. 그래서 두 사람은 함께 여러 가지 얘길 나누다가 더 이상 견딜 수 없어서 동반 자살하기로 마음먹었다는 거예요."

"비극적이면서도 낭만적인 얘기로군." 포와로가 말했다.

"그렇죠. 하지만 그랬을 것 같지는 않아요. 그건 곤란한 일이죠. 사람들은 많은 걸 기억하고 있었지만, 실제로는 대부분이 자기들 스스로 꾸며대는 것 같았어요."

"자기들이 알고 있는 얘기에 대해서 해결책을 만들겠죠. 이를테면, 누군가가 의사에게 진찰받으러 런던에 올라갔다거나, 누군가가 두세 달 병원에 입원했었다는 걸 알고 있습니다. 이건 그들이 알고 있는 사실이죠."

"그래요. 그런데 오랜 세월이 지난 뒤에 그 일에 대해 얘기한다면, 그 사실에 대해서 자신들이 꾸며낸 해결책을 얘기하게 된다는 거죠? 그런 거라면 하나도 도움이 되지 못하겠네요. 그렇죠?"

"그렇죠." 포와로가 말했다.

"하지만 부인 얘긴 옳습니다."

"코끼리 얘기 말인가요?"

올리버 부인은 좀 미심쩍어하는 목소리로 말했다.

"그래요, 코끼리 얘기 말입니다. 무슨 일이 일어났으며, 사건의 동기가 무엇인지 정확하게 알지 못하더라도 사람들의 기억에 오랫동안 남아 있는 사실을 안다는 건 중요한 일입니다. 그 사람들은 우리가 알지 못하며, 또한 알아낼 도리가 없는 사실을 알고 있는지도 모르죠. 그래서 기억은 이론으로 이어지는 겁니다—배신, 질병, 동반 자살, 질투에 대한 이론으로 말입니다. 이런 모든 것들이 부인에게 암시를 줄 것이며, 좀더 깊이 연구해 보면 가능성이 있는 사실을 알아낼 수도 있는 겁니다."

"사람들은 옛날 일을 얘기하는 걸 좋아해요. 지금 일어나고 있는 일이나 작년에 일어났던 일보다는, 오래전에 있었던 일에 대해 얘기하는 걸 좋아하죠. 과거를 회상해 볼 수 있는 기회가 되니까요. 처음엔 상대방이 듣고 싶어하지 않는 엉뚱한 사람들 얘길 꺼내죠. 자기 자신이 아는 사람이 아니라 단지 소문으로 들은 사람에 대해, 또는 기억하고 있는 사람에 대해 얘길 해요. 말하자면, 래븐스크로프트 장군 부부 얘기와는 거리가 멀어지는 거죠. 친척관계처럼 말이에요. 처음엔 사촌의 친척, 다음엔 육촌의 친척—그런 식으로 멀어지는 거죠. 그건 그렇고, 제가 조사한 것이 아무런 도움도 될 것 같지 않네요."

"그렇게 생각하지 말아요. 부인의 작은 보라색 수첩에 적혀 있는 사실들 가운데 몇 가지는 그 비극적인 사건과 관련 있다는 걸 분명히 알아낼 수 있을 겁니다. 그 두 사람의 죽음에 대한 공식적인 보고서를 조사해 보니 그 사건은 미해결로 남아 있더군요. 경찰 조사 결과가 그렇다는 게요. 그 부부는 아주 사이가 좋았으며, 남녀 문제로 무슨 나쁜 소문 같은 건 없었습니다. 그리고 목숨을 끊을 만큼 심각한 병도 없었고, 내가 지금 말한 건 단지 그 사건이 일어나기 바로 직전의 상황일 뿐입니다. 그보다 훨씬 이전의 시간도 있지요."

"무슨 말씀인지 알겠어요. 유모에게서 어떤 얘길 들었어요. 유모는 지금 아마 여든 살쯤 되었을 거예요. 전 어렸을 때부터 그 유모를 알고 있었죠. 유모는 그때도 젊은 편이 아니었는데, 인도·이집트·샴과 홍콩 등 외국에 근무하는 군인들에 대해서 얘기해 주곤 했어요."

"그런데 무슨 특별한 얘기라도 있었습니까?"

"그래요. 유모가 해준 얘긴 좀 비극적인 사건이에요. 유모는 그것이 어떤 사건이었는지 확실하게 기억하고 있는 것 같진 않았어요. 그리고 그 일이 래븐스크로프트와 어떤 관계가 있는지도 확실하지 않아요. 유모가 성(姓)을 기억하지 못하는 걸 보면, 외국 사람과 관계가 있는 것 같기도 해요. 어느 집안의 정신병자 얘기예요. 누군가의 처형인가 올케였다는군요. 어떤 장군의 누이이거나, 그 부인의 언니였다니까. 그녀는 오랫동안 정신병원에 있었대요. 오래전에 자기 아이를 죽이려고 했기 때문이죠. 그녀는 치료를 마치고 퇴원해서 인도나 이집트 같은 곳으로 갔대요. 동생과 함께 살기 위해서 말이죠. 그런데 또 다른 비극이 일어났던 모양이에요. 역시 아이들과 관련된 사건이었죠. 어쨌든 그 일은 쉬쉬하면서 흐지부지 사라지고 말았대요. 하지만 의심스러운 점이 있어요. 다시 말해서 래븐스크로프트 부인이 자신과 장군의 집안에 정신이상자가 있을지도 모른다고 생각했을 거라는 거예요. 그 사람이 언니처럼 꼭 가까운 인물이 아니었을 수도 있죠. 사촌이나 뭐 그 정도의 관계였을 수도 있잖아요. 어쨌든—글쎄, 그건 조사해 볼 만한 일 같잖아요?"

"맞는 말이오. 오랫동안 기다린 끝에 과거의 어느 곳으로부터 보금자리로 돌아올 가능성 같은 것이 있지요. 그런 걸 두고 사람들은 이렇게 말하더군요. '과거의 죄는 긴 그림자를 갖고 있다.'"

"내 생각엔 매첨 부인이 사건에 관련된 사람들에 대해서 제대로 기억하고 있는 것 같진 않아요. 하지만 문인 오찬회에서 그 끔찍한 여자가 제게 한 말과는 어느 정도 일치하는 것 같기도 해요."

"뭔가를 알고 싶다고 한 그 여자 말입니까?"

"그래요. 그 여자가 제가 대녀를 통해서 그 애의 어머니가 아버지를 죽인 건지, 아니면 아버지가 어머니를 죽인 건지 알아내달라고 했잖아요."

"그럼, 그 여자는 부인 대녀는 알고 있을 거라고 생각하는 게로군요?"

"글쎄, 그 애가 알고 있을 수도 있겠죠. 그 당시엔 몰랐다고 하더라도(그 애에겐 철저하게 숨겼을 테니까요) 나중에 자기의 가정 사정이 어땠으며, 누가 누구를 죽였다는 걸 깨닫게 되었는지도 모르죠. 그렇지만 그 사건에 대해서 아무에게도 얘기하지 않았을 수도 있는 일이에요."

"그런데 그 여자는 무슨 부인이라고 했죠?"

"저도 갑자기 생각나지 않는군요. 버튼 부인인가 뭐라고 했는데, 어쨌든 그런 이름이었어요. 그 여자는 자기 아들이 제 대녀와 사귀고 있으며, 두 사람은 결혼할 생각을 갖고 있다고 했어요. 만일 사실이 그렇다면, 그 여자는 제 대녀의 어머니나 아버지 집안에 범죄자나 정신이상자의 피가 흐르고 있는지 알고 싶었겠죠. 아마 그 애 어머니가 아버지를 쐈다면, 자기 아들이 제 대녀와 결혼하지 않는 게 좋을 거라고 생각할 거예요. 그리고 반대로 아버지가 어머니를 쐈다면 아마 그 결혼을 별로 반대하지 않을 거예요."

"그러니까 그 여자는 유전인자가 여자 쪽으로 흐른다고 생각하고 있다는 건가요?"

"글쎄, 그 여자는 썩 현명한 사람은 못 되는 것 같아요. 게다가, 좀 으스대는 편이죠. 자신은 많은 걸 알고 있다고 생각하지만, 사실은 그렇지 않은 사람 말이에요. 포와로 씨가 여자였다면 아마 그런 사람이었을 거예요."

"재미있는 말이군. 그럴지도 모르지, 그래요, 나도 알고 있습니다."

포와로는 한숨을 쉬었다.

"그래서 누구나 끊임없이 수양을 쌓아야 하는 거 아닙니까."

"전 우연히 몇 가지 정보를 얻게 되었어요. 같은 내용이긴 하지만, 간접적으로 들은 얘기예요. 무슨 말인지 아시겠죠? 어떤 사람이 이렇게 말하더군요. '래븐스크로프트 부부요? 양자를 얻은 부부 말이죠? 그러니까 양자 수속을 마친 뒤었어요. 그 부부는 양자 문제에 아주 적극적이었고 정말 열중해 있었죠. 아마 아이 하나가 인도에서 죽었던 모양이에요. 어쨌든 래븐스크로프트가 한 아이를 양자로 삼고 난 다음에, 아이의 친어머니가 아이를 되돌려달라고 요구해오는 바람에 그들은 재판소송인가 그런 것까지 했죠. 하지만 재판에서 아이의 보호권을 래븐스크로프트 부부에게 주자 아이의 어머니가 그 아이를 유괴해 가려고까지 했어요."

"부인의 얘기 가운데서 내가 관심을 갖는 건 좀더 간단한 사실입니다."

"그게 뭐예요?"

"가발, 네 개의 가발입니다."

"글쎄, 포와로 씨가 가발에 관심을 갖고 있을 거라곤 생각했지만, 이유는 모르겠군요. 뭐 특별한 의미가 있을 것 같진 않은데 말이에요. 전혀 엉뚱한 이유 때문에 자기 아이나 다른 사람의 아이를 살해하고서 정신병원이나 요양원에 입원해 있는 정신병자도 있어요. 전 그런 일 때문에 래븐스크로프트 장군 부부가 자살했을 거라곤 보지 않아요."

"그 부부 가운데 어느 한쪽과 관계없는 아이였다면……."

"래븐스크로프트 장군이 어떤 아이를—자신이 낳았건 아내가 낳았건 간에 합법적이지 못한 아이를 살해했을지도 모른다는 거예요? 그렇진 않았을 거예요. 우리가 지나치게 감상적으로 생각하는 것 같군요. 그런 식으로 보자면, 래븐스크로프트 부인이 남편의 자식이나 자기 자식을 살해했을 수도 있는 거죠."

"하지만 사람들 눈에 그 부부는—." 포와로는 말을 멈췄다.

"계속해 보세요."

"그 부부는 다정했어요. 말다툼 같은 것 없이 행복하게 지내는 부부였단 말입니다. 또, 유명한 의사에게 진찰을 받으러 런던으로 올라왔을 거라는 암시나, 그들이 견뎌낼 수 없는 암이나 백혈병 같은 가능성을 제외하곤 특별한 병력(病歷)도 없었습니다. 그러하니 우리로선 가능성에 대해 얘기할 수 없는 상황입니다. 사건 당시에 그 집에 누군가가 있었더라도, 경찰은(당시에 조사를 맡았던 경찰 말이오) 이런 사실 이외의 것에 대해선 얘기해 주지 못했을 거라고 합니다. 아무튼 어떤 이유 때문인지는 몰라도 그 부부는 삶을 포기하고 싶었던 겁니다. 도대체 그 이유란 게 뭘까요?"

"전 2차 대전 중에 어떤 부부를 알게 됐어요. 그런데 그 사람들은 독일군이 영국에 상륙할 거라고 생각하면서, 만일 그런 일이 일어난다면 자살할 거라고 하더군요. 전 그건 어리석은 행동이라고 했죠. 그 부부는 그런 상황에서 더 이상 살아갈 수 없다고 했어요. 하지만 제가 보기에 그건 바보 같은 생각이에요. 그 정도의 상황은 헤쳐나가면서 살아갈 용기를 갖고 있어야죠. 그 부부의 죽음이 어느 누구에게도 이득이 되지 못할 거라는 말이에요. 혹시—."

"혹시 뭡니까?"

"글쎄, 얘길 하다가 문득 생각난 건데, 래븐스크로프트 부부의 갑작스런 죽음으로 이득을 얻은 사람은 없나요?"

"그 부부에게서 재산을 물려받은 사람 말입니까?"

"그렇게 겉으로 드러나지 않은 사람 말이에요. 어쩌면 그 부부의 죽음 덕분에 풍족한 생활을 누리게 된 사람이 있을지도 몰라요. 그 부부의 생활엔 자식들에겐 말하고 싶지 않은 어떤 면이 있었을 거예요."

포와로는 한숨을 쉬었다.

"부인의 문제점은 어떤 일이 있었을지도 모른다느니, 또는 누군가가 다녀갔을지도 모른다는 식으로 너무 많은 걸 생각한다는 겁니다. 모두 막연한 것들이죠. 그저 가능성만 있는 생각들이란 말입니다. 이번에도 역시 그런 일이 있었을지도 모른다는 거 아닙니까. 이유가 뭘까요? 뭣 때문에 그 부부의 죽음이 필요했던 걸까요? 두 사람은 고통받은 일도 없었으며, 병을 앓지도 않았고, 다른 사람들 눈에 특별히 불행하게 보이지도 않았습니다. 그런데 맑은 날 오후에 개를 데리고 벼랑 쪽으로 산책하러 나갔다가……"

"개가 그 사건과 무슨 관계가 있나요?" 올리버 부인이 말했다.

"글쎄, 순간적으로 생각해 본 겁니다. 래븐스크로프트가 개를 데리고 나갔거나, 아니면 개가 그 부부를 따라나갔겠죠. 그런데 어떻게 해서 개 얘기가 나왔죠?"

"가발 얘기처럼 끼어든 거지요. 설명할 수 없으며, 사리에 맞지 않을 것 같은 문제가 한 가지 더 늘었군요. 제가 만나본 코끼리들 가운데 한 사람 말로는, 그 개가 레이디 래븐스크로프트를 몹시 따랐다고 해요. 하지만 어떤 사람 말로는 그 개가 부인을 물었다고도 하더군요."

"늘 똑같은 문제에 부딪치는군." 포와로가 말했다.

"더 많은 사실을 알아내야겠는데." 그는 한숨을 내쉬었다.

"그 사람들에게서 더 많은 걸 알아내고 싶은데, 오랫동안 떨어져 있었던 사람들에 대해서 어떻게 알 수 있겠습니까?"

"글쎄, 포와로 씨는 전에 그런 일을 한두 번 해내신 적이 있잖아요?"

"총살인지 독살당한 화가 사건이었죠. 요새인가 뭔가가 있는 바다 근처였어요. 포와로 씨는 그 사건에 관련된 사람들을 아무도 몰랐지만, 범인을 찾아내셨잖아요."

"글쎄, 사건에 관련된 사람들을 직접적으로는 몰랐지만, 그곳에 있는 사람들에게서 얘길 들어 어느 정도 알아냈습니다."(《회상 속의 살인》 참조)

"제가 해보려는 것도 바로 그런 거예요. 단지 아직 가까이 접근하지 못한 것뿐이죠. 전 그 사건의 진상을 정확하게 알고 있는 사람이나, 직접 사건에 관련된 사람을 만나진 못했어요. 포와로 씨는 제가 손을 대지 않는 게 좋다고 생각하세요?"

"손을 대지 않는 게 현명하다고 생각합니다. 하지만 현명하고 싶지 않을 때가 있죠. 누구나 더 많은 걸 알고 싶어하는 법이니까. 나도 이젠 두 명의 착한 아이를 둔 그 친절한 부부에게 관심이 쏠리는군요. 그 아이들은 착하겠죠?"

"남자아인 잘 몰라요." 올리버 부인이 말했다.

"만난 적도 없는 것 같아요. 제 대녀를 만나보고 싶으세요? 원하신다면 그 앨 당신에게 보내 드릴 수 있어요."

"어떤 방법으로든 부인 대녀를 만났으면 좋겠군요. 그녀가 나한테 오는 건 싫다고 하겠고. 하지만 어떻게든 만날 순 있을 겁니다. 아주 재미있겠는데. 그리고 또 만나고 싶은 사람이 있습니다만."

"아! 그게 누구예요?"

"그 모임에서 만난 부인—으스댄다는 그 여자 말입니다. 부인의 잘난 체하는 친구."

"그 여자는 제 친구가 아니에요." 올리버 부인이 단호하게 말했다.

"단지 제게 다가와서 말을 건 것뿐이에요. 그게 전부라고요."

"그 여자를 다시 만날 수 있을까요?"

"만날 수 있고말고요. 그 여자는 뛸 듯이 좋아할 거예요."

"그 여자를 만나서 이런 일들을 왜 알고 싶어하는 건지 물어보고 싶습니다."

"그러시겠죠. 뭔가 성과가 있을지 모르겠군요. 어떻든 간에—."

올리버 부인은 한숨을 쉬었다.

"그만 코끼리들에게서 벗어나 쉬고 싶어요. 유모 말이에요, 아까 유모 얘길 했잖아요. 그녀가 코끼리 얘길 꺼내더군요. 코끼리는 좀처럼 잊어버리지 않는다고 했어요. 그 어리석은 말 한마디가 절 괴롭히기 시작한 거예요. 아, 포와로 씨가 더 많은 코끼리들을 찾아봐야 해요. 이젠 당신 차례라고요."

"그럼, 부인은 뭘 할 겁니까?"

"전 백조를 찾을 수 있을 거예요."

"저런, 백조는 또 무슨 얘깁니까?"

"그 유모가 말해 줘서 기억난 거예요. 예전에 함께 놀던 남자아이들이 있었는데, 절 코끼리 아가씨라고 부른 아이도 있었고, 백조 아가씨라고 부른 아이도 있었죠. 백조 아가씨라고 부르면, 전 바닥을 이리저리 오가며 헤엄치는 흉내를 냈어요. 또 코끼리 아가씨라고 부르면, 그 아이를 제 등에 태우곤 했죠. 이 사건에 백조는 없어요."

"그거 좋은 말이군요. 코끼리만으로도 아주 충분합니다." 포와로가 말했다.

제10장

데스몬드

이틀 뒤 아침, 에르큘 포와로는 초콜릿을 마시면서 아침 우편물 사이에서 편지를 한 통 꺼내어 읽었다. 그는 그 편지를 두 번째 읽고 있었다. 아주 세련된 글씨체는 아니었지만, 그런대로 잘 쓰는 편의 글씨였다.

존경하는 포와로 씨

제 편지를 보시고서 좀 놀라셨겠지만 제가 아는 사람에 대해서 얘길 하면 이해가 되실 겁니다. 그분이 제가 선생님을 찾아간다고 얘길 해 놨는지 물어보려고 연락을 해봤지만 그분은 집에 없더군요. 비서의 말로는 그분이(소설가인 애리어든 올리버 부인 말입니다) 동아프리카 인가 어디로 여행을 떠났다고 하는군요. 정말 동아프리카로 여행을 떠났다면 올리버 부인은 조만간 돌아오지 않을 것 같습니다. 하지만 그분은 틀림없이 절 도와줄 겁니다. 선생님을 만나고 싶습니다. 만나서 충고의 말을 듣고 싶습니다.

올리버 부인은 제 어머니를 알고 있습니다. 문인 오찬회에서 만났다는군요. 언제라도 만날 약속을 해주신다면 정말 기쁘겠습니다. 어느 날이라도 괜찮습니다. 도움이 될지 모르겠지만 올리버 부인의 비서가 '코끼리'에 대해서 언급하더군요. 제 생각엔 코끼리가 올리버 부인의 이번 동아프리카 여행과 어떤 관계가 있는 것 같습니다. 비서는 지나가는 말투로 그 얘길 했습니다. 전 그게 무슨 말인지 모르지만 포와로 씨 아마 아실 겁니다. 지금 전 근심과 걱정 속에 싸여 있습니다. 절 만나주신다면 정말 고맙겠습니다.

당신의 진실한 데스몬드 버튼콕스

"어린애 같은 소리군!" 에르퀼 포와로가 중얼거렸다.

"뭐라고 하셨습니까, 주인님!" 조지가 말했다.

"아무것도 아닐세."

"일단 자신의 생활에 침입한 일은 없애버리기가 몹시 힘든 법이지. 내겐 그 일이 코끼리 문제인 것 같구면."

그는 아침 식탁에서 일어나 충실한 비서인 레몬 양을 불러 데스몬드에게서 온 편지를 건네주고는, 데스몬드와 약속을 하라고 지시했다.

"오늘은 곤란하고, 내일이 좋겠군." 그가 말했다.

레몬 양은 포와로에게 미리 해둔 약속 두 가지를 상기시켜 주었다. 하지만 여유 시간이 있으므로 원한다면 다른 약속을 해두겠다고 했다.

"동물원과 관계있는 일인가 보죠?" 그녀가 물었다.

"아냐. 편지엔 코끼리에 대해서 쓰지 말아요. 여러 가지 문제가 있을 수도 있거든. 코끼리는 몸집이 커다란 동물이지. 그리고 넓은 면적을 차지하고 그래, 우린 코끼리에서 벗어날 수 있어. 내가 데스몬드 버튼콕스와 얘기하는 도중에 틀림없이 나타날 거야."

"데스몬드 버튼콕스 씨가 오셨습니다."

조지는 약속한 방문객을 안내했다.

포와로는 이미 의자에서 일어나 벽난로 선반 옆에 서 있었다. 그는 잠시 동안 아무 말 없이 있다가, 데스몬드에게서 받은 인상을 정리하면서 앞으로 나왔다. 좀 신경질적이면서도 활발한 성격의 젊은이 같았다.

아마 틀림없이 그럴 거라고 포와로는 생각했다. 쉽게 화를 내면서도 교묘하게 그걸 숨길 수 있는 사람. 그는 손을 내밀면서 말했다.

"에르퀼 포와로 씨죠?"

"그렇소. 데스몬드 버튼콕스라고 했죠? 자, 자리에 앉아서 내가 무슨 일을 도와줄 수 있으며, 또 왜 날 만나러 왔는지 이유를 들어봅시다."

"설명하기가 좀 어렵습니다."

데스몬드 버튼콕스가 말했다.

"여러 가지 일을 한꺼번에 설명하긴 어려울 겁니다. 하지만 시간은 넉넉하니까. 우선 앉읍시다." 에르퀼 포와로가 말했다.

데스몬드는 좀 미심쩍어하는 눈으로 마주앉아 있는 사람을 쳐다보았다. 조금 우스꽝스러운 사람이라고 그는 생각했다. 달걀 모양의 머리에 거창한 콧수염. 어떻든 위엄 있어 보이는 얼굴은 아니다. 그가 기대했던 인물과는 전혀 딴판이었다.

"선생님은—선생님은 탐정이시죠?" 그가 말했다.

"그러니까, 뭔가를 알아내는 일을 하시는 분 말입니다. 사람들이 이곳에 찾아와서 진상을 밝혀내 달라고 부탁하는가 보죠?"

"맞아요. 그것이 내 직업이오."

"제가 무슨 일로 찾아왔고, 또 어떤 사람인지 잘 모르실 겁니다."

"몇 가지는 알고 있소."

"올리버 부인이, 선생님 친구 분인 올리버 부인 말입니다, 그분이 얘기해 준 모양이군요?"

"그녀가 대녀인 실리아 래븐스크로프트를 만났다는 얘길 해줬소. 그거 말이오?"

"그렇습니다. 실리아가 제게도 말해 줬습니다. 올리버 부인은 우리 어머니를 잘 알고 있고, 어머니도 그 부인을 잘 알고 있는 모양이죠?"

"아니, 두 사람이 서로 잘 아는 사이 같진 않소. 올리버 부인 말에 따르자면, 얼마 전 문인 오찬회에서 당신 어머니를 처음 만나 몇 마디를 나눈 것뿐이라고 하더군요. 당신 어머니가 올리버 부인에게 어떤 부탁을 했던 모양이오."

"어머니는 그런 부탁을 할 자격이 없습니다." 그 젊은이가 말했다.

그는 이맛살을 찌푸렸다. 화가 난 얼굴이었다—거의 복수심에 불타는 표정이라는 편이 옳았다.

"사실—, 어머니는—." 데스몬드가 말했다.

"알고 있소. 요즘엔 그런 감정을 가진 사람들이 많지. 아마 오래전부터 그래 왔겠지만 말이오. 어머니들은 자식들이 원하지 않는 일들을 늘 하고 있지. 그런 얘기 아니오?"

"예, 그렇습니다. 하지만 우리 어머니는 정말 아무 관계도 없는 일에 끼어들고 있는 겁니다."

"당신과 실리아 래븐스크로프트는 아주 각별한 사이라고 들었는데. 올리버 부인이 당신 어머니에게서 들은 얘기로는 결혼까지 생각하는 모양이더군요? 가까운 장래에."

"그렇긴 합니다. 하지만 어머니는 자신과 관계없는 일들을 걱정하고 물어보러 다닐 필요가 없다는 겁니다."

"하지만 모든 어머니들이 그렇잖소?"

포와로는 엷게 미소를 지으면서 덧붙였다.

"젊은이는 어머니를 무척 좋아하는 모양이오?"

"전 좋아한다고 말한 적이 없습니다. 절대로 그렇게 말한 적이 없습니다. 사실—솔직하게 말하자면, 지금 어머니는 친어머니가 아닙니다."

"아, 그랬었군. 난 몰랐소."

"전 양자입니다. 어머니는 아들이 하나 있었는데, 어렸을 때 죽었습니다. 그래서 절 양자로 맞아들였죠. 어머니는 사람들에게 절 친아들이라고 하시며 실제로도 그렇게 생각하시고 있지만, 전 친아들이 아닙니다. 어머니를 닮지도 않았으며, 사고방식도 다릅니다."

"알겠소." 포와로가 말했다.

"사실 선생님에게 얘기하고 싶은 건 이런 게 아닙니다."

"어떤 사실을 밝혀내어 젊은이의 문제점을 해결해 달라는 거겠지?"

"전 그 문제를 잊어버리고 싶습니다. 실은 선생님이 얼마나—그 문제에 대해서 어느 정도나 알고 계신지 모르겠습니다만."

"조금은 알고 있소. 자세히는 모르지만. 젊은이나 래븐스크로프트 양에 대해선 아는 게 없소. 또 그녀를 만난 적도 없고. 래븐스크로프트 양을 만나봤으면 좋겠는데—"

"예, 저도 실리아에게 선생님에게 가보라고 할 생각입니다. 하지만 그 이전에 제가 미리 말해 두는 게 좋을 것 같아서 만나 뵙자고 한 겁니다."

"그거 아주 현명한 생각이오." 포와로가 말했다.

"불쾌한 일이 있는 모양이구먼? 아니면 근심거리나 어려운 문제가 있던가?"

"그런 게 아닙니다. 어려운 문제는 없습니다. 없고말고요. 사실대로 말하자면, 오래전 실리아가 어렸을 때—초등학교에 다닐 때 일어난 일입니다. 비극적인 사건이 있었죠—글쎄, 그런 일은 거의 매일 일어나다시피 하고 있습니다만. 선생님도 알고 있는 두 분은 어떤 일 때문에 몹시 고민한 나머지 자살하고 말았습니다. 일종의 동반 자살이었죠. 그 사건의 진상이나 이유에 대해서 자세하게 알고 있는 사람은 아무도 없습니다. 하지만 어차피 일어난 일이며, 또 그건 자식들이 걱정할 만한 게 아닙니다. 물론 진상이 밝혀졌다면 당연히 걱정해야 할 일이죠. 하지만 우리 어머니와는 아무 관계없는 일입니다."

"내 경험으로 보건대, 사람들은 종종 자신과는 관계없는 일에 관심을 갖는다오. 심지어는 왜 자신과 관계없는 일이냐고 하면서 관심을 나타내지."

"하지만 그 사건은 이미 끝난 일입니다. 또 사건에 대해서 자세히 알고 있는 사람도 없습니다. 하지만 어머니는 여전히 물어보며 다니십니다. 그리고 끝내는 실리아까지 만났습니다. 그래서 실리아가 저와 결혼을 해야 하는지 말아야 하는지 스스로 판단하지 못할 지경에까지 몰아붙였던 겁니다."

"젊은이 생각은 어떻소? 아직도 실리아와 결혼하고 싶은 마음이 있소?"

"물론이죠. 전 그녀와 결혼할 겁니다. 벌써 결혼하기로 마음을 굳혔는걸요. 하지만 지금 실리아는 몹시 당황해 하고 있어요. 그녀는 사실을 알고 싶어합니다. 뭣 때문에 그 사건이 일어났는지 궁금해하고 있어요. 제가 보기엔 틀림없이 그녀가 잘못 생각하는 겁니다—실리아는 우리 어머니가 그 사건에 대해서 뭔가를 알고 있다고 생각하고 있어요. 무슨 얘길 들었을 거라고 말입니다."

"그거 정말 안됐군. 하지만 당신이 현명한 젊은이라면, 또 그녀와 결혼할 마음이 있다면, 그런 게 결혼 못할 이유가 되진 않지요. 그리고 나도 그 비극적인 사건에 대해 정보를 몇 가지 알아냈소. 젊은이가 말한 것처럼 그 사건은 이미 오래전에 일어난 일이오. 그리고 진상이 밝혀지지도 않았지. 하지만 모든 비극적인 사건을 해결할 수는 없는 일 아니겠소?"

"그건 동반 자살이었습니다." 그 젊은이가 말했다.

"그밖에 다른 경우는 생각할 수 없죠. 하지만—."

"사건의 동기가 궁금하다는 거겠지, 그렇잖소?"

"사실 궁금합니다. 실리아가 걱정하는 것도 바로 그겁니다. 저도 마찬가지고요. 조금 전에 말씀드린 것처럼 어머니까지도 자신과는 아무 관계도 없는 일인데도 몹시 걱정하고 계십니다. 전 돌아가신 두 분에게 어떤 잘못이 있었다곤 생각지 않습니다. 다시 말해서, 싸움 같은 건 없었다는 겁니다. 우리가 모르는 어떤 동기가 있었겠죠. 제가 그 사건 현장에 없었으니까 알 순 없는 일입니다만."

"그 당시엔 래븐스크로프트 장군 부부나 실리아를 몰랐소?"

"제가 실리아를 알게 된 건 아주 오래전입니다. 우리가 어렸을 때, 휴일이면 전 실리아네 이웃집으로 놀러가곤 했지요. 아주 어렸을 때 말이죠. 우린 늘 사이좋게 지내며 함께 어울려 다니곤 했습니다. 그러고 나선 오랜 시간이 지났습니다. 전 한동안 실리아를 만나지 못했지요. 아시다시피 실리아의 부모님은 말레이시아로 가셨으며, 우리 부모도 마찬가지였습니다. 아마 그분들끼린 만나셨을 겁니다. 그런데 제 아버지가 돌아가셨습니다. 어머니는 인도에 있을 때 무슨 얘길 들으신 모양인데, 지금도 그 얘길 기억하고 계십니다. 그리곤 흥분하시며 사실일 리가 없다고 하셨지요. 저도 그 얘기가 아니라고 확신합니다. 하지만 어머니는 그 문제 때문에 실리아에 대해서 생각해 보기로 단단히 마음먹은 모양입니다. 전 정확한 사건의 진상을 알고 싶습니다. 실리아도 마찬가지죠. 도대체 무슨 일이 있었습니까? 또 이유는 뭐고요? 어떻게 해서 일어난 겁니까? 떠돌아다니는 터무니없는 얘기들이 아니라 사실을 알고 싶습니다."

"그렇겠지." 포와로가 말했다.

"그렇게 느끼는 것도 무리가 아니오. 아마 실리아는 당신보다 더한 기분일 게요. 그 일 때문에 당신보다 더 괴로워할 거라는 말이오. 하지만 내가 이렇게 물어봐도 될는지 모르겠지만, 그게 무슨 문제가 되겠소? 중요한 건 지금 현재가 아니겠소? 당신이 결혼하려는 처녀는 당신과 결혼하고 싶어하는데, 그런데 그 처녀의 과거가 무슨 문제가 되겠소? 그녀의 부모가 동반 자살을 했건, 비행기 사고로 죽었건, 아니면 어느 한쪽이 사고로 죽자 나머지 한 사람이 자살한 것이든 무슨 문제가 된다는 게요? 설령 그들 사이에 불륜 문제가 있어서 불행한 결과를 낳게 된 거라도 말이오.”

“그렇습니다.” 데스몬드 버튼콕스가 말했다.

“아주 현명하고 올바른 말씀입니다만—글쎄, 전 몇 가지 일을 계획했는데, 실리아도 틀림없이 만족스럽게 여길 겁니다. 실리아는—비록 많은 얘길 하진 않았지만 그 문제 때문에 몹시 걱정하고 있습니다.”

“직접 겪지 않은 일은 불가능하진 않겠지만, 그 진상을 밝혀내기가 몹시 어렵지 않겠소?”

“두 분 가운데 어느 한쪽이 상대방을 죽였거나, 아니면 한쪽이 상대방을 쏘고 나서 자신을 쐈다는 문제 말이군요. 꼭 그렇지만도 않습니다.”

“그 과거의 일이 지금에 와서 무슨 문제가 된다는 건지 모르겠군.”

“반드시 문제가 된다는 건 아닙니다—어머니가 꼬치꼬치 캐물으며 간섭하지만 않는다면 문제가 되지 않지요. 전혀 문제가 되지 않죠. 실리아는 그동안 그 문제에 대해서 깊이 생각해 보지 않았을 겁니다. 그 비극이 일어났을 당시에 스위스에서 학교에 다니고 있었으며, 나중에 아무도 그녀에게 상세한 얘길 해주지 않았을 테니까요. 10대 아이들은 단지 무슨 일이 일어났다는 사실을 받아들이긴 하지만, 그 일이 아무런 영향을 끼치지 못하잖습니까.”

“그렇다면 젊은이는 불가능한 걸 요구한다고 생각지 않소?”

“전 선생님이 밝혀내 주시기를 바랍니다. 그건 선생님이 밝혀낼 수 있거나 밝혀내고 싶어하시는 일이 아닐지도 모르겠지만—.”

“난 무슨 일이든지 밝혀낸다는 덴 이의가 없소.” 포와로가 말했다.

“사실 사람들은 누구나 호기심이라는 걸 갖고 있지. 비극과 고통 때문에 일어난 문제·경악·충격·질병—이런 것들은 모두 인간의 비극이며 문제점들이라오. 그리고 그런 문제들에 사람들이 관심을 기울이고 진상을 알고 싶어하는 건 지극히 당연한 일이오. 내가 말하는 건, 그런 일들을 들춰낸다는 게 꼭 필요하며 현명한 일인지 궁금하다는 게지.”

“꼭 필요하며 현명한 일은 아닐 겁니다. 하지만 아시다시피—.”

데스몬드가 말했다.

"그렇지만—." 포와로는 그의 말을 가로막았다.

"이렇게 오랜 시간이 지난 뒤에 밝혀낸다는 건 좀 불가능한 일이라고 생각지 않소?"

"아니, 전 그렇게 생각지 않습니다. 충분히 가능한 일이라고 여깁니다."

"아주 흥미롭군. 어째서 충분히 가능하다고 여기는 게요, 젊은이?"

포와로가 물었다.

"그건 왜냐하면—."

"말해 보시오. 무슨 까닭이 있는 모양인데—."

"그 사건의 진상을 알고 있을 만한 사람들이 있을 거라고 생각하기 때문입니다. 마음만 먹는다면 말해 줄 수 있는 사람들 말입니다. 그 사람들은 저와 실리아한테는 얘기하길 꺼렸지만, 선생님이라면 얻어낼 수도 있을 겁니다."

"아주 재미있는 얘기로군." 포와로가 말했다.

"오래전 일인데, 전—, 전 우연히 그 사건 얘길 듣게 되었습니다. 정신이상에 관한 얘기였죠. 누군가가—확실하게는 잘 모르겠지만, 전 레이디 래븐스크로프트일 거라고 생각합니다. 그분은 오랫동안 정신요양원에 있었던 모양이더군요. 꽤 오랫동안 있었다고 합니다. 레이디 래븐스크로프트가 젊었을 때 어떤 비극적인 사건이 있었답니다. 어떤 아이가 사고로 죽었는데—글쎄, 그분이 그 사고에 관련되었다고 하더군요."

"그건 젊은이가 직접 알고 있는 얘기가 아닌 모양이로군?"

"어머니가 말해 주시더군요. 어머니도 어디선가 들으셨다고 합니다. 아마 인도에 계실 때 들으셨을 겁니다. 사람들 사이에서 그 얘기가 떠돌아다녔겠죠. 선생님도 군인들이 어떻게 모이는지 잘 아실 겁니다. 또, 군인 부인들은 모였다 하면 수다죠. 누구나 똑같습니다. 어떤 때는 사실과는 전혀 다른 얘길 떠들어대죠."

"결국 당신은 그 얘기가 사실인지 아닌지 알고 싶다는 게로군?"

"그렇습니다. 지로선 어떻게 알아내야 하는지 방법을 모르니까요. 게다가, 요즘 일어난 일이 아니라 오래전 일이기 때문에 누구에게 물어봐야 하는지도 모릅니다. 또, 누구에게 부탁해야 하는지도 모르고요. 하지만 실제로 무슨 일이 일어났고 그 까닭이 뭔지 밝혀내기까진—"

"이건 나 혼자만의 추측에 불과하지만, 실리아 래븐스크로프트는 자신이 어머니에게서 정신적인 결함을 이어받지 않았다는 확신이 없는 한 당신과 결혼하려 하지 않을 것 같은데, 어떻소?"

"아무래도 그런 생각을 갖고 있는 것 같습니다. 아마 우리 어머니 때문이겠죠. 어머니는 그렇게 되길 바랐을 테니까요. 전 심술궂은 원한과 소문 같은 것을 어머니가 믿을 만한 이유가 없다고 봅니다."

"글쎄, 알아내기가 쉽진 않을 게요." 포와로가 말했다.

"선생님 얘길 많이 들었습니다. 사람들 말에 따르자면, 선생님은 과거의 사건을 캐내는 덴 천재적이라고 하더군요. 여러 사람들에게 이것저것 물어봐서 교묘하게 사실을 털어놓도록 유도한다고 하던데요."

"내가 누구에게 물어봐야 할지 모르겠군. 당신이 인도 얘길 할 때 난 인도 사람을 언급하는 건 아니라고 추측했소. 당신은 인도의 군대 사회를 두고 얘기한 게지. 영국 사람과 영국 주둔군 사이에 떠도는 소문에 대해서 얘기한 거란 말이오."

"그것이 지금에 와서 무슨 소용이 있다고는 생각지 않습니다. 소문을 퍼뜨린 사람이나 떠들어댄 사람이 누구든자—너무 오래전 일이기 때문에 모두 잊어버렸을 겁니다. 어쩌면 이미 죽었을지도 모르죠. 어머니는 사실과 다른 얘길 많이 알고 계셨는데, 그런 얘길 듣고 나선 마음속으로 더 많은 얘기들을 만들어내셨던 것 같습니다."

"당신은 내가 사건의 진상을 밝혀낼 수 있다고 생각하는 모양이로군—."

"전 선생님에게 인도에 가서 사람들에게 물어봐 달라는 게 아닙니다. 아마 지금은 그 당시의 사람들이 아무도 없을 겁니다."

"그럼, 내게 그 사람들의 이름을 알려줄 수 없겠구먼?"

"그 사람들의 이름은 아닙니다만—." 데스몬드가 말했다.

"그렇다면 누구의 이름이오?"

"글쎄, 제 생각을 말씀드리죠. 그 사건과 원인에 대해서 알고 있을 만한 사람이 두 명 있습니다. 왜냐하면, 그 두 사람은 사건 당시에 그곳에 있었기 때문이죠. 그들은 그 사건에 대해서 아주 잘 알고 있을 겁니다."

"젊은이가 그 사람들에게 직접 가고 싶지는 않은 모양이지?"

"글쎄, 제가 갈 수도 있겠죠. 하지만 아시다시피, 그 사람들에게—모르겠습니다, 하여간 그런 얘기들을 물어보고 싶지가 않습니다. 실리아도 마찬가지일 겁니다. 그 사람들은 아주 자상하지요. 그리고 그 사건에 대해서 알고 있을 것 같습니다. 그러니 많은 도움을 줄 수 있을 거라고 생각합니다. 그 사람들은 사건을 수습하기 위해서 애도 쓰고 노력도 했겠지만 뜻대로 되지 않았겠죠. 아, 제가 너무 정신없이 얘길 늘어놓은 것 같습니다."

"그렇지 않소. 아주 잘 설명했소. 덕분에 나도 흥미가 생기는 것 같군. 당신은 꽤 분명한 생각을 갖고 있는 모양인데, 실리아 래븐스크로프트도 당신 생각에 동의하오?"

"전 그녀에게 얘길 그리 많이는 해주지 않았습니다. 실리아는 마디와 젤리를 무척 좋아했거든요."

"마디와 젤리?"

"아, 그 두 사람의 이름입니다. 참, 먼저 설명을 드려야죠. 실리아가 아주 어렸을 때(제가 그녀를 처음 알았을 때, 우리가 시골에서 서로 이웃에서 지냈을 때 말입니다) 실리아의 집엔 프랑스인, 그러니까 요즘 우리가 오페어걸이라고 하는 여자가 있었습니다. 그 당시엔 가정교사라고 했죠. 프랑스인 가정교사였죠. 결혼하지 않은 여자였는데, 아주 좋은 사람이었습니다. 그 가정교사는 우리들과 함께 놀았는데, 실리아는 늘 그녀 이름을 줄여서 마디라고 불렀습니다. 그래서 식구들도 모두 마디라고 불렀죠."

"아, 그랬구먼. 결혼하지 않았다고 했소?"

"그렇습니다. 그 프랑스 여자가—어쩌면 자신이 알고 있는 사실과, 또는 다른 사람들에겐 얘기하고 싶지 않은 사실들까지도 말해 줄지 모르죠."

"그리고 또 한 사람은?"

"젤리라고, 역시 가정교사였죠. 그녀도 결혼하지 않은 여자였습니다. 마디는 그 집에서 2~3년 정도 있다가 프랑스인가 스위스로 돌아갔습니다. 그 뒤에 온 사람이 젤리죠. 마디보다 나이가 더 적었습니다. 실리아가 젤리라고 부르자,

식구들도 모두 따라서 젤리라고 불렀죠. 젤리는 아주 젊고 예뻤으며 재미있는 사람이었습니다. 우린 젤리를 몹시 좋아하게 됐죠. 그녀는 우리와 함께 게임도 하고, 아무튼 아주 잘 대해 줬습니다. 식구들도 모두 좋아했죠. 래븐스크로프트 장군도 그녀를 무척 좋아했습니다. 두 사람은 함께 피킷 같은 게임을 즐기곤 했죠."

"레이디 래븐스크로프트는 어땠소?"

"아, 그분도 젤리를 좋아했어요. 젤리도 그분을 좋아했고요. 그래서 그녀는 떠났다가 다시 돌아왔죠."

"다시 돌아왔다고?"

"예. 레이디 래븐스크로프트가 몸이 아파 병원에 입원했을 때, 젤리가 돌아와서 말동무를 해주며 그분을 도와줬죠. 정확하겐 모르겠지만, 그 비극적인 일이 일어났을 때 젤리가 거기에 있었을 겁니다. 그래서 그녀가 사건의 진상을 알고 있을 거라는 거죠."

"그럼, 젤리의 주소를 알고 있소? 지금 살고 있는 곳 말이오."

"예, 알고 있습니다. 두 사람 주소 모두 알고 있습니다. 아마 두 사람 모두 만날 수 있을 겁니다. 물어보고 싶은 게 많이 있지만—."

데스몬드는 말을 끊었다.

포와로는 잠시 동안 그를 쳐다보고 있다가 입을 열었다.

"음, 그건 가능성이오—가능성일 뿐이지."

제2부 긴 그림자
제11장

개로웨이 주임총경과 포와로, 서류를 검토하다

개로웨이 주임총경은 테이블 너머로 포와로를 쳐다보았다. 그의 눈이 반짝거렸다. 옆에서 조지가 위스키소다수를 건네주었다.

포와로는 짙은 보랏빛 액체가 담긴 잔을 내려놓았다.

"그게 무슨 술입니까?"

개로웨이 주임총경이 흥미롭다는 듯이 물었다.

"검은 까치밥나무 시럽입니다."

포와로가 말했다.

"그렇습니까? 사람마다 입맛이 다르니까. 스펜스가 내게 뭐라고 했는지 압니까? 당신이 티산이라는 걸 즐겨 마신다고 했는데, 정말 그렇습니까? 그게 뭡니까? 프랑스의 피아노 변주곡 제목 같군요."

"열을 내리는 효과가 있는 겁니다."

"아, 환자들이 복용하는 거군요." 그는 잔에 있는 액체를 마셨다.

"자, 자살사건을 위해서!"

"자살이었습니까?"

포와로가 물었다.

"그밖에 뭘 생각할 수 있겠습니까?" 개로웨이 주임총경이 말했다.

"그 일이야 당신이 알고 싶어하는 거지만 말이죠!"

그러고는 고개를 흔들었다. 그의 미소가 점점 뚜렷해졌다.

"미안하오." 포와로가 말했다.

"성가시게 해서. 난 아무래도 키플링의 작품 속에서나 나오는 어린아이나 동물 같습니다. 끊임없는 호기심 때문에 고통을 받고 있으니 말입니다."

"끊임없는 호기심이라—." 개로웨이 주임총경이 말했다.

"키플링은 훌륭한 작품을 많이 발표했죠. 또한, 작품의 제재도 훌륭했고요. 그는 구축함을 타고서 여행을 했는데, 해군의 최고 기술자보다도 더 많은 걸 알고 있었다고 하더군요."

"저런—." 에르퀼 포와로가 말했다.

"난 상황을 모르기 때문에 물어봐야 할 게 무척 많습니다. 아무래도 당신에게 꽤나 기다란 질문지를 보내야 할 것 같습니다."

"당신은 한 문제에서 다른 문제로 뛰어 넘어가는 방법이 몹시 특이하군요."

개로웨이 주임총경이 말했다.

"정신과 의사, 의사의 보고서, 재산을 어떻게 남겼으며, 재산을 갖고 있는 사람은 누군지, 또 물려받은 사람은 누군지. 또, 재산을 물려받을 거라고 기대했지만 물려받지 못한 사람은 누군지, 미장원에 대한 자세한 조사, 가발, 가발 판매자의 이름, 그리고 그들이 들여온 아름다운 장밋빛 마분지 상자."

"아주 자세하게 알고 있군요. 정말 놀랄 정도입니다."

포와로가 말했다.

"아, 그건 미해결 사건이었으므로 경찰도 자세한 기록을 갖고 있습니다. 그런데 아무것도 도움이 되지 못했죠. 하지만 서류는 모두 보관되어 있으니 포와로 씨가 보고 싶으시다면 준비해 드리겠습니다."

그는 테이블 너머로 서류 한 장을 밀어 보냈다.

"여기 있습니다. 미용사. 본드가(街). 고급 미장원입니다. 유진 로젠텔이라고 합니다. 나중에 슬론가(街)로 이사해서 똑같은 미장원을 개업했습니다. 여기에 주소가 있는데, 지금은 애완동물 가게가 들어앉았더군요. 보조 미용사 두 명이 몇 년 전에 그만뒀는데, 그들은 당시 최고의 보조 미용사였습니다.

레이디 래븐스크로프트의 이름이 그 미장원 명단에 올라 있었죠.

로젠텔은 지금 챌튼햄에 살면서 여전히 미장원을 하고 있습니다. 자신을 미용 연구가라고 하더군요(요즘엔 그렇게 많이 부르죠). 그 뒤에 미용사라고 덧붙여 말하기도 합니다. 젊은 사람들 말대로 하자면, 똑같은 사람이 모자만 바꿔쓴 거나 마찬가지죠."

"아—하!" 포와로가 외쳤다.

"뭡니까?"

개로웨이 주임총경이 말했다.

"정말 고맙습니다." 에르퀼 포와로가 말했다.

"덕분에 어떤 생각이 떠올랐습니다. 정말 반짝 떠오른 게 있습니다."

"당신은 벌써 여러 가지 생각을 갖고 있을 겁니다." 주임 총경이 말했다.

"그것이 당신의 문제점이죠. 더 이상 필요치 않은지도 모르겠지만—난 그 집안의 내력에 대해서 나름대로 자세하게 조사해 봤습니다만 이상한 점은 없었습니다. 앨리스테어 래븐스크로프트는 스코틀랜드계 사람입니다.

아버진 목사였으며, 삼촌이 두 명 있었는데 모두 유명한 군인이었더군요.

앨리스테어는 마거릿 프레스턴그레이라는 양가집 처녀와 결혼해서 왕실에 드나들기도 했습니다. 그 처녀 집안에 나쁜 소문 같은 건 없었습니다. 아시다시피 그녀는 쌍둥이였죠. 어디에서 알아냈는지 잘 모르겠지만—도로시아와 마거릿 프레스턴그레이는 보통 돌리와 몰리라는 이름으로 알려져 있다더군요.

프레스턴그레이 쌍둥이 자매는 서식스 군 해터스 그린에서 살았습니다. 일란성 쌍둥이인 그녀들은 보통 다른 쌍둥이들과 비슷한 생활을 했습니다. 같은 날 처음으로 이를 뺐으며, 같은 달에 홍역을 치렀고, 똑같은 옷을 입었으며, 비슷한 남자와 똑같이 사랑에 빠져서, 동시에 결혼을 했죠.

남편들도 모두 군인이었습니다. 그 쌍둥이가 어렸을 때 식구들의 건강을 돌봐주던 가족 주치의가 있었는데 몇 년 전에 세상을 떴습니다. 그러므로 그에게서 흥미로운 사실들을 알아낼 수 없게 되었죠. 그런데 오래전에 그 쌍둥이 자매 가운데 하나와 관련된 비극적인 사건이 있었습니다."

"레이디 래븐스크로프트 말입니까?"

"아니, 다른 쌍둥이입니다. 그녀는 재로 대위와 결혼해서 아이 둘을 두었습니다. 두 번째 남자아이가 네 살 때 외바퀴수레인지 정원용 도구(삽이나 어린이 괭이 같은 거였겠죠)에 맞았습니다. 그 아인 머리를 얻어맞고서 정원 연못에 빠져죽었습니다. 아마 아홉 살 된 그 애 누나의 짓일 겁니다. 남매가 함께 놀다가 다툰 거겠죠. 크게 의심스러운 얘기는 아닙니다.

그런데 이 사건에 다른 얘기가 오고 갔습니다. 어떤 사람 말로는 아이 어머니가 그렇게 했다는 거지요—화가 나서 아들을 때린 거라고 말입니다. 또 어떤 사람은 그 아일 때린 건 이웃에 사는 여자였다고 했습니다. 어떻든 이 문제에 특별한 관심 같은 건 갖지 마십시오—그 뒤 몇 년 뒤에 일어난 그녀의 여동생 부부 자살 사건과는 관계가 없는 일이니까요."

"관계는 없는 것 같군요. 하지만 배경이 궁금합니다." 포와로가 말했다.

"아까 얘기한 것처럼 과거를 조사해 봐야죠. 경찰은 그 사건이 일어났을 당시보다 더 과거에 대해선 조사하지 않았을 겁니다. 하지만 자살사건이 있기 전에 20년도 넘는 세월이 있었단 말입니다."

"그 당시의 기록이 남아 있습니까?"

"예, 난 가까스로 그 사건에 대한 기록을 찾아냈습니다. 사건보고서와 신문 기사 등등. 아시다시피 그 사건엔 몇 가지 의심스러운 점이 있었습니다. 아이 어머니는 그 사건으로 몹시 충격을 받아 병원에 입원하게 되었습니다. 사람들 말로는 그녀가 그 뒤로는 제정신을 찾지 못했다고 하더군요."

"사람들은 그 아이 어머니의 짓이라고 했다죠?"

"글쎄, 의사도 그렇게 생각했다는군요. 직접적인 증거는 없었지만 말입니다. 아이 어머니가 창문에서 그 사건을 목격하게 됐는데, 누나가 동생을 때리고서 떼밀었다고 했다는군요. 하지만 그녀의 설명을—글쎄, 당시엔 사람들이 그녀의 설명을 믿었을 것 같지 않습니다. 그녀는 몹시 흥분한 상태에서 얘기했을 테니까요."

"정신병 증세가 있었습니까?"

"예, 있었습니다. 그녀는 요양원인가 병원에 갔는데, 틀림없는 정신병 환자였답니다. 몇 군데 병원에서 꽤 오랫동안 치료를 받다가, 런던의 성 앤드루 병원에서 전문의사의 치료를 받았다고 알고 있습니다. 그 뒤 마침내 그녀는 완쾌되어 3년 뒤에 퇴원해서 집으로 돌아와 가족들과 함께 정상적인 생활을 했죠."

"정상인으로 되돌아왔단 말입니까?"

"그녀는 늘 신경이 예민했던 것 같습니다."

"자살사건이 있었을 당시에 그녀는 어디에 있었습니까? 래븐스크로프트 부부와 함께 지내고 있었습니까?"

"아닙니다. 그녀는 그 사건이 있기 3주 전에 세상을 떴습니다. 오버클리프 저택에서 래븐스크로프트 부부와 함께 지내고 있는 동안에 죽었습니다. 그건 또 한 차례 일란성 쌍둥이의 숙명을 설명해 주는 것 같더군요.

그녀는 몽유병이 있었습니다—그 병 때문에 몇 년 동안 고통을 받았던 모양입니다. 한두 번 좋지 않은 사건도 있었죠. 사고가 난 그날도 그녀는 진정제를 잔뜩 먹고서 잠이 들었는데, 한밤중에 집 주위를 맴돌다가 밖으로 나갔답니다. 그러고는 벼랑가의 오솔길을 따라 걷다가 발을 헛디뎌 벼랑 아래로 떨어져 그 자리에서 죽었다는군요.

사람들은 다음 날이 되어서야 그녀의 시체를 찾아냈습니다. 그녀의 여동생인 레이디 래븐스크로프트는 몹시 당황했죠. 두 사람은 아주 사이가 좋았으니까요. 결국 레이디 래븐스크로프트는 충격으로 병원에 입원해야만 했습니다."

"그 비극적인 사건이 래븐스크로프트 부부의 자살과 관련이 있을 수도 있겠군요?"

"그럴 거라는 암시는 없습니다."

"당신 말대로 쌍둥이들에겐 이상한 일들이 일어나죠. 레이디 래븐스크로프트는 자신과 쌍둥이 언니 사이의 연결관계 때문에 자살했는지도 모릅니다. 그리고 남편은 어떤 죄의식을 느꼈기 때문에 자신에게 총을 겨눴을 수도 있죠."

개로웨이 주임총경이 말했다.

"너무 많은 생각을 하시는군요, 포와로 씨. 앨리스테어 래븐스크로프트가 아무도 모르게 처형과 관계를 가질 순 없었을 겁니다. 당신이 생각하고 있는 게 그런 거라면—그런 일은 없었습니다."

전화벨이 울렸다.

포와로는 일어나서 수화기를 들었다.

올리버 부인이었다.

"포와로 씨, 내일 차나 셰리주 한잔하러 오실 수 있겠어요? 실리아를 오라고 했거든요. 그리고 나중에 그 으스대는 여자도 올 거예요. 당신이 만나고 싶어하셨잖아요?"

포와로는 만나고 싶었다고 대답했다.

"지금 급히 나가볼 데가 있어요." 올리버 부인이 말했다.

"제1호 코끼리인 줄리아 카스테어스가 소개해 준 퇴역군인을 만나러 갈 거예요. 아무래도 이름을 잘못 가르쳐준 것 같아요, 늘 그랬으니까. 하지만 주소만은 맞아야 할 텐데."

제12장

실리아, 에르퀼 포와로와 만나다

"부인, 휴고 포스터 경과는 잘 되었습니까?"

"실은 그의 이름이 포스터가 아니라 포서길이에요. 줄리아가 이름을 잘못 안 거예요. 그녀는 늘 그렇죠."

"코끼리가 기억하는 이름이라고 항상 믿을 수 있는 건 아니군요?"

"코끼리 얘긴 그만두세요―이미 끝났으니까."

"퇴역군인 문제는 어떻게 됐습니까?"

"아주 나이가 많은 사람이었는데, 정보원(情報源)으로선 쓸모가 없는 것 같아요. 그 사람의 아이가 인도에서 죽었다고 하더군요. 하지만 그건 래븐스크로 프트 부부와는 아무 관계도 없는 거예요. 이제 전 코끼리에서 손을 뗐어요."

"부인, 당신은 아주 끈기가 있고 고귀한 사람입니다."

"30분 정도 있으면 실리아가 올 거예요. 그 앨 만나보고 싶어하셨죠? 전 그 애에게 당신이―그러니까, 절 도와주고 있다고 말했어요. 차라리 그 애보고 당신에게 가라고 할 걸 그랬나 보죠?"

"아니, 부인 계획대로 부인 집으로 오게 한 게 더 좋았는데요."

"그 앤 오랫동안 있진 않을 거예요. 기껏해야 한 시간 정도 있다가 가겠죠. 그리고 나서 몇 가지 문제를 생각하고 있으면 버튼콕스 부인이 올 거예요."

"아, 알겠습니다. 아주 재미있겠군요. 정말 재미있겠습니다."

올리버 부인은 한숨을 내쉬었다.

"정말 우린 너무 많은 문젯거리를 갖고 있죠."

"그렇습니다." 포와로가 말했다.

"우리 스스로도 우리가 무엇을 찾는지 모르고 있으니까요. 기껏 우리가 알고 있는 건 조용하고 행복한 말년을 보내고 있었던 부부가 동반 자살했을 거라는 생각뿐입니다. 동기와 원인이라고 할 만한 사실이라도 알고 있습니까? 우린 앞으로 나아갔다가는 금방 오른쪽으로 밀려나고, 왼쪽으로, 서쪽으로, 동쪽으로 헤매고 있죠"

"맞는 말씀이세요." 올리버 부인이 말했다.

"안 가본 데가 없죠. 아직 북극지방엔 다녀오지 않았지만 말이에요."

"남극지방도 다녀오지 않았죠." 포와로가 말했다.

"그런데 어떻게 결론을 내리셨어요?"

"여러 가지입니다. 리스트를 만들어 갖고 왔는데 읽어보겠습니까?"

올리버 부인은 포와로의 옆으로 다가가 앉아 그의 어깨너머로 쳐다보았다.

"가발—." 그녀는 첫 번째 항목을 가리키며 말했다.

"왜 가발을 첫 번째로 적으셨어요?"

"가발이 네 개라는 건 흥미로운 사실입니다. 흥미로우면서도 설명하기가 어려운 거죠." 포와로가 말했다.

"레이디 래븐스크로프트가 가발을 산 가게는 지금은 없어졌을 거예요. 사람들은 가발을 구하기 위해서 다른 가게로 갈 것이고, 또 그 당시처럼 가발을 쓰는 사람도 많지 않죠. 가끔 외국여행을 할 때나 쓰는 정도예요. 아시다시피, 여행할 때는 가발이 아주 편리하거든요."

"아, 압니다. 가발을 갖고 뭔가를 알아낼 수 있을 것 같습니다. 그래서 가발에 관심을 갖고 있는 거죠. 그리고 몇 가지 얘기가 있습니다. 가족 가운데 정신이상자가 있다는 거죠. 쌍둥이 언니가 정신이상 때문에 오랫동안 요양원에서 지냈다고 합니다."

"그 얘긴 결론이 나지 않을 것 같아요. 그녀가 그 부부를 쐈을 수도 있다는 생각이 들긴 하지만, 동기를 밝혀낼 수 없어요."

"그렇진 않을 겁니다. 내가 알기로, 권총에는 래븐스크로프트 부부의 지문만이 있었습니다. 그리고 아이 얘기가 있죠. 인도에서 어떤 아이가 죽었는데, 그것이 레이디 래븐스크로프트 쌍둥이 언니의 짓일지도 모른다는 겁니다. 어쩌면 다른 여자—유모나 하인의 소행일지도 모르죠. 또, 문제가 있습니다. 부인은 돈에 대해서 좀 알고 있을 겁니다."

"그 사건에 돈 문제가 끼어 있나요?"

올리버 부인이 좀 놀란 눈으로 말했다.

"그렇진 않습니다. 돈이란 건 아주 재미있는 거죠. 대개의 사건을 보면 돈이 관련되어 있습니다. 그 자살사건으로 돈을 얻게 된 사람이 있었을 것이고, 잃게 된 사람도 있었을 겁니다. 어디서든지 고통을 일으키고, 문제를 일으키고, 욕망과 탐욕을 일으키는 원인은 돈입니다. 어려운 문제죠. 조사해 보기도 어렵습니다. 하지만 이 사건에 엄청난 액수의 돈이 관련된 것 같진 않습니다. 대신 애정문제가 있더군요. 남편이 좋아한 여자들과, 아내가 좋아한 남자들이 있었습니다. 부부 사이의 애정문제는 자살이나 살인을 일으킬 만한 동기가 될 수 있죠. 그런 일은 종종 일어나니까. 그리고 문득 굉장히 관심을 끌게 된 문제가 있는데, 그 문제 때문에 버튼콕스 부인을 몹시 만나고 싶은 겁니다."

"아, 그 끔찍한 여자를 만나고 싶었단 말씀이시죠. 뭣 때문에 그 여자에게 관심을 갖고 있는지 모르겠군요. 그 여잔 제게 알아봐 달라고 부탁한 오지랖 넓은 여자일 뿐이라고요."

"압니다. 하지만 왜 부인에게 알아내 달라고 부탁했을까요? 난 그 점이 이상하단 말입니다. 틀림없이 무슨 까닭이 있을 겁니다. 혹시 그 여자가 연결 고리는 아닐까요?"

"연결 고리?"

"그렇지요. 그 고리가 무엇이며, 어디에 있으며, 또 어떻게 연결되었는진 아직 모릅니다. 단지 그 여자가 그 자살사건에 대해서 좀더 많은 걸 알고 싶어한다는 사실만 알고 있을 뿐이지요. 고리 역할을 하고 있는 그 여자는 부인의 대녀인 실리아 래븐스크로프트와 친아들이 아닌 아들과 연결되어 있습니다."

"그게 무슨 말씀이세요—친아들이 아니라니?"

"그는 양자입니다. 그 여자는 자신이 낳은 아들이 죽자 그를 양자로 맞아들인 겁니다." 포와로가 말했다.

"그 여자의 친아들은 어떻게 죽었을까요? 무슨 까닭으로, 그리고 언제 죽었나요?"

"나도 그런 것들을 알고 싶어요. 그 여자는 고리—다시 말해서 감정의 고리,

증오와 애정문제에 얽힌 복수의 고리일 수도 있습니다. 난 그 여자를 만나야 합니다. 만나서 그 여자에 대해서 어떤 사실을 확인해야 해요. 그것은 아주 중요한 일입니다."

벨소리가 나자 올리버 부인은 밖으로 나갔다.

"아마 실리아일 거예요. 괜찮으세요?"

"아, 물론이오. 그녀도 괜찮아해야 할 텐데." 포와로가 말했다.

올리버 부인은 잠시 뒤에 들어왔다. 실리아 래븐스크로프트가 함께 들어왔다. 그녀는 의아스럽다는 표정이었다.

"누구신지 잘 모르겠어요. 음─."

실리아는 말을 멈추고 에르큘 포와로를 빤히 쳐다보았다.

"소개하지." 올리버 부인이 말했다.

"날 도와주고 있는 분인데, 아마 네게도 많은 도움을 주실 거야. 네가 궁금해하고, 밝혀내고 싶어하는 것들에 대해서 말이야. 에르큘 포와로 씨라고, 뭔가를 밝혀내는 덴 천재적인 재능을 갖고 계신 분이지."

"어머!" 실리아가 외쳤다.

그녀는 달걀 모양의 머리에 멋진 콧수염을 기른 자그마한 몸집의 사람을 아주 의아스럽다는 눈으로 쳐다보았다.

"에르큘 포와로 씨라면 저도 얘길 들은 적이 있어요."

그녀는 좀 미심쩍다는 듯이 말했다.

에르큘 포와로는 대수롭지 않다는 듯한 목소리로 말했다.

"내 얘길 들은 사람들이야 많죠."

과거와는 달리 그 말은 사실이 아니었다. 왜냐하면 에르큘 포와로라는 이름을 아는 사람들이나, 그와 친분관계가 있는 사람들이 대부분 지금은 묘비가 세워진 교회의 묘지에서 편히 쉬고 있기 때문이다. 포와로는 계속했다.

"앉아요, 마드모아젤. 내가 먼저 얘길 하지. 처음엔 난 단지 호기심으로 조사를 시작했다가 결국엔 이렇게 깊이 관여하게 되고 말았소. 아가씨가 진실을 알고 싶다면, 난 진실을 밝혀내어 알려주겠소. 하지만 아가씨가 원하는 건 위안일 수도 있잖겠소? 위안과 진실은 같은 게 아니오. 난 아가씨에게 위안을 줄 만한 사실을 여러 가지 알아낼 수 있소. 그 정도면 충분하잖겠소? 그렇다면, 더 이상 바라지 마시오."

실리아는 포와로가 권해 준 의자에 앉아서 다소 진지한 얼굴로 그를 쳐다보았다. 이윽고 그녀가 입을 열었다.

"제가 진실을 알고 싶어한다고 생각지 않으시는 모양이군요?"

"글쎄―, 그 진실이라는 게, 충격적이고 아주 슬픈 것일 수도 있소. 또, 아가씬 이렇게 말할지도 모르지. '어째서 난 이런 것들을 떨쳐버리지 못하는 걸까? 왜 내가 진실을 알고 싶어했을까? 그건, 내게 위로와 희망을 줄 수 없는 고통스러운 거야.' 내가 바라는 결론은(모두들 마찬가지겠지만) 아가씨 부모님이 동반 자살 했으리라는 게요. 그런 사실이 부모님을 사랑하는 데 약점이 되진 않지."

"요즘엔 이따금씩 약점이 되는 경우가 있는 것도 같아요."

올리버 부인이 말했다.

"이를테면 새로운 신조라고나 할까요?"

"제 생활이 그래요." 실리아가 말했다.

"아시다시피 처음엔 의심을 하죠. 이따금 사람들은 제게 이상한 걸 물어봐요. 그리고 몹시 안됐다는 눈으로 절 쳐다보는 사람들도 있어요. 하지만 그보다 더 괴로운 건 호기심을 갖고 쳐다보는 거예요. 사람들은 알아내기 시작하죠. 우리를 아는 사람들. 안면이 있었던 사람들. 우리 가족과 관계가 있었던 사람들이 말이죠. 전 그런 생활이 싫어요. 제가 바라는 건……. 선생님은 제가 바라지 않을 거라고 생각하시겠지만, 전―전 진실을 알고 싶어요. 전 진실과 상대할 자신이 있어요. 말씀해 주세요."

얘기가 끊어졌다. 실리아는 포와로에게 좀 묘한 질문을 했다. 방금 전에 어떤 사실이 마음속에 떠오른 모양이었다.

"데스몬드를 만나보셨죠? 선생님 댁으로 찾아갔었을 거예요. 그이가 그럴 거라고 했거든요."

"만나봤소. 날 찾아왔었지. 아가씬 그가 날 만나는 걸 반대했겠지?"

"데스몬드는 제게 물어보지도 않았어요."

"만일 물어봤다면?"

"모르겠어요. 데스몬드에게 절대로 가지 말라고 했을지, 아니면 가보라고 권했을지."

"한 가지 물어보겠소, 마드모아젤 아가씨에게 어떤 것보다 더 중요한 문제에 대해서 알고 싶은데."

"글쎄, 그게 뭘까요?"

"아가씨 말대로 데스몬드 버튼콕스가 날 찾아왔었소 아주 매력적이고 호감이 가는 청년이더군. 또, 얘기하는 태도도 제법 진지했고 사실—그건 정말 중요한 문제요 아가씨와 그 청년이 정말로 결혼하겠느냐 하는 것이 중요한 문제자—왜냐하면 결혼이란 건 아주 중대한 거니까. 결혼은(비록 요즘 젊은 사람들이 모두 그렇게 생각하지 않는다곤 하더라도) 평생 동안 두 사람이 함께하는 고리인 게요. 아가씬 그런 생활을 하고 싶겠지? 그것이 문제요. 부모님의 죽음이 동반 자살이든지, 아니면 다른 이유가 있든지 그게 아가씨와 데스몬드에게 대체 무슨 영향을 끼친다는 게요?"

"선생님은 제 부모님의 죽음을 좀 다르게 생각하시는 모양이군요?"

"아직까진 잘 모르겠소." 포와로가 말했다.

"하지만 동반 자살이 아닐지도 모른다고 생각할 만한 이유를 알고 있소 동반 자살이라기엔 맞지 않는 몇 가지 사실들이 있지만, 경찰의 의견을 검토해 보건대(경찰은 아주 믿을 만하다오, 실리아 양, 정말 믿을 만하지요), 경찰에선 모든 증거를 갖추고 있는데, 그들은 동반 자살 이외의 사실은 있을 수 없다고 하고 있는 게요."

"하지만 경찰은 그 사건의 원인을 알아내지 못했어요, 그렇잖아요?"

"그렇지."

"선생님도 그 사건의 원인을 모르시나요? 여러 가지 사실을 조사해 보시고, 추리해 보시거나, 아니면 다른 방법을 통해서 알 수는 없을까요?"

"아니, 그건 아직 확신할 순 없지." 포와로가 말했다.

"거기엔 아주 고통스러운 사실이 있을지도 모른다고 생각하기 때문에, 아가씨가 현명하게 이렇게 말해 주길 바라는 게요. '과거는 지나간 거예요. 제가 좋아하고, 절 좋아하는 젊은 사람이 있어요. 우리가 함께 지낼 시간은 미래지 과거가 아니에요.'라고 말이오."

"데스몬드가 자신이 양자라고 말했나요?" 실리아가 물었다.

"그래요."

"그 부인과 무슨 관계가 있는 거죠? 어째서 그 부인은 여기 계신 올리버 부인을 걱정스럽게 만들었을까요? 왜 올리버 부인에게 제게서 알아봐 달라고 부탁했을까요? 데스몬드의 친어머니도 아니면서 말이에요."

"데스몬드의 어머니를 좋아하시오?"

"아니에요. 굳이 말씀드린다면 싫어하는 편이죠. 벌써 오래전부터 그랬어요."

"그 여자는 돈을 들여서 데스몬드를 학교에 보내고 입히고 길러줬소. 버튼콕스 부인은 데스몬드를 좋아하겠지."

"모르겠어요. 그런 것 같지도 않아요. 그 부인은 친아들을 대신해 줄 아들을 원한 거예요. 자기 아들이 사고로 죽자 양자를 맞아들인 거죠. 버튼콕스 씬 바로 얼마 전에 세상을 떠났어요. 정확한 날짜는 잘 생각나지 않는군요."

"됐어요. 한 가지 알고 싶은 게 있는데—."

"버튼콕스 부인이나 데스몬드에 대해서 말인가요?"

"데스몬드에게 경제적인 능력이 있소?"

"무슨 뜻으로 물어보시는 건지 모르겠군요. 아내를 먹여 살릴 정도는 될 거예요. 데스몬드는 양자로 들어가면서 어느 정도의 재산을 받았어요. 제법 많은 액수지요. 하지만 어마어마한 재산을 받았다는 건 아니에요."

"버튼콕스 부인이, 그 재산을 주지 않을 수 있는 방법이 있소?"

"데스몬드가 저와 결혼한다면 버튼콕스 부인이 돈을 주지 않을 수도 있다는 말씀인가요? 그 부인이 그런 방법으로 아들에게 겁을 줬다든지, 아니면 정말로 그렇게 할 수 있다곤 생각지 않아요. 그건 변호사나 양자를 주선해 준 사람과 약속되어 있을 테니까요. 제가 들은 얘기에 따르면, 양자협회엔 많은 문젯거리가 있다고 하더군요."

"다른 사람들은 모르는 단지 아가씨만이 알고 있는 사실을 알고 싶소. 버튼콕스 부인은 알고 있겠지만 말이오. 데스몬드의 친어머니는 누구요?"

"버튼콕스 부인이 그렇게 떠벌리며 다니는 이유가 그것과 관련 있다고 생각하시는 모양이군요? 선생님 말씀대로 데스몬드의 문제와 관련 있을지도 모르죠. 잘은 모르지만 그는 사생아였던 것 같아요. 그런 아이들이 대개 양자로 들어가잖아요? 버튼콕스 부인은 그의 친부모에 대해서 알고 있을지도 모르죠. 하지만 설령 알고 있다고 하더라도 데스몬드에게 말했을 리가 없어요. 아마 누구에게나 말해도 되는 그런 쓸데없는 얘기나 해줬을 거예요. 데스몬드가 양자로 선택된 건 아주 잘 된 일이라고 했겠죠. 그렇고 그런 우스꽝스러운 얘기들이나 했을 거예요."

"아마 협회에서 그런 식으로 말하라고 권했을 게요. 혹시 다른 친척 관계에 대해서는 모르시오?"

"전 몰라요. 데스몬드도 알고 있는 것 같지 않지만, 그는 그런 문제로는 하나도 걱정을 하지 않아요. 원래가 걱정하는 성격이 아니거든요."

"버튼콕스 부인이 아가씨의 가족과—아가씨의 부모님과 친구였다는 걸 알고 있었소? 아가씨가 어렸을 때, 집에서 가족들과 함께 살고 있을 때 그 부인을 만났던 기억이 있소?"

"없어요. 데스몬드의 어머니는—버튼콕스 부인은 말레이시아에 갔던 것 같아요. 아마 남편이 말레이시아에서 죽었을 거예요. 그들 부부가 외국에 나가 있는 동안 데스몬드는 영국에서 학교에 다녔고, 방학 때는 아이들을 돌봐주는 사람들이나 사촌과 함께 지냈어요. 바로 그러한 시기에 우린 알게 되었죠. 전늘 그를 생각하고 있었어요. 마치 영웅처럼 숭배했죠. 데스몬드는 나무 타는 데 명수였는데, 제게 새둥지에 있는 새알들을 가르쳐주곤 했어요. 그런 뒤에 우리가 다시 만났을 때—대학에서 다시 만나게 되었을 때 말이에요. 아주 자연스러웠죠. 우린 예전에 살던 곳에 대해서 얘길 나눴고, 그는 제 이름을 물어봤어요. '세례명밖에 모르거든.' 하고 그가 말했죠. 그러고 나서 우린 많은 걸함께 기억해냈어요. 그렇게 해서 우린 가까운 사이가 되었죠. 하지만 전 데스몬드에 대해선 아무것도 몰라요. 전 알고 싶어요. 자신의 생활에 영향을 줄 일에 대해서 아무것도 모른다면 어떻게 인생을 설계할 수 있으며, 어떻게 생활해 나갈지 알 수 있겠어요?"

"그래서 아가씨는 내가 계속 조사하기를 바라는 게요?"

"어떠한 결과가 나온다 하더라도 그래요—나오리라고는 생각지도 않지만—왜냐하면 데스몬드와 제가 직접 몇 가지 사실을 알아내려고 조사해 봤거든요. 하지만 아무것도 알아내지 못했죠. 인생에 대한 심각한 얘기가 아닌 평범한 사실로 되돌아온 것 같군요. 죽음에 대한 얘기 말이에요. 두 분의 죽음에 대해서요. 동반 자살이라면 대개 하나의 죽음으로 생각하죠. 셰익스피어의 작품인가 어딘가에 보면 이런 말이 나와요. '죽음이 그들을 갈라놓지 못하리라.'"

실리아는 다시 포와로를 쳐다보았다.

"물론 계속하셔야죠. 계속 조사해 보세요. 그리고 결과를 올리버 부인이나 제게 말씀해 주세요. 제게 직접 말씀해 주시면 더욱 좋고요."

그녀는 올리버 부인을 쳐다보았다.

"대모님을 믿지 못한다는 말은 아니에요. 아주머니는 정말 훌륭한 대모님이세요. 하지만—하지만 전 확실하게 듣고 싶어요. 제가 너무 무례한 거나 아닌지 모르겠군요, 포와로 씨. 하지만 전 그럴 마음은 하나도 없답니다."

"아니, 기꺼이 직접 말해 주겠소." 포와로가 말했다.

"확실하게 알아내실 수 있다고 생각하세요?"

"난 무슨 일이든 해낼 수 있다고 믿고 있소."

"그 말씀은 항상 맞았나 보죠?"

"대개는 맞았소. 더 이상 얘기할 게 없군." 포와로가 말했다.

제13장

버튼콕스 부인

올리버 부인은 실리아를 문까지 배웅해 주고 나서 방으로 들어오며 말했다.

"글쎄, 실리아를 어떻게 보셨어요, 포와로 씨?"

"개성이 뚜렷하고 재미있는 아가씨로군요. 이렇게 말해도 될지 모르겠지만, 평범하기보다는 문제가 있는 처녀인 것 같습니다."

"예, 옳게 보셨어요." 올리버 부인이 말했다.

"부인에게서 좀 얘길 듣고 싶군요."

"실리아에 대해서 말인가요? 전 그 애를 아주 잘 알진 못해요. 대녀라고 해서 죄다 잘 알고 있는 건 아니잖아요. 멀리 떨어져 있으면서 정기적으로 만나는 사이라는 것뿐이죠."

"실리아에 대해서가 아니라 그녀의 어머니에 대해서 알고 싶습니다."

"아, 알겠어요."

"그녀의 어머니를 알죠?"

"예, 우린 파리의 같은 기숙학교에 다녔어요. 그 당시엔 마지막 교육과정으로 딸들을 파리로 보내는 게 유행이었잖아요. 그건 사교계에 들어가는 준비과정이라기보다는 차라리 묘지로 들어가는 준비과정 같았죠. 그건 그렇고, 그녀에 대해서 뭘 알고 싶으세요?"

"그녀를 잘 기억하고 있겠죠? 부인의 기억으로 그녀는 어떤 여자였습니까?"

"전에도 말씀드렸지만 오래전 일이라고 해도 완전히 잊어버리진 않아요."

"어떤 인상으로 남아 있습니까?"

"아름다운 여자였죠." 올리버 부인이 말했다.

"그게 기억나는군요. 열서너 살 땐 예쁜 편이 아니었어요. 그땐 뚱뚱했으니까. 그 나이 또래의 아이들은 모두 통통했던 것 같아요."

그녀는 생각에 잠겨서 덧붙였다.

"개성이 강한 편이었습니까?"

"개인적으로 아주 가깝게 지낸 친구가 아니기 때문에 잘 기억나지 않는군요. 우린 몇 명이 무리를 지어 어울려 다녔거든요. 비슷한 취미를 가진 몇몇 친구들이 함께 어울렸죠. 테니스를 즐겼으며, 오페라를 좋아했고, 화랑에 가는 걸 몹시 지겨워했어요. 그래서 단지 막연한 인상만이 기억에 남아 있네요."

"그녀의 이름은 몰리 프레스턴그레이였습니다. 그녀에게 남자친구가 있었습니까?"

"우리가 모두 좋아하는 사람이 한두 명 있었지요. 유행가 가수는 아니에요. 그 당시만 해도 폭발적인 인기를 끄는 가수가 없었거든요. 대개는 배우들이 인기였어요. 당시에 아주 유명한 배우가 한 명 있었지요. 어떤 아이가(우리 친구 가운데 한 학생이었어요) 그 남자 배우의 사진을 침대 위에 핀으로 꽂아놓았댔어요. 그런데 프랑스인 선생님인 마드모아젤 지랑은 학생들이 배우 사진을 꽂아놓는 걸 절대로 허락하지 않았답니다. 그 선생님이, '그건 좋지 않은 행동이에요.' 하고 말했죠. 그러자 그 아인 그 배우가 자기 아버지라고 하는 게 아니겠어요! 우린 모두 웃음을 터뜨렸죠."

올리버 부인은 덧붙여 말했다.

"그땐 정말 웃음을 참을 수가 없었어요."

"몰리, 곧 마거릿 프레스턴그레이에 대해서 좀더 알고 싶소만. 실리아는 어머니를 닮았습니까?"

"아니, 그런 것 같지 않아요. 별로 닮지 않았어요. 몰리는, 제 생각엔 실리아보다 감정이 풍부했던 것 같아요."

"쌍둥이 자매였다고 하는데, 그 언니도 같은 기숙학교에 다녔습니까?"

"아니, 그렇지 않았어요. 나이가 같아서 같은 학교에 다녔을 것 같지만 그렇지 않았어요. 그녀는 영국의 다른 지방에 있었던 것 같아요, 확실하게는 모르지만. 전 우연히 쌍둥이 언니인 돌리를 한두 번 만난 적이 있는데, 몰리와 하나도 닮지 않았다는 느낌을 받았어요—둘은 머리 모양을 다르게 하는 둥 서로 같지 않게 보이려고 애를 썼더군요. 쌍둥이들이 보통 그렇잖아요. 몰리는 돌리를 몹시 좋아했던 것 같지만, 돌리에 대해서 그리 많은 얘길 하진 않았어요. 지금 와서 생각해 보니(그때는 그런 생각을 하진 않았지만) 돌리에게 뭔가 문제점이 있었던 것 같아요. 돌리가 몸이 좋지 않아서 어딘가로 치료를 받으러 갔다는 얘길 한두 번 들은 기억이 있네요. 그래서 전 돌리가 신체불구자가 아닌가 하고 의심을 했었죠. 한번은 돌리가 요양차 자기 아주머니와 함께 항해 여행도 떠났었대요."

올리버 부인은 고개를 흔들었다.

"정확하게 기억나진 않는군요. 어쨌든 전 몰리가 돌리에게 헌신적이었으며, 어떤 방법으로든 그녀를 도와주고 싶어한다는 느낌을 받았어요. 별 도움이 되지 않는 말이죠?"

"천만에." 에르퀼 포와로가 말했다.

"몰리는 돌리에 대해서 말하는 걸 꺼려했어요. 언젠가 그녀는 자기 부모에 대해서 얘기했는데, 보통 다른 아이들만큼은 부모를 좋아했던 것 같아요. 한번은 그녀 어머니가 파리에 와서 그녀를 데리고 나간 적이 있었어요. 기품 있는 여자였죠. 특별나게 아름답거나 화려한 것은 아니고 기품 있고 조용하고 친절한 사람이었죠."

"알겠습니다. 결국 도움이 될 만한 사실은 알고 있지 않은 게로군요? 남자 친구 관계는 어땠나요?"

"당시엔 남자친구를 사귀는 아이들이 별로 없었어요. 요즘과는 많이 달랐죠. 나중에 학교를 마치고 나서 우린 다소 사이가 멀어졌어요. 몰리는 부모님을 따라 어디 외국으로 갔던 것 같아요. 인도는 아니었을 거예요―예, 인도는 아니었어요. 어디 다른 곳이었는데, 아마 이집트였던 것 같네요. 지금 생각해 보면 아버지가 외교 관계 일을 했던 모양이에요. 한때는 스웨덴에 있다가, 버뮤다인가 서인도제도로 갔죠. 그녀 아버지가 총독인가 뭐 그런 직책을 맡고 있었을 거예요. 그런 일들은 잘 기억이 나지 않는군요. 대신 우리가 나눴던 사소한 얘기들은 또렷하게 기억하고 있어요.

그때 전 바이올린 선생님을 무척 좋아했어요. 몰리도 음악 선생님을 꽤 좋아했죠. 그런 사실이 우리 두 사람에게 장해물이 되지도 않았고, 요즘 남자친구를 사귀는 것처럼 고민하지도 않았던 것 같아요. 우린 다음 수업 시간이 돌아오길 고대했죠. 선생님에겐 우리 같은 학생들이 대수롭지 않게 여겨졌을 거예요. 하지만 밤이면 선생님 꿈을 꾸곤 했죠. 제가 좋아하는 아돌프 선생님이 콜레라에 걸려 있어서 헌혈을 하고 극진히 간호를 해주는 황홀한 환상에 젖어 들었던 적도 있어요. 생각해 보면 어리석은 일이죠. 그때의 일을 생각해 보면! 전 한때 수녀가 되기로 마음먹었다가는 나중에 간호사가 되겠다고 고쳐 생각했죠. 이제 버튼콕스 부인이 올 때가 됐군요. 그 여자가 당신에게 어떤 태도로 나올지 궁금한데요."

포와로는 손목시계를 쳐다보았다.

"이제 곧 오겠군."

"먼저 무슨 얘길 하실 건지 준비해 두셨어요?"

"몇 가지 의견을 나눌 문제가 있습니다. 아까 말한 대로, 내가 조사해 볼 수 있는 문제가 한두 가지 있지요. 부인이 코끼리에 대해 조사한 것처럼 말입니다. 코끼리 대리 역할을 하는 거죠."

"이상한 말씀을 하시는군요. 전 이젠 코끼리 문제에서 손을 뗐다고 말씀드렸잖아요." 올리버 부인이 말했다.

"아, 하지만 코끼리는 부인에게서 떠나지 않을 겁니다."

현관벨이 울렸다.

포와로와 올리버 부인은 서로 마주보았다.

"나가봐야죠." 올리버 부인이 말했다.

그녀는 밖으로 나갔다. 포와로는 밖에서 인사를 나누는 소리를 들었다. 이윽고 올리버 부인은 방으로 들어와서 몸집이 커다란 버튼콕스 부인을 소개했다.

"집이 아주 맘에 드는데요." 버튼콕스 부인이 두리번거리며 말했다.

"무엇보다도 시간을 내어(아주 귀중한 시간일 텐데 말이에요) 날 만나자고 불러줘서 고마워요."

그녀는 곁눈으로 에르쿨 포와로를 쳐다보았다. 희미하게 놀랍다는 표정이 그녀의 얼굴에 떠올랐다. 순간적으로 그녀는 포와로에게서 눈을 떼어 창문 옆에 놓여 있는 작은 그랜드 피아노를 쳐다보았다. 올리버 부인은 버튼콕스 부인이 에르퀼 포와로를 자신의 피아노 선생으로 생각하고 있을 거라고 여겼다. 그녀는 서둘러서 그녀의 오해를 풀어줬다.

"에르퀼 포와로 씨예요."

포와로는 앞으로 나와서 그녀의 손 위로 몸을 구부렸다.

"포와로 씨는 어떤 방법으로든 부인을 도와줄 수 있을 만한 유일한 분이세요. 부인이 저번 날에 내 대녀인 실리아 래븐스크로프트에 대해서 부탁한 일 말이죠."

"아, 기억해 줘서 고마워요. 정말로 무슨 일이 있었는지 좀 자세하게 알았으면 좋겠는데."

"안됐지만 난 아무것도 알아내지 못했어요." 올리버 부인이 말했다.

"그래서 부인에게 포와로 씨를 만나보라고 한 거예요. 포와로 씬 정보에 대해서라면 아주 놀라운 분이거든요. 그쪽 방면에선 최고예요. 많은 사람들이 포와로 씨의 도움을 받았답니다. 그리고 수많은 수수께끼 사건들을 밝혀내셨죠. 이번 일도 과거에 있었던 비극적인 사건과 관련 있는 거 아니에요?"

"그렇죠." 버튼콕스 부인이 말했다.

그녀의 눈에는 아직도 미심쩍어하는 빛이 남아 있었다.

올리버 부인이 의자를 가리키면서 말했다.

"뭘 드시겠어요? 셰리주? 차를 마시기에는 너무 늦은 시간이죠? 아니면 칵테일 같은 건 어때요?"

"셰리주가 좋겠군요. 친절도 하셔라."

"포와로 씨는요?"

"나도 같은 걸로 하겠습니다."

올리버 부인은 포와로가 까치밥나무 시럽이나 그가 좋아하는 과일 주스를 요구하지 않은 걸 속으로 퍽이나 다행스럽게 여겼다. 그녀는 술잔과 셰리주 병을 꺼냈다.

"포와로 씨에게 부인이 알고 싶어하시는 게 뭔지 대충 말씀드렸어요."

"아, 그랬군요." 버튼콕스 부인이 말했다.

그녀는 좀 의심스러운 표정을 지었는데, 천성적으로 그런 얼굴을 가진 사람 같았다.

"젊은 사람들은—." 버튼콕스 부인이 포와로에게 말했다.

"요즘 젊은 사람들은 다루기가 정말 힘들어요. 제 아들도 마찬가지죠. 전 그 애가 앞으로 큰일을 하게 될 거라고 기대하고 있었어요. 그런데 그 매력적인 아가씨가 나타난 거예요. 올리버 부인에게 얘길 들으셨겠지만, 이분의 대녀랍니다. 글쎄, 전 전혀 생각지도 못했답니다. 어릴 때의 우정이 계속되는 경우는 거의 없잖아요. 예전엔 그런 걸 두고 풋사랑이라고 했는데. 그리고 적어도 집안 내력에 대해선 알아봐야 하잖겠어요? 식구들이 어떤 사람인지 말이에요. 아, 물론 실리아의 가문이 좋다는 건 알고 있어요. 하지만 비극적인 사건이 있었잖아요. 동반 자살이라고 생각되긴 하지만, 동기가 뭔지, 또 결과가 어떻게 되었는지 확실하게 말해 줄 수 있는 사람이 아무도 없는 거예요. 지금 살아 있는 제 친구 중에 래븐스크로프트 부부와 가깝게 지낸 사람이 없기 때문에, 저로서는 도무지 판단하기가 어려워요. 실리아가 매력적인 아가씨라는 건 알지만 좀더 구체적인 내막을 알고 싶다는 거죠."

"올리버 부인에게서 부인이 특별히 어떤 사실을 알고 싶어한다는 얘길 들었습니다. 그러니까 부인이 알고 싶어하는 건—."

"부인이 알고 싶어하는 건—."

올리버 부인은 좀 냉랭한 목소리로 비난하듯이 말했다.

"실리아의 아버지가 어머니를 쏜 다음에 자살했는가, 아니면 어머니가 아버지를 쏜 다음에 자신을 쐈느냐 하는 거예요."

"그건 중요한 문제라고 봐요. 예, 그래요. 절대적으로 중요한 문제라고요."

버튼콕스 부인이 말했다.

"아주 재미있는 생각이군요."

포와로가 말했다. 그의 목소리는 아주 차분했다.

"아, 그 사건이 일어난 데는 감정적인 배경, 다시 말해서 감정적인 문제가 있었을 거예요. 결혼에는(모두들 인정하시다시피) 2세 문제를 생각지 않을 수 없지요. 아이들을 낳게 되잖아요. 유전 말입니다. 전 환경적인 것보다 유전인 자가 더 중요하다고 봐요. 인격형성이나, 누구도 겪고 싶어하지 않는 아주 심각한 모험, 그런 것들이 어느 정도까지는 유전에 의한 경우지요"

"맞는 말입니다." 포와로가 말했다.

"그건 위험을 감수하는 사람들이 선택해야 하는 문제죠. 부인의 아들과 그 매력적인 아가씨가 선택해야 할 문제라는 겁니다."

"아, 알아요. 물론 제 일은 아니에요. 부모들이 선택할 문제가 아니죠. 그렇더라도 충고 정도는 해줄 수 있잖겠어요. 무엇보다도 전 그 사건의 동기가 궁금해요. 그래요, 좀더 자세한 내용을 알고 싶어요. 당신이 어떻게 하실 수만 있다면—그런 걸 조사라고 하는 것 같더군요. 하지만 전 정말 어리석은 어머니예요. 자식에 대해서 지나치게 걱정하는 어리석은 어머니죠. 어머니들은 대개 그렇잖아요?"

버튼콕슨 부인은 머리를 한쪽으로 기울인 채 조그맣게 소리 내어 웃었다.

"아마—." 그녀는 셰리주 잔을 비우면서 말했다.

"아마 당신은 그 조사에 대해서 생각해 봤을 거예요. 제가 걱정하고 있는 것도 바로 그 문제예요."

버튼콕스 부인은 손목시계를 쳐다보았다.

"저런, 저런, 약속 시간에 늦겠네요. 그만 가봐야겠군요. 올리버 부인, 이렇게 오자마자 간다고 해서 미안해요. 하지만 부인도 이해하실 거예요. 오늘 오후엔 택시 타기가 굉장히 어렵더군요. 운전사들이 머리만 한 옆으로 내밀고는 그냥 지나가 버리는 거예요. 아, 너무 힘들어요. 올리버 부인이 당신 주소를 알고 있겠죠?"

"명함을 드리죠." 포와로가 말했다.

그는 주머니에서 명함 한 장을 꺼내어 버튼콕스 부인에게 건네주었다.

"아, 됐어요. 알겠어요. 에르퀼 포와로 씨라—프랑스인이신가 보죠?"

"아니, 벨기에 사람입니다." 포와로가 말했다.

"아, 그렇군요. 벨기에. 알겠어요. 잘 알겠어요. 만나 뵙게 되어서 무척 기뻐요. 기대해 보겠습니다. 저런, 서둘러서 가야겠어요."

그녀는 올리버 부인과 따뜻한 악수를 나누고, 이어서 포와로와도 악수를 나눈 뒤 방을 나갔다. 홀에서 문이 닫히는 소리가 들렸다.

"포와로 씨, 어떻게 생각하세요?" 올리버 부인이 물었다.

"부인은 어떻게 생각합니까?" 포와로가 되물었다.

"버튼콕스 부인은 도망간 거예요. 도망간 거라고요. 당신이 그 여자에게 겁을 준 모양이에요."

"맞아요. 바로 봤군요."

"버튼콕스 부인은 제가 실리아에게서 뭔가를 캐내길 바랐어요. 그 여자 나름대로 생각하고 있었던 어떤 반응이나 비밀 같은 게 있었을 거예요. 게다가 그 여자는 공정한 조사를 위한 게 아니잖아요?"

"그건 모르겠습니다." 포와로가 말했다.

"어쨌든 재미있는 일입니다. 정말 재미있는 일이군요. 버튼콕스 부인은 경제적으로 넉넉한 편인가요?"

"그런 것 같아요. 입고 있는 옷도 고급품인 데다가 집도 고급 주택지에 있거든요. 확실하게 확인해 보진 못했지만 말이에요. 버튼콕스 부인은 활동적이며 좀 잘난 체하는 여자예요. 또, 많은 위원회의 위원으로 있죠. 제 말은, 그 여자에 대해선 의심할 게 없다는 뜻이에요. 몇 사람에게 물어봤는데, 그 여자가 좋다는 사람은 없었어요. 하지만 그 여자는 정치 일에 참여하는 사회적인 활동가예요."

"그럼, 그 부인의 문제점은 뭡니까?" 포와로가 물었다.

"버튼콕스 부인에게 문제점이 있다고 생각하시는군요. 그녀가 맘에 들지 않았나 보죠?"

"내가 보기엔 그 부인이 밝혀내길 꺼리는 게 있는 것 같습니다."
포와로가 말했다.

"그래서 그게 뭔지 밝혀내실 건가요?"

"할 수만 있다면 당연히 밝혀내야죠." 포와로가 말했다.

"하지만 쉽진 않을 겁니다. 그 부인은 도망간 겁니다. 우릴 피해서 도망가 버렸죠. 내가 넌진 어떤 실문이 두려워서 피해 버린 겁니다. 그렇습니다. 재미있는 일이죠." 그는 한숨을 쉬었다.

"우린 생각한 것보다 훨씬 먼 과거로 돌아가야 할 것 같군요."

"다시 과거로 돌아간다고요?"

"그래요. 과거의 어딘가에, 더 많은 사건 속에서, 지금은 뭐라고 하죠?—15년인가 20년 전엔 오버클리프라고 한 그 저택에서 일어난 사건에 대해 다시 조사하기 전에 알아내야 할 게 있습니다. 그렇습니다. 누구든지 다시 조사해 봐야죠."

"글쎄, 그건 그렇겠죠. 그런데 무슨 일을 하시겠어요? 이 목록은 뭐예요?"

올리버 부인이 물었다.

"경찰의 기록을 통해서 그 저택에서 발견된 물건들에 대해 많은 걸 알아냈습니다. 그 가운데 네 개의 가발을 기억할 겁니다."

"기억하고 있어요. 가발이 네 개라는 건 너무 많다는 거죠?"

"좀 많은 편이죠. 그리고 요긴하게 이용할 만한 주소 몇 개도 알아냈습니다. 그 가운데엔 도움을 줄 수 있을 것 같은 의사의 주소도 있지요."

"의사라고요? 그 가족의 주치의 말인가요?"

"아니, 가족 주치의가 아닙니다. 물에 빠져 죽은 아이의 검시재판에서 증언을 한 의사입니다. 누나인지, 아니면 다른 사람에게 떼밀려 죽었다는 아이가 있었죠."

"다른 사람이라는 건 그 아이의 어머니를 말하는 건가요, 포와로 씨?"

"어머니일 수도 있고, 또 당시에 그 저택에 있었던 다른 사람일 수도 있겠죠. 난 그 사건이 일어난 장소에 대해선 웬만큼 알고 있습니다. 개로웨이 주임총경은 자신이 알고 있는 정보와 이 특별한 사건에 관심을 갖고 있는 언론계에 근무하는 내 친구를 통해서 그 의사에 대해 몇 가지 알아낼 수 있었습니다."

"그럼, 그 의사를 만나보시겠군요. 지금쯤 나이가 많이 들었을 텐데."

"내가 만나볼 사람은 그 의사가 아니라, 그 의사의 아들입니다. 그 사람도 여러 형태의 정신병 전문가로서 아주 유명한 의사죠. 그를 찾아가서 내 신분을 밝히면 몇 가지 흥미로운 사실을 말해 줄 겁니다. 그리고 돈 문제에 대해서도 조사해 봤습니다."

"돈 문제라니, 그게 무슨 뜻이에요?"

"글쎄, 반드시 짚고 넘어가야 할 문제가 몇 가지 있죠. 범죄가 일어나는 이유 가운데 한 가지는 바로 이 돈이라는 겁니다. 어떤 사건으로 인해 돈을 잃게 되는 사람이 있는가 하면, 반대로 돈을 얻는 사람도 있죠. 이걸 밝혀내야 한다는 겁니다."

"래븐스크로프트 부부 사건에서도 그걸 밝혀내야겠군요."

"물론 당연한 일이죠. 그들 부부는 각자 상대방에게 돈을 남겨준다는 아주 평범한 유서를 남겼습니다. 아내는 남편에게, 남편은 아내에게 남겼죠. 하지만 두 사람이 모두 죽었기 때문에 두 사람 모두 혜택을 받지 못했습니다. 그래서 결국 실리아라는 딸과 지금 외국에서 대학에 다니는 에드워드라는 아들이 재산을 물려받게 되었죠."

"그건 아무 도움이 되지 않는 거예요. 그 아이들은 둘 다 사건 현장에 없었기 때문에 그 사건과 관계가 있을 수 없어요."

"아, 그렇습니다. 그건 그렇죠. 그러니까 한 걸음 더 나아가야죠―뒤로, 앞으로, 옆으로 한 걸음 더 나아가서 어딘가에 경제적인 동기가 있는지 밝혀내야 합니다. 그건 아주 의미 있는 일이죠."

"제게 그런 걸 물어보진 마세요." 올리버 부인이 말했다.

"전 그런 일을 할 만한 자신이 없어요. 저와 얘길 나눈 코끼리 가운데 그 문제에 대해서 언급한 사람이 있는 것도 같은데―."

"난 부인이 가발 문제의 가장 적임자라고 생각합니다."

"가발?"

"당시 경찰 보고서엔 가발 공급자에 대한 기록이 있는데, 런던 본드가에서 아주 고급 미장원을 운영하는 사람이었습니다. 그런데 얼마 뒤에 그 미장원은 문을 닫고 다른 곳으로 옮겼죠. 처음의 공동경영자 두 사람이 그 가게를 계속 운영했는데, 아마 지금쯤은 문을 닫았을 겁니다. 하지만 가발도 만들고 미용사이기도 한 그 사람의 주소를 알고 있습니다. 아무래도 이런 일은 여자가 나서는 게 수월하겠죠?"

"아, 저보고 그걸 조사하라는 건가요?"

"예, 부인이 나서줬으면 합니다."

"좋아요. 제가 뭘 알아내길 바라세요?"

"내가 알려주는 챌튼햄의 주소로 찾아가면 마담 로젠텔을 만날 수 있을 겁니다. 지금은 나이가 많이 들었겠지만, 예전엔 여성용 머리 장식물 따위를 만드는 유명한 사람이었는데, 비슷한 직업을 가진 남자와 결혼했죠. 남편은 남자들의 대머리를 전문적으로 해결해 주는 이발사입니다."

"아, 그렇군요. 제게 무슨 일을 하라는 건지 알겠어요. 그 사람들이 그 사건에 대해서 아무 거라도 기억하고 있을 거라고 생각하시는 거죠?"

올리버 부인이 말했다.

"코끼리는 기억하고 있죠." 에르퀼 포와로가 말했다.

"아, 그럼, 당신은 누굴 찾아가서 물어보실 거예요? 조금 전에 말씀하신 의사?"

"그도 한 사람이죠."

"그 의사가 기억하고 있을 거라고 생각하세요?"

"많은 건 아니지만—." 포와로가 말했다.

"그 사람은 그 사건에 대해서 들었을 가능성이 있죠. 틀림없이 재미있는 일일 겁니다. 그 사건의 내력에 대한 기록도 갖고 있겠죠."

"쌍둥이 언니 말씀이군요?"

"그렇습니다. 내가 들은 바로는, 그녀가 관련된 사건이 두 가지 있었습니다. 한번은 시골에서 젊은 어머니였을 때인데, 해터스 그린이라는 곳이었던 것 같군요. 또 한 번은 나중에 인도에 있을 때였습니다. 두 가지 사건 모두 아이가 죽었죠. 뭔가 알아낼 수 있을 것 같기도 한데—."

"그 두 사람은 쌍둥이 자매였으니, 몰리도(제 친구인 몰리 말이에요) 정신적으로 결함이 있었을지도 모른다는 거죠? 전 절대로 그렇게 보지 않아요. 몰리는 그렇지 않았어요. 정감 있고, 사랑스럽고, 아주 아름다우며 감정이 풍부한—아, 정말 좋은 친구였어요."

"압니다. 물론 겉으로는 그렇게 보였겠죠. 그리고 대체적으로 행복한 사람이었다고 말하고 싶겠죠?"

"그래요. 몰리는 행복했어요. 아주 행복했죠. 아, 물론 나중에 어떻게 변했는진 보지 못해서 잘 몰라요. 외국에 나가서 살았으니까. 하지만 아주 가끔 몰리에게서 편지를 받거나 만났을 때는 아주 행복해 보였어요."

"쌍둥이 언니는 모른다고 했죠?"

"글쎄, 제가 아주 가끔 몰리를 만났을 때마다 그 언니는 병원 같은 데 있다고 한 것 같아요. 몰리의 결혼식에 신부 들러리로 참석하지도 않았죠."

"그것도 이상한 일이군."

"당신이 무엇을 알아내시려는 건지 모르겠어요."

"단순한 정보죠." 포와로가 말했다.

제14장

윌로비 의사

에르큘 포와로는 택시에서 내려 요금과 팁을 주고는, 자기가 내린 주소와 수첩에 적힌 주소가 일치하는지 확인했다. 그리고 주머니에서 윌로비 의사 앞으로 쓴 편지를 조심스럽게 꺼내어 저택으로 이어지는 계단을 올라가 벨을 눌렀다. 하인이 문을 열었다. 포와로에게서 명함을 받은 그 하인은 윌로비 의사가 기다리고 있노라고 말했다.

포와로는 작고 아늑한 거실로 안내를 받았다. 그 거실의 한쪽에는 책꽂이가 놓여 있었으며, 난로 옆에는 팔걸이의자 두 개가 있었다. 그리고 유리 쟁반과 술병 두 개가 놓여 있었다. 윌로비 의사는 일어서서 포와로를 맞이했다.

그 의사는 넓은 이마에 검은색 머리칼, 그리고 아주 날카로운 잿빛 눈을 가진 50~60대의 야윈 몸집의 남자였다. 그는 포와로와 악수를 나누고 나서 의자를 권했다. 포와로는 주머니에서 편지를 꺼냈다.

"아, 알겠습니다."

의사는 편지를 건네받아 뜯어보았다. 그러고는 옆에다 내려놓고 나서, 좀 흥미로운 눈길로 포와로를 쳐다보았다.

"개로웨이 주임총경에게서 얘길 들었습니다. 또, 내무성에 있는 친구에게서도 들었고요. 선생님이 관심을 갖고 있는 문제에 도움을 주라고 부탁하더군요."

"좀 어려운 부탁이긴 합니다만, 그럴 만한 중요한 이유가 있습니다."

"이렇게 오랜 세월이 지났는데도 중요하다는 겁니까?"

"예, 물론 그 사건이 당신 기억 속에 아직도 남아 있으리라곤 생각지 않습니다만."

"그렇지도 않습니다. 이미 들으셨겠지만, 전 제 직업이기도 한 이 특수한 분야에 깊은 관심을 갖고 있습니다, 벌써 오래전부터."

"당신 아버님은 그런 일에 아주 권위가 있는 분이셨죠."

"알고 있습니다. 아주 깊은 관심을 갖고 계셨죠. 아버진 여러 가지 이론을 주장하셨는데, 그 가운데는 옳다는 게 입증된 것도 있는 반면 기대에 어긋난 것도 있습니다. 선생님도 정신병 환자에게 관심이 있는 모양이죠?"

"도로시아 프레스턴그레이라는 여자에게 관심이 있습니다."

"예, 당시엔 젊은 여자였죠. 전 아버지가 연구하시는 분야에 관심이 있긴 했지만, 아버지의 생각과 항상 일치하는 건 아니었습니다. 아버지가 하시는 연구도 재미있었지만, 제가 참여해서 함께 하는 연구는 더욱 재미있었죠. 도로시아 프레스턴그레이는 나중에 재로 부인이 됐습니다. 그런데 선생님이 특별히 그 여자에게 관심을 갖고 있는 게 뭔지 궁금하군요."

"도로시아 프레스턴그레이는 쌍둥이 자매라고 알고 있습니다만."

포와로가 말했다.

"맞습니다. 당시에 아버진 쌍둥이들에게 각별한 관심을 갖고 계셨습니다. 일란성 쌍둥이 한 쌍을 골라서 그들의 일반적인 생활을 추적 조사하셨죠. 똑같은 환경에서 자란 쌍둥이들과, 인생의 다양한 경험을 겪으며 완전히 다른 환경 속에서 자란 쌍둥이들을 비교해 보는 연구죠. 그들에게 어떤 점이 똑같으며 비슷한지 보는 겁니다. 거의 붙어서 생활하다시피 한 쌍둥이 자매인지 형제가 있었는데, 이상하게도 그들의 몸엔 똑같은 시간에 똑같은 일이 일어났다고 합니다. 그런 일은(사실 그런 일이란 게) 아주 흥미로운 거죠. 선생님에겐 흥미로운 일이 아니겠지만 말입니다."

"그렇습니다. 내가 관심을 갖고 있는 건—어린아이 사건입니다."

"아, 그렇죠. 서리 군에서 일어났던 걸로 기억합니다. 예, 살기에 아주 좋은 곳이죠. 챔벌리에서 그리 멀지도 않고 말입니다. 당시에 재로 부인은 젊은 미망인으로서, 어린 자녀가 둘 있었죠. 남편을 잃은 바로 직후였습니다. 결국 그녀는—"

"정신이상이 됐다는 겁니까?" 포와로가 물었다.

"아니, 그런 게 아닙니다. 그녀는 남편의 죽음에 커다란 충격을 받고 몹시 상심해 있었죠. 게다가 그녀 주치의가 볼 때 그녀는 만족할 만큼 회복되지 않앉습니다. 주치의는 재로 부인이 회복되어 가는 상태를 몹시 걱정스러워했죠. 그녀는 주치의가 기대하는 만큼 남편을 잃은 감정을 이겨내지 못하는 것 같았습니다. 아마 재로 부인이 좀 특별한 증세를 보였던 모양입니다.

어쨌든 그 의사가 도움을 청해 와서 아버지는 그의 부탁을 받고 가셨지요. 아버지는 재로 부인의 상태에 흥미를 느끼는 동시에 몹시 위험하다고 판단하셨죠. 그래서 특별한 치료를 받을 수 있는 요양원의 보호를 받아야 한다고 생각하셨던 것 같습니다. 그리고 그렇게 됐죠. 그런데 그러고 나서는 아이들에게 아주 거칠어진 겁니다. 그녀에겐 아이가 둘 있었습니다.

사건 당시 재로 부인의 설명에 따르면, 딸아이가 4~5살 아래인 남동생을 정원용 삽인지 괭이로 때리는 바람에 그 아이가 정원 연못으로 떨어져 죽었답니다. 아시다시피 그런 사고는 어린아이들 사이에서 간혹 일어나는 일입니다. 유모차를 연못으로 밀어 넣은 아이도 있었죠. 질투심을 느낀 아이는 어머니가 없는 틈에, '(아무 이름이나 붙여서 말하죠)이 에드워드(혹은 도널드)가 없어진다면 엄마가 한결 편해지겠지.'라든가 '엄마가 좋아할 거야.' 하고 생각합니다.

모두 질투심에서 생긴 일이죠. 하지만 이 사건에는 특별한 상황이나 질투심의 증거가 있는 것 같진 않습니다. 그 여자아이는 남동생이 생긴 걸 못마땅하게 여기지도 않았거든요. 물론, 재로 부인은 그 두 번째 아이를 낳고 싶어하지 않았지만 말입니다. 남편은 두 번째 아이를 갖게 된 걸 좋아했지만, 재로 부인은 그렇지 않았다는군요. 그녀는 유산시킬 생각으로 두 명의 의사를 찾아갔지만, 당시엔 불법이었기 때문에 수술을 맡겠다는 의사를 만나지 못했죠.

어떤 하인과 그 집에 전보를 배달해 준 소년 말에 의하면 그 남자아이를 떼민 것은 딸이 아니라 그 부인이라는 겁니다. 하인은 자기 방 창문으로 봤다고 분명하게 말했고, 또 틀림없는 자기 마님이라고 했죠. 그 하인은 이렇게 말했습니다. '전 마님이 요즘 무슨 일을 하시는 건지 모르겠어요. 주인어른이 돌아가신 뒤론, 늘 상태가 좋지 않았습니다.' 말씀드렸다시피, 전 선생님이 그 사건에 대해 무엇을 알고 싶어하시는지 정확하게 모릅니다.

평결은 사고로 났죠. 사고로 인한 사건. 아이들이 서로 떼밀며 놀고 있었다는 증언이 있었거든요. 물론 두말할 것도 없이 불행한 사건이었죠. 그 사건은 그런 식으로 끝났습니다. 제 아버지는 재로 부인을 진찰한 뒤에 얘길 나누면서 몇 가지 시험과 질문, 동정적인 표정을 던져 그녀의 짓이라는 확신을 얻었습니다. 그 뒤 아버지 권유대로 재로 부인은 정신병 치료를 받아야 했습니다."

"아니, 당신 아버님은 재로 부인이 그 사건을 저질렀다고 확신했다고 했잖습니까?"

"그렇습니다. 당시에 어떤 학파의 치료법이 널리 알려져 있었는데, 아버지도 그 방법을 믿으셨죠. 그 이론에 의하면, 충분한 치료를 받은 환자는(경우에 따라선 1년 이상의 치료를 받아야 할 때도 있죠) 정상적인 일상생활을 되찾을 수 있으며, 그렇게 하는 것이 더 이롭다는 겁니다. 환자들은 집으로 돌아와 생활하면서 의학적인 도움을 받아가며 정상적인 생활환경을 만들어 나간다면(대개는 가까운 친척들과 함께 살게 되겠죠) 모든 게 좋아진다는 겁니다.

그 이론은 처음엔 많은 환자들에게서 성공을 거두었지만, 나중엔 그렇지가 못했습니다. 몇몇 환자들에게 아주 불행한 결과가 발생했거든요. 완쾌된 환자들이 자연스러운 환경으로 돌아와 가족, 남편, 부모들과 함께 살아가다가 서서히 병이 재발되어 간혹 비극적인 일이 일어나곤 하는 것이었습니다. 그중에서도 특히 제 아버님을 몹시 실망시킨 환자가 한 명 있었습니다─동시에 아버지의 연구에도 아주 중요한 환자였죠.

그 여자는 병이 나기 전에 함께 살았던 친구에게로 돌아갔습니다. 그리곤 아무 일 없이 5~6개월 지난 뒤에 급하게 의사를 불러서는, '2층으로 올라가시죠. 제가 무슨 일을 했는지 알면 몹시 화를 내실 거예요. 그리고 경찰을 부르러 사람을 보내겠죠. 틀림없이 그렇게 할 수밖에 없을 거예요. 하지만 전 이렇게 하라는 명령을 받았어요. 전 악마가 히다의 눈을 쳐다보는 걸 봤거든요. 악마가 제 앞에 나타나는 순간, 전 제가 무엇을 해야 하는지 금세 알았죠. 그녀를 죽여야 한다는 걸 알았던 거예요.' 그 친구는 목이 졸린 채 의자에 비스듬히 누워 있었는데, 죽고 난 뒤에도 눈을 공격당했다더군요. 살해자는 아무런 죄의식 없이 정신요양원에서 죽었습니다. 끝내 악마를 파멸시키는 게 자신의 의무이기 때문에 자신에게 주어진 당연한 명령에 따른 것뿐이라는 생각을 갖고 있었겠죠."

포와로는 쓸쓸한 표정으로 고개를 흔들었다.

의사는 얘기를 계속했다.

"그렇습니다. 그렇게 심하진 않았지만, 도로시아 프레스턴그레이는 위험한 정신장애로 고통받고 있었습니다. 그러나 감시를 받으면서 생활한다면 별문제는 없었을 겁니다. 하지만 그 당시엔 그런 것이 일반적으로 받아들여지지가 않았으며, 또 아버지는 그런 걸 몹시 못마땅하게 여기셨죠. 나중에 그녀를 토튼햄에 있는 아주 유명한 정신요양원에 한 번 더 보냈습니다. 몇 년 뒤에 도로시아 프레스턴그레이는 완쾌되어 요양원을 나와 얼마 동안 간호사와 함께 지내면서 정상적인 생활을 했습니다. 그녀는 외출도 하고 친구도 사귀었습니다. 그러다가 곧 외국으로 갔죠."

"인도로 갔죠." 포와로가 말했다.

"그렇습니다. 정확하게 알고 계시는군요. 도로시아는 인도로 가서 쌍둥이 동생과 함께 지냈습니다."

"그런데 그곳에서 다시 비극적인 일이 일어났죠?"

"그렇습니다. 이웃에 살던 아이가 당했죠. 처음엔 하녀의 짓이라고 했습니다. 아마 어느 원주민 하녀가 혐의를 받았겠죠. 하지만 재로 부인이 저지른 것이라는 건 의심할 바가 없습니다. 그녀의 짓이라고 할 만한 결정적인 증거는 없었던 걸로 압니다만. 이름은 잊어버렸는데―그 무슨 장군이라고 하더라?"

"래븐스크로프트 말이군요?" 포와로가 말했다.

"예, 맞습니다. 래븐스크로프트 장군은 그녀를 영국으로 보내어 다시 치료를 받도록 하자고 했습니다. 선생님이 궁금해하시는 게 그겁니까?"

"그래요. 부분적으로 듣기는 했지만, 거의 소문으로 들은 거라서 믿을 만하지 못했습니다. 당신에게 물어보고 싶은 건 바로 일란성 쌍둥이와 관련된 사건인데, 그 쌍둥이 동생에게도 무슨 일이 있었습니까? 래븐스크로프트 장군의 부인인 마거릿 프레스턴그레이에게 말입니다. 그녀도 똑같은 병을 앓았나요?"

"마거릿 프레스턴그레이에겐 의학적인 관점에서 볼 때 그런 증세는 나타나지 않았습니다. 완전한 정상인이었죠. 아버지는 관심을 갖고 한두 번 그녀를 찾아가서 얘길 나누곤 하셨습니다. 왜냐하면 서로에게 아주 헌신적인 일란성 쌍둥이에겐 거의 똑같은 질병이나 정신적인 장애가 있는 걸 많이 보셨으니까요."

"서로에게 헌신적이었습니까?"

"그렇습니다. 어떤 경우엔 일란성 쌍둥이 사이에 원한 감정이 생기는 수도 있죠. 처음엔 서로에게 강렬한 보호적인 사랑을 갖고 있다가, 나중엔 그것이 증오와 비슷한 감정으로 바뀔 수도 있습니다. 또한, 정서적인 긴장으로 말미암아 두 자매 사이에 증오심을 일으키는 감정적인 위기의 원인이 될 수도 있으며, 정서적인 불안을 야기시킬 수도 있죠.

그 사건에도 그런 상황이 있었을 거라고 생각합니다. 래븐스크로프트 장군은 젊은 중위인가 대위였던 시절에 아름다운 처녀인 도로시아 프레스턴그레이와 열렬한 사랑을 했죠. 그녀 역시 래븐스크로프트 대위를 몹시 좋아했습니다. 두 사람은 공식적으로 약혼하진 않았습니다. 그런데 래븐스크로프트 대위의 마음이 동생인 마거릿(대개 몰리라고 부르죠)에게 쏠리고 만 겁니다. 그는 몰리에게 흠뻑 빠져서 청혼을 했습니다. 그녀는 래븐스크로프트 대위의 사랑을 받아들여, 두 사람은 대위의 일이 어느 정도 안정되자 결혼식을 올렸습니다.

제 아버님은 언니인 돌리가 동생의 결혼에 몹시 질투를 느꼈을 거라고 여기셨습니다. 그리고 앨리스테어 래븐스크로프트에 대한 사랑이 식지 않았기 때문에 그 결혼에 원한을 품었을 거라고 생각하셨죠. 어떻든 돌리는 모든 걸 이겨내고 이내 다른 남자와 결혼했습니다—아주 행복하게 살았고, 나중에 래븐스크로프트 장군 집에 자주 드나들곤 했죠. 장군은 말레이시아뿐만 아니라 다른 여러 나라에서 근무하다가 영국으로 돌아왔습니다. 그때 돌리는 거의 완쾌된 것 같았으며, 정신적인 우울증세 같은 것도 보이지 않았죠. 그녀는 아주 믿을 만한 간호사와 하인들과 함께 살았습니다.

전 레이디 래븐스크로프트가(몰리 말입니다) 쌍둥이 언니에게 깊은 사랑을 갖고 있었다고 믿습니다. 아버지는 늘 그렇게 말씀하셨죠. 몰리는 돌리에게 아주 보호적인 감정을 느꼈고, 진실로 사랑했습니다. 몰리는 돌리를 좀더 자주 만나고 싶어했지만, 래븐스크로프트 장군은 아내의 그런 태도를 못마땅하게 여겼던 모양입니다. 정신적으로 불안한 돌리는(재로 부인 말입니다) 여전히 래븐스크로프트 장군에게 아주 열정적인 마음을 품고 있었는지도 모르죠. 물론 장군에겐 난처하고 곤란한 일이었을 겁니다. 한편, 장군의 아내는 언니가 질투심이나 원한 따위의 감정은 이미 이겨냈을 거라고 확신했겠죠."

"재로 부인은 그 동반 자살이 있기 전 3주 정도 래븐스크로프트 부부와 함께 지냈다고 알고 있습니다만."

"맞습니다. 그때 그녀도 비극적인 죽음을 당했죠. 재로 부인은 몽유병 환자였습니다. 그녀는 어느 날 밤에 수면 상태에서 걸어나가 사고를 당했습니다. 오솔길로 이어지는 벼랑에서 떨어지고 만 겁니다. 다음 날 아침에서야 사람들에게 발견되었는데, 의식을 회복하지 못하고 숨을 거뒀다고 합니다. 몰리는 돌리의 죽음으로 몹시 흥분하고 상심해 있었죠. 아마 선생님이 알고 싶어하는 것도 바로 이 얘길 겁니다. 하지만 전 그 사건이 아주 행복하게 지내던 부부의 동반 자살의 동기라곤 생각지 않습니다. 언니나 처형의 죽음에 대한 슬픔때문에 자살까지 한다는 건 거의 있을 수 없는 일이죠. 동반 자살까지 할 만한 이유는 절대로 되지 않습니다."

"하지만, 마거릿 래븐스크로프트는 언니의 죽음에 책임이 없다고 할 수 없습니다." 에르퀼 포와로가 말했다.

"저런!" 윌로비가 말했다.

"그렇다면 선생님은—."

"몽유병이 있는 언니를 따라간 것도 마거릿이며, 도로시아를 벼랑으로 떼민 것도 마거릿의 손이 아니었습니까?"

"절대로 그렇지 않습니다." 윌로비 의사가 말했다.

"사람의 일이란—아무도 모르는 거죠." 에르퀼 포와로가 말했다.

제15장

미용사 겸 헤어 디자이너—유진 로젠텔

올리버 부인은 만족스러운 눈으로 챌튼햄을 둘러보았다. 그녀는 챌튼햄은 이번이 처음이었다. 집다운 집, 독특한 집을 보게 된다는 건 정말 기분 좋은 일이라고 올리버 부인은 속으로 생각했다.

젊은 시절을 더듬으면서 올리버 부인은 챌튼햄에 살았던 아주머니와 친척들을 기억해 보았다. 지금은 대개가 은퇴했겠지. 육군이나 해군으로 외국에서 오랫동안 지낸 사람이라면 한번 와서 살고 싶어할 만한 곳이라는 생각이 들었다. 이곳엔 영국적인 안정감과 좋은 취미거리, 그리고 즐거운 잡담과 대화가 있을 것이다.

마음에 드는 골동품 가게 한두 군데를 둘러보고 나서 올리버 부인은 목적지로 발길을 옮겼다—아니, 에르퀼 포와로가 그녀에게 가보라고 권한 곳으로 향했다. 그곳은 바로 로즈 그린 미장원이었다.

그녀는 안으로 들어가서 주위를 둘러보았다. 네댓 명의 손님이 머리 손질을 받고 있었다. 좀 포동포동한 젊은 미용사가 손님의 머리에서 손을 떼고는, 물어보는 듯한 표정으로 앞으로 나왔다.

"로젠텔 부인인가요?" 올리버 부인은 명함을 쳐다보며 말했다.

"오늘 아침에 여기에 오면 만날 수 있다고 하더군요. 난—."

그녀는 얼른 덧붙였다.

"머리 손질을 하러 온 게 아니에요. 로젠텔 부인과 의논하고 싶은 문제가 있어서 찾아왔죠. 전화로 11시 반쯤 오면 잠깐 시간을 내줄 수 있다고 했거든요."

"아, 그래요." 그 젊은 미용사가 말했다.

"부인이 누군가를 기다리고 있는 것 같던데."

그녀는 앞서서 복도를 지나 짧은 충계를 내려가 앞에 있는 회전문을 밀었다. 두 사람은 미장원을 나와서 로젠텔 부인이 거처하는 곳으로 들어갔다. 그 통통한 여자는 문을 두드리며, "손님이 찾아오셨어요." 하고 말했다.

그러고는 좀 짜증스러운 목소리로, "이름이 뭐라고 하셨죠?" 하고 물었다.

"올리버 부인이에요." 그녀가 말했다.

그녀는 안으로 들어갔다. 그 방은 한때 상품진열실로 쓰였던 흔적이 남아 있었다. 장미색의 얇은 천으로 된 커튼에 장미 무늬의 벽지가 발라져 있었다.

올리버 부인은 로젠텔 부인이 자기 또래이거나, 아니면 몇 살 더 많을 거라고 생각했다. 그녀는 막 아침 커피를 마신 모양이었다.

"로젠텔 부인인가요?" 올리버 부인이 말했다.

"그런데요?"

"부인을 만나겠다고 한 사람이에요."

"아, 그러세요? 무슨 얘긴지 잘 알아듣지 못했어요. 전화에 잡음이 많이 들려서요. 마침 잘 오셨어요. 30분 정도 시간이 있거든요. 커피 드시겠어요?"

"아니, 고마워요. 오랫동안 붙잡고 있진 않겠어요. 부인에게 물어보고 싶은 게 몇 가지 있는데, 아마 기억하고 있을 거예요. 부인은 오랫동안 미장원을 했다고 들었는데요?"

"그래요. 지금은 젊은 사람들에게 맡기고, 내가 직접 일하진 않죠."

"그래도 손님들과 상담은 하시겠죠?"

"그런 일이야 하죠." 로젠텔 부인은 미소 지으며 말했다.

그녀는 인상이 좋은 지적인 얼굴을 갖고 있었으며, 머리칼 사이로 드문드문 흰 머리가 보였다.

"무슨 일이라고 하셨죠?"

"부인에게 물어보고 싶은 게 있는데, 그건 가발에 대한 거예요."

"예전엔 가발을 많이 다뤘지만, 요즘엔 그렇지 않아요."

"한때 런던에서 미장원을 하셨죠?"

"그래요, 처음엔 본드가에서 하다가 슬론가로 옮겼죠. 하지만 아시다시피 살기엔 지금 이곳이 훨씬 편해요. 아, 그래요, 우리 부부는 이곳 생활에 만족해하고 있어요. 작은 미장원을 하고 있는데, 요즘엔 가발을 찾는 손님이 거의 없답니다." 그녀는 계속했다.

"남편이 대머리 남자들을 위한 가발을 만들어 보라고 하더군요. 나이가 들어 보이지 않는다는 건 일을 하는 사람들에겐 아주 중요하죠. 또, 직업을 구하는 데도 도움을 주고요."

"무슨 얘긴지 알겠어요." 올리버 부인이 말했다.

올리버 부인은 평범한 말투로 몇 가지 얘기를 더 하면서, 진짜 찾아온 목적을 어떤 식으로 꺼내야 할지 난감해했다. 그녀는 로젠텔 부인이 몸을 앞으로 내밀면서 불쑥 이렇게 말을 꺼내는 바람에 움찔 놀랐다.

"애리어든 올리버시죠? 소설을 쓰는 분 말이에요."

"맞아요." 올리버 부인이 말했다.

"사실—."

그녀는 이런 말을 할 때면 늘 그렇듯이 좀 쑥스러운 표정을 지었다.

"난 소설을 쓰는 작가예요."

"부인 작품을 아주 좋아해요. 여러 권 읽었죠. 오, 이거 정말 반갑네요. 내가 도와줄 수 있는 일이 뭔지 말해 보세요."

"글쎄, 가발에 대해서 얘길 하고 싶은데, 너무 오래전 일이라서 어쩌면 잊어버렸을지도 모르겠군요."

"혹시, 오래전에 유행하던 가발 모양에 대한 얘긴가요?"

"그런 게 아니에요. 내 친구 하나가(학교에 함께 다닌 친구죠) 결혼해서 인도로 갔다가 영국으로 돌아왔어요. 그런데 얼마 뒤에 비극적인 일을 맞고 말았죠. 그녀가 죽고 난 뒤에 보니, 놀랍게도 가발을 여러 개 갖고 있더군요. 그런데 그 가발들이 모두 부인이—부인 미장원에서 만든 거였어요."

"오, 안됐군요. 그녀 성이 뭐죠?"

"글쎄, 결혼하기 전에 프레스턴그레이였는데, 결혼하고 나선 래븐스크로프트로 바뀌었죠."

"아, 그 부인 말이군요. 예, 데이니 래븐스크로프트를 기억하고 있어요. 기억하고말고요. 아주 인상이 좋고 아름다운 여자였죠. 남편이 대령인가 장군이었다가 은퇴해서 어디더라—마을 이름이 생각나지 않는군요."

"그리고 동반 자살을 했죠." 올리버 부인이 말했다.

"예, 맞아요. 신문에서 그 기사를 읽으면서, '저런, 레이디 래븐스크로프트가!' 하고 말한 기억이 나요. 신문에 그분들 부부의 사진이 실렸었는데 래븐스크로프트 부부가 맞았어요. 남편은 본 적이 없지만, 레이디 래븐스크로프트는 틀림없었어요. 정말 슬픈 일이었죠. 들리는 말에 따르면 그녀가 암에 걸려 치료될 수 없다는 걸 알고는 동반 자살했다고 하더군요. 하지만 구체적인 얘긴 듣지 못했어요."

"그런 게 아니에요." 올리버 부인이 말했다.

"그런데 내게 무슨 얘길 듣고 싶으신 거죠?"

"부인은 레이디 래븐스크로프트에게 가발을 만들어 주셨어요. 조사 결과(경찰의 조사 결과 말이에요) 글쎄요, 가발을 네 개씩이나 갖고 있었다는 건 너무 많은 숫자라더군요. 사실 가발을 네 개나 갖고 있었다는 건 예삿일이 아니잖아요?"

"글쎄, 보통 두 개 정도 갖고 있죠." 로젠텔 부인이 말했다.

"부인이 말한 것처럼 한 개를 손질하러 보낸 사이에 외출할 때 쓰고 나갈 걸 하나 정도 더 준비해 두고 있죠."

"레이디 래븐스크로프트가 별도로 두 개를 더 주문한 걸 기억하시나요?"

"그녀가 직접 오진 않았어요. 몸이 아파 입원해 있었던가 뭐 그랬던 것 같아요. 늘 젊은 프랑스 여자가 왔죠. 레이디 래븐스크로프트의 말동무 정도 되는 여자 같았어요. 아주 인상이 좋은 여자였죠. 영어도 썩 잘했고요. 그녀는 레이디 래븐스크로프트가 원하는 가발에 대해서 자세하게 설명해 주었어요. 크기, 색깔, 모양 등등을 설명해 주면서 주문했죠. 맞아요. 다행스럽게도 기억이 나는군요. 하지만 더 이상 자세한 건 모르겠어요. 아, 그러고 나서 한 달 뒤에─한 달이 아니라 좀더 뒤였는데, 6주 정도 뒤였어요. 그 자살 사건의 기사를 읽었죠. 레이디 래븐스크로프트가 병원에서 치명적인 얘길 듣고는 더 이상 살아갈 의욕을 잃어버렸는지도 모르죠. 그리고 남편은 아내 없이 살 수 없다고 생각했을 거고요─."

올리버 부인은 씁쓸한 표정으로 고개를 흔들고는 계속 물었다.

"그 가발들은 모두 다른 모양이었나요?"

"예, 하나는 회색 머리칼이 섞인 거였고, 그리고 파티용이 하나, 밤 외출용이 하나, 구불구불한 짧은 머리의 가발이 하나씩 있었죠. 모두 질이 아주 좋은 거였어요. 그 위에다 모자를 써도 머리칼이 하나도 흐트러지지 않았으니까요. 유감스럽게도 그 뒤론 레이디 래븐스크로프트를 보지 못했죠. 그녀는 자신의 문제 말고도 얼마 전에 죽은 언니 때문에 몹시 우울해 있었거든요. 레이디 래븐스크로프트는 쌍둥이였어요."

"그들 쌍둥이 자매는 서로에게 아주 헌신적이었다죠?"

"언니가 죽기 전엔 레이디 래븐스크로프트는 언제나 쾌활했어요."

두 여자는 한숨을 쉬었다. 올리버 부인은 다른 얘기로 돌렸다.

"가발을 쓰는 게 그렇게 편한가요?" 그녀가 물었다.

로젠텔 부인은 손을 내밀어서 올리버 부인의 머리칼을 만져보았다.

"부인에겐 가발을 권하고 싶지 않군요. 머리 손질을 잘하셨네요—숱도 많고." 그녀의 입술에 미소가 번졌다.

"가발을 써서 변화를 주고 싶으신 모양이죠?"

"잘 아시는군요. 난 변화를 주는 걸 좋아하거든요. 재미있잖아요."

"인생을 즐겁게 사시는 분 같군요."

"그래요. 난 어느 누구도 미래의 일은 알지 못한다고 생각해요."

"하지만, 그런 생각으로는 사람들의 걱정을 덜어주지 못해요!"

로젠텔 부인이 말했다.

제16장

고비 씨의 보고

고비 씨는 방으로 들어와서 포와로가 권해 주는, 늘 그가 앉는 자리에 앉았다. 그는 어느 가구나 어느 곳을 보면서 말할까 정하기 전에 주위를 둘러보았다. 전에도 종종 그랬듯이 이맘때는 켜져 있지 않은 전기난로에 눈길을 고정했다. 그는 자신에게 일을 부탁한 사람을 똑바로 쳐다보면서 말하는 법이 없었다. 늘 벽의 윗부분에 있는 툭 튀어나온 장식이나 라디에이터, 텔레비전, 아니면 시계, 때로는 카펫이나 매트를 쳐다보면서 이야기를 했다. 그는 서류 가방에서 종이를 몇 장 꺼냈다.

"자—, 알려주시오." 에르퀼 포와로가 말했다.

"여러 가지 자세하게 정보를 모았습니다." 고비 씨가 말했다.

고비 씨는 훌륭한 정보 조달자로서 런던뿐만이 아니라 영국 전체에, 아니 외국에까지 이름이 알려진 사람이었다. 그는 아무도 알지 못하는 기적 같은 일을 알아내곤 했다. 고비 씨는 부하들을 많이 두지 않았다. 가끔 그는 '다리'들이(부하들을 그렇게 불렀다) 예전보다 형편없다고 불평하곤 했다. 하지만 결과는 여전히 부탁한 사람들이 놀랄 만큼 훌륭했다.

"버튼콕스 부인은—." 그는 마치 성서를 읽을 차례가 된 지방 교구위원이, '이사야서 4장 3절.' 하는 것처럼 말했다.

"버튼콕스 부인은—." 그는 다시 말했다.

"제법 커다란 단추 공장을 갖고 있는 세실 올드베리라는 사람과 결혼했습니다. 남편은 아주 부자로서, 정계에 발을 들여놓아 리틀 스탠스미어의 국회의원을 지냈습니다. 그러나 세실 올드베리 씨는 결혼한 지 4년 만에 교통사고로 세상을 떴습니다. 그들 사이엔 아이가 하나 있었는데, 남편이 죽은 뒤 얼마 되지 않아 아이마저도 사고로 잃어버리고 말았습니다. 올드베리 씨의 재산은 모두 부인이 상속받았지만, 기대했던 것만큼 많지 않았으며 최근엔 사업도 잘되지 않았죠. 올드베리 씨는 부인 몰래 각별한 사이로 지낸 캐슬린 펜 양에게도 상당한 액수의 돈을 남겼더군요. 버튼콕스 부인은 남편이 죽고 나서도 정치활동을 계속했습니다. 그로부터 3년 정도 뒤에, 그녀는 캐슬린 펜 양이 낳은 아이를 양자로 맞아들였죠. 캐슬린 펜 양은 그 아이가 죽은 올드베리 씨의 아들이라고 주장했습니다. 이것은(내가 조사해 본 결과에 따르면) 받아들이기가 좀 어렵습니다."

고비 씨는 계속했다.

"펜 양은 많은 사람들과 관계를 가졌는데, 대부분이 재산이 많은 신사들이었죠. 아마 그들은 그녀에게 상당한 대가를 치렀을 겁니다. 이것이 당신에게 줘야 할 중요한 문제 같습니다."

"계속하시오." 에르퀼 포와로가 말했다.

"당시 올드베리 부인이었던 사람은 그 아이를 기꺼이 양자로 맞아들였습니다. 그 뒤 얼마 안 있어 그녀는 버튼콕스 대령과 결혼했죠. 한편, 캐슬린 펜 양은 아주 유명한 여배우 겸 대중가수가 되어 엄청난 돈을 벌었습니다. 그녀는 버튼콕스 부인에게 양자로 들어간 아이를 돌려받고 싶다는 내용의 편지를 보냈습니다. 하지만 버튼콕스 부인은 거절했죠. 버튼콕스 부인은 아마 그때 제법 넉넉한 생활을 하고 있었을 겁니다. 버튼콕스 대령은 말레이시아에서 죽었는데, 부인에게 적당한 유산을 남겨줬습니다. 그리고 좀더 최근 정보에 따르자면 얼마 전에 죽은(한 1년 반 정도 되었을 겁니다) 캐슬린 펜 양은 상당한 액수에 달하는 자신의 전 재산을 친아들인 데스몬드에게 상속한다는 유언장을 남겼더군요. 데스몬드 버튼콕스에게 말입니다."

"아주 관대하군. 펜 양은 왜 죽었소?" 포와로가 물었다.

"우리 측 자료 제공자 말로는 백혈병이었습니다."

"그럼, 그 청년은 자기 친어머니의 돈을 물려받았겠군?"

"돈은 그 청년이 스물다섯 살이 되었을 때 받도록 신탁재산으로 남겨졌습니다."

"그가 독립하게 되면 상당한 재산을 갖게 되겠구먼. 그럼, 버튼콕스 부인은?"

"어딘가에 투자를 했는데 실패한 모양입니다. 먹고사는 데는 구애받지 않지만, 넉넉한 생활을 즐길 정도는 아니죠."

"데스몬드라는 청년도 유언장을 만들었소?"

"그건, 아직은 모르지만 곧 알아낼 수 있을 것 같습니다. 소식이 들어오는 대로 즉시 알려드리죠."

고비 씨는 멍청하게 전기난로를 향해 인사하고는 밖으로 나갔다.

그러고 나서 한 시간 반 정도 뒤에 전화가 울렸다.

에르큘 포와로는 서류에다 메모를 하고 있었다. 가끔씩 이맛살을 찌푸리고 콧수염을 비틀면서 그는 줄을 그어 지우고는 다시 쓰고 나서 앞으로 나왔다.

전화벨이 울리자 포와로는 수화기를 집어들고 상대방의 얘기를 들었다.

"고맙소. 아주 빠르군. 알았소……그래, 고맙소. 도대체 어떻게 알아내는지 모르겠단 말이야……그래, 그렇다면 분명해지는 게요. 전엔 터무니없던 얘기가 모두 맞아들어가는군……그래……내 생각엔……듣고 있소……당신은 그것이 사실이라고 확신하고 있군. 그는 자신이 양자라는 건 알고 있지만, 친어머니가 누군진 모른단 말이지. 그래, 그래. 알았소……잘 알았소. 다른 문제도 깨끗하게 처리했겠지? 고맙소."

포와로는 수화기를 내려놓고 나서 다시 뭐라고 써넣었다. 30분쯤 뒤에 전화가 다시 울렸다. 그는 수화기를 들어 올렸다.

"첼튼햄에 다녀왔어요."

포와로의 귀에 낯설지 않은 목소리였다.

"아, 부인, 다녀왔군요? 로젠텔 부인을 만나봤습니까?"

"만나봤어요. 좋은 사람이더군요. 아주 친절한 사람이에요. 당신 말이 옳았어요. 그녀는 코끼리예요."

"그게 무슨 말입니까?"

"몰리 래번스크로프트를 기억하고 있었단 말이에요."

"그럼, 그녀의 가발도 기억하고 있었겠군요?"

"그래요."

올리버 부인은 은퇴한 미용사가 해준 가발 얘기를 짤막하게 전해 주었다.

"그렇습니다." 포와로가 말했다.

"개로웨이 주임총경도 그렇게 얘기했어요. 경찰은 가발 네 개를 찾아냈죠. 구불구불한 것과 밤 외출용, 그리고 두 개는 좀 평범한 모양이었다고 했어요."

"결국 당신이 이미 알고 있는 사실을 확인해 본 것뿐이군요?"

"아니, 그것 이상의 것을 알아냈죠. 로젠텔 부인의 말에 따르자면(부인이 방금 그렇게 말했어요) 레이디 래븐스크로프트는 두 개의 가발을 갖고 있었는데, 여분으로 두 개를 더 주문했습니다. 그리고 그것은 자살사건이 일어나기 3주 전인가 6주 전의 일이었습니다. 재미있는 사실 아니오?"

"그건 이상한 일이 아니에요."

올리버 부인은 계속해서 말했다.

"사람들은, 특히 여자들은 물건을 손상시키는 걸 두려워하거든요. 가발 같은 물건은 더욱 그렇죠. 가발을 다시 손질하거나 세탁할 수 없게 되었다든지, 또는 불에 타거나 더러운 것이 묻어서 쓰고나갈 수 없다든지, 아니면 염색이 잘못되었다든지―그렇게 되었다면 물론 새 가발을 구하거나 교환해야 되겠죠. 그런데 뭐가 재미있다는 건지 모르겠군요."

"글쎄, 꼭 재미있다는 건 아니오. 아니, 오히려 중요하다고 하는 게 적합하죠. 그것보다 재미있는 건 부인이 나중에 덧붙여 말한 겁니다. 가발 모양과 색깔 배합 등을 말해 준 사람이 프랑스 여자였다고 했죠?"

"그래요. 말동무나 뭐 그런 사람이었겠죠. 레이디 래븐스크로프트는 병원인지 요양원인지에 가 있었으니까요. 건강이 좋지 않았기 때문에 맘에 드는 걸 고르러 직접 갈 수가 없었겠죠."

"그렇겠군요."

"그래서 프랑스인 말동무가 갔을 거예요."

"그런데 그 말동무의 이름이 뭡니까?"

"몰라요. 로센넬 부인이 말해 주지 않았어요. 사실 그녀도 모를 거예요. 레이디 래븐스크로프트와 시간 약속을 하면, 그 프랑스인 처녀인지 여자가 크기와 색깔 배합 등등을 결정해 갖고 왔다는군요."

"그래요, 그렇다면 내가 조사하려는 방향으로 한 걸음 더 다가간 셈이군."

"뭐 좀 알아내신 모양이군요?" 올리버 부인이 말했다.

"그동안 무슨 일을 하셨어요?"

"부인은 너무 의심이 많은 게 문젭니다." 포와로가 말했다.

"사람들은 내가 아무것도 하지 않는다고 생각하죠. 의자에 가만히 앉아서 쉬고 있다고 말입니다."

"전 당신이 의자에 앉아서 생각하고 있었다고 보는데요. 하지만 당신이 밖에 나가지 않고서 일을 한다는 덴 동의해요."

"앞으로는 아마 밖에 나가서 일을 해야 할 것 같습니다. 그래서 부인을 기쁘게 해드려야죠. 배를 타진 않겠지만, 영불 해협은 건널 겁니다. 비행기를 타야겠죠."

"어머, 저도 함께 갈까요?"

"아닙니다. 이번 일엔 나 혼자 가는 편이 훨씬 좋습니다."

"정말 가실 거예요?"

"물론이죠. 정말 갈 겁니다. 아주 적극적으로 여기저기 뛰어다닐 생각이오. 부인도 아주 만족해할 겁니다."

포와로는 전화를 끊고 나서 수첩에 적혀 있는 메모를 보고 다이얼을 돌렸다. 이내 자신이 통화하려는 사람과 연결되었다.

"개로웨이 주임총경, 에르퀼 포와로입니다. 그리 방해가 되진 않았겠죠? 지금쯤 별로 바쁘지 않을 것 같아서 전화를 했습니다만."

"예, 바쁘지 않습니다." 개로웨이 주임총경이 말했다.

"장미나무를 손질하고 있었거든요."

"물어보고 싶은 게 있는데, 별로 중요한 건 아닙니다."

"동반 자살에 대한 겁니까?"

"예, 그렇습니다. 그 집에 개가 한 마리 있었다고 했죠. 부부가 산책하러 나갈 때 그 개를 데리고 간다고 했던 것 같은데요."

"그렇습니다. 그 개를 두고 얘기가 있었습니다. 가정부와 어떤 사람 말에 따르면, 그날 부부는 여느 때와 마찬가지로 개를 데리고 산책하러 나갔답니다."

"시체부검 결과 레이디 래븐스크로프트가 개에게 물린 상처는 없었습니까? 아주 최근이나 사건 당일에 물린 게 아니더라도 말입니다."

"이상한 걸 물어보시는군요. 당신이 물어보지 않았다면 그만 잊어버리고 지나갔을 겁니다. 예, 있었습니다. 두어 군데 상처가 있었죠. 하지만 심한 건 아니었습니다. 가정부 말에 따르면, 개가 여주인에게 덤벼들어서 물었다고 하더군요. 아, 포와로 씨, 당신은 광견병을 생각하는 모양인데, 그런 건 아닙니다. 레이디 래븐스크로프트는 총에 맞아 죽었잖습니까—부부가 모두 총에 맞아 죽었습니다. 패혈증이나 파상풍이라는 의심은 있을 수가 없는 거죠"

"그 개를 범인이라고 보는 게 아닙니다." 포와로가 말했다.

"단지 알고 싶은 것뿐이죠"

"아주 근래에 개에게 물린 적이 있었다고 합니다. 사건이 있기 1주일인가 2주일쯤 전에. 주사를 맞거나 특별한 치료를 받아야 할 정도는 아니었죠. 상처는 거의 깨끗하게 치료되었답니다. 이런 말이 있죠? '죽은 건 개였다!' 어디에 나오는 말인진 기억나지 않는군요. 하지만—."

"하지만 죽은 건 개가 아닙니다." 포와로가 말했다.

"내가 물어보는 뜻은 그게 아닙니다. 난 그 개에 대해서 알고 싶은 겁니다. 아주 영리한 개였던 것 같군요"

포와로는 총경에게 고맙다는 인사를 하고 수화기를 내려놓고 나서 우물거렸다.

"영리한 개라, 경찰보다 더 영리한 것 같군"

제17장

포와로의 출발 선언

리빙스턴 양이 손님을 안내해 왔다.

"에르퀼 포와로 씨가 오셨어요."

리빙스턴 양이 방을 나가자마자 포와로는 문을 닫고서 애리어든 올리버 부인 옆에 앉았다.

그는 좀 낮은 목소리로 대수롭지 않은 듯이 말했다.

"난 떠납니다."

"무슨 일을 하시려요?"

올리버 부인은 포와로가 소식을 전해 주는 방법에 늘 조금씩 놀랐다.

"떠납니다. 떠날 겁니다. 제네바행 비행기를 타고 떠날 거요."

"UNO(국제연합기구)나 유네스코 같은 거라도 되는 것처럼 말씀하시는군요."

"순전히 내 개인적인 일로 가는 겁니다."

"제네바에서 코끼리를 만날 건가요?"

"부인이 그렇게 생각할 줄 알았어요."

"전 더 이상 알아낸 게 없어요." 올리버 부인이 말했다.

"이젠 누굴 찾아가야지 정보를 캐낼 수 있는지도 모르겠어요."

"부인 대녀인 실리아 래븐스크로프트에게 남동생이 있다고 했죠?"

"예. 에드워드라고 하는데, 본 지가 아주 오래됐어요. 한두 번 학교에 가서 데리고 나온 적이 있지만, 벌써 오래전 일이에요."

"지금 어디에 있습니까?"

"캐나다에서 대학에 다니고 있을 거예요. 공학을 전공하고 있다고 들은 것 같아요. 에드워드에게 물어볼 게 있으신가 보죠?"

"아니, 지금은 아닙니다. 그냥 어디에 있는지 알고 싶었을 뿐이오. 그 사건이 일어났을 때 그는 집에 없었다고 하던데?"

"에드워드가 범인이라고는 생각해 보시지 않았잖아요? 아버지와 어머니를 쏜 범인이라고 말이에요. 간혹 그런 남자아이들이 있긴 하죠. 그 나이가 되면 아주 이상한 행동을 하는 경우가 있으니까요."

"그 애는 집에 없었어요. 경찰보고서에 그렇게 쓰여 있더군요."

"뭔가를 알아내셨나 보군요? 아주 흥분해 계신 것 같은데."

"사실 흥분해 있습니다. 이미 알고 있는 사실에 실마리가 될 만한 몇 가지 일들을 알아냈거든요."

"어떤 사실에 실마리가 된다는 거예요?"

"버튼콕스 부인이 왜 부인에게 접근했으며, 또 래븐스크로프트 부부의 자살사건에 대해 정보를 얻어내려고 했는지 그 까닭을 이제 알 수 있을 것 같습니다."

"그 여자가 단지 오지랖 넓은 사람이 아니라는 말씀이세요?"

"그런 얘기가 아닙니다. 내 얘긴 그 뒤에 뭔가 동기가 있을 것 같다는 거죠. 돈과 연결된 일 같소."

"돈? 돈이 이번 일과 무슨 관계가 있다는 거예요? 버튼콕스 부인은 제법 많은 돈을 갖고 있잖아요?"

"생활하는 데 궁색하지 않을 정도만 갖고 있죠. 그건 그렇고, 그 부인이 친자식처럼 여기는 양자, 그는 자신이 양자라는 사실을 알고 있습니다. 하지만 자신의 진짜 가족에 대해선 아무것도 모르죠. 그는 성년(成年)이 되면 유언장을 작성해야 되는데, 아마 양모(養母)가 그렇게 하라고 강요할 겁니다. 그녀는 상담을 한 변호사나 친구들에게서 힌트를 얻었겠죠. 어떻든 성년이 되면 그는 양모에게 모든 걸 남겨줘야겠다는 생각을 하게 될지도 모릅니다. 그때가 되어도 그에겐 재산을 남겨줄 만한 사람이 없을 테니까요."

"왜 그녀가 그 자살사건에 대해 그렇게 알고 싶어하는지 모르겠어요."

"아직도 모르겠어요? 버튼콕스 부인은 아들의 결혼을 반대하고 있소. 데스몬드라는 청년에게 여자친구가 생겨서 결혼하게 된다면, 요즘 젊은 사람들은 대개 그렇게 하죠―기다린다거나 생각해 보는 경우가 없습니다. 그렇게 되면 버튼콕스 부인은 양자의 유산을 상속받지 못할 겁니다. 결혼과 동시에 그전에 작성한 유언장은 무효가 될 테니까. 아마 모든 재산을 자신의 양모가 아닌 아내에게 남긴다는 새로운 유언장을 만들 겁니다."

"버튼콕스 부인이 그런 걸 원하지 않는다는 말씀이군요, 포와로 씨?"

"그녀는 양자가 부인 대녀와 결혼하지 못할 만한 구실을 찾고 싶은 거죠. 실리아의 어머니가 남편을 죽이고 나서 자살했다는 게 사실이길 바랄 겁니다. 아니, 진짜 그렇게 된 거라고 믿을 겁니다. 그건 양자가 실리아와의 결혼을 포기할 만한 이유가 되죠. 반대로, 실리아의 아버지가 어머니를 죽였다고 해도 그 결혼에 대해 다시 생각해 볼 겁니다. 그 나이 때의 청년은 편견에 사로잡히거나 남의 말에 영향받기가 쉬우니까요."

"실리아의 아버지나 어머니가 살인을 저질렀다면, 그 애도 잔인한 성격을 갖고 있을 거라고 생각한다는 말씀인가요?"

"그렇지는 않더라도 그것이 결혼을 포기할 만한 이유는 될 수 있겠죠."

"하지만 그는 부자가 아니잖아요? 양자에 불과해요."

"그는 자기 친어머니의 이름도, 그녀가 누군지도 모릅니다. 그의 어머니는 병으로 죽기 전에 영화배우 겸 가수로서 많은 돈을 벌어들였어요. 그리고 한때는 자신의 아들을 돌려받으려 했지만 버튼콕스 부인이 거절했던 모양입니다. 버튼콕스 부인은 양자에 대해 많은 생각을 해보고는, 그가 친어머니에게서 돈을 물려받을 거라고 판단했지요. 그는 스물다섯 살이 되어야 그 유산을 물려받는데, 그전엔 신탁으로 묶여 있습니다. 그래서 버튼콕스 부인이 양자의 결혼을 반대하는 거죠. 그녀는 양자가 자기 마음에 드는 처녀나 자기 맘대로 움직일 수 있는 처녀와 결혼하길 바랄 겁니다."

"그럴 듯한 얘기로군요. 그렇다면 좋은 여자가 아니잖아요?"

"그렇죠. 좋은 여자가 아니죠."

"그래서 버튼콕스 부인은 당신을 만나게 되니까 일이 복잡하게 꼬이거나 자신이 계획하는 일이 드러날까 봐 조바심을 낸 거로군요."

"아마 그랬을 겁니다." 포와로가 말했다.

"또 알아낸 게 있으세요?"

"있습니다. 이건(몇 시간 전에) 개로웨이 주임총경이 다른 일 때문에 전화를 걸어 왔을 때 알아낸 건데, 나이가 많은 그 집 가정부의 시력이 몹시 안 좋았다는군요."

"그것이 이번 사건과 무슨 관계가 있나요?"

"있을지도 모릅니다."

포와로가 말했다. 그는 손목시계를 들여다보았다.

"나가봐야 할 시간이군요."

"비행기를 타러 공항에 나가셔야 하나 보죠?"

"아니, 비행기는 내일 아침에 탈 겁니다. 오늘 찾아가봐야 할 곳이 있어요. 내 눈으로 직접 보고 싶은 곳이 있거든요. 지금 밖에 차가 기다리고 있어서—."

"무엇을 보고 싶으시다는 거예요?"

올리버 부인이 호기심 어린 목소리로 물어보았다.

"보고 싶다기보다, 느끼고 싶소. 그래요, 그것이 꼭 맞는 말이구먼—느끼고 나서, 내가 느낀 게 뭔지를 인식하는 거죠."

제18장

간주곡

에르퀼 포와로는 묘지의 문을 지났다. 그는 작은 길을 걸어서 이끼가 낀 벽 앞에 멈춰 서서는 묘비를 내려다보았다. 잠시 묘비를 쳐다보다가 나지막한 언덕과 저쪽의 바다로 눈길을 돌렸다. 그러고는 다시 묘비 쪽을 쳐다보았다.

묘비 위에 누군가가 꽃을 갖다 놓았다. 여러 종류의 야생화를 묶은 다발이 아이가 갖다놓은 것처럼 보였지만, 포와로는 그렇지 않을 거라고 생각했다.

그는 묘비 위에 새겨진 글을 읽었다.

1952년 9월 15일에 세상을 떠난
도로시아 재로의 영전에
또한,
1952년 10월 3일에 세상을 떠난
그녀의 동생 마거릿 래번스크로프트
역시
1952년 10월 3일에 세상을 떠난
남편 앨리스테어 래번스크로프트의 영전에.
죽음이 그들을 갈라놓지 못하리라.

우리에게 잘못한 이를 우리가 용서하듯이
우리 죄를 용서하소서.
주여, 우리를 불쌍히 여기소서.
그리스도여, 우리를 불쌍히 여기소서.
주여, 우리를 불쌍히 여기소서.

포와로는 잠시 그 자리에서 서서 묘비문을 읽고는 고개를 두어 번 끄덕거렸다. 그리고 나서 묘지를 나와 작은 길을 지나 벼랑길을 따라 올라갔다. 그리고는 이내 다시 걸음을 멈추고 바다를 바라보면서 생각에 잠겼다.

"이제야 사건의 진상과 동기를 분명히 알겠군. 유감스럽고도 비극적인 사건을 이해하겠어. 아주 먼 길을 돌아가야 해. '종말이 곧 시작이다'라고 했던가, 아니면 다른 표현이었나? '시작은 곧 비극적인 끝이었다?' 그 스위스 여자는 알고 있을 거야. 하지만 내게 말해 줄까? 그 청년은 그녀가 말해 줄 거라고 믿고 있지. 실리아와 자기를 위해서 그들은 진상을 알고 나서야 인생을 받아들일 수 있겠지."

제19장

마디와 젤리

"마드모아젤 루셀이시죠?" 에르쿨 포와로는 꾸벅 인사를 했다.

마드모아젤 루셀은 손을 내밀었다. 포와로가 보기엔 쉰 살 정도 된 것 같았다. 아주 오만하며 자기 멋대로 살아가는 여자. 총명하고, 지적이며, 인생이 주는 기쁨과 슬픔, 고통을 느끼며 사는 생활방식에 만족해하는 여자라는 인상을 받았다.

"이름은 들어서 알고 있어요." 마드모아젤 루셀이 말했다.

"영국과 프랑스에 친구 분들이 많더군요. 무슨 일을 도와드려야 할지 모르겠네요. 아, 보내신 편지는 잘 받아봤어요. 그건 지나간 일이잖아요? 이미 지나간 사건이란 말이에요. 방금 일어난 사건이 아니라, 아주 오래전 세월 속으로 흘러들어갔죠. 어떻든 앉으세요. 그 의자는 아주 편안해요. 탁자 위에 과자와 마실 것이 있어요."

그녀는 서두르지 않고 차분하게 포와로를 맞이했다. 귀찮아하지 않았으며 오히려 상냥했다.

"한때 가정교사로 일한 적이 있더군요." 포와로가 말했다.

"래븐스크로프트 씨 집에서 말입니다. 어쩌면 잊어버렸을지도 모르겠군요"

"아, 아니에요. 젊었을 때의 일은 쉽사리 잊히지 않잖아요. 그 집엔 여자아이 한 명과 남자아이가 한 명 있었어요. 아주 좋은 아이들이었죠. 아이들 아버지는 장군이었고요."

"그리고 아이들 이모가 있었죠?"

"아, 맞아요. 생각나는군요. 제가 처음에 갔을 때는 없었어요. 아주 예민한 여자였던 것 같아요. 건강이 썩 좋은 편은 아니었죠. 어딘가에서 치료를 받고 있었던 것 같았어요."

"그 아이들 어머니의 세례명을 기억하고 있습니까?"

"마거릿이었던 것 같아요. 하지만 이모라는 사람은 생각나지 않는군요."

"도로시아라고 했죠."

"아, 맞아요. 흔한 이름이 아니죠. 하지만 그 부인들은 서로 애칭으로 부르는 때가 많았어요. 몰리와 돌리라고 말이에요. 아시겠지만, 그 부인들은 아주 똑같은 일란성 쌍둥이였어요. 둘 다 매력적인 젊은 여자였죠."

"두 사람은 사이가 좋았습니까?"

"좋았어요. 서로에게 헌신적이었죠. 사람들은 두 사람을 혼동하곤 했어요. 프레스턴그레이는 제가 가르친 아이들의 성이 아니에요. 도로시아 프레스턴그레이는 대령과 결혼했죠—아, 이름이 생각나지 않는군요. 애로? 아니, 재로 대령이었어요."

"또 한 사람은 래븐스크로프트와 결혼했죠." 포와로가 말했다.

"아, 그렇죠, 그래요. 이상하게도 사람 이름을 잘 기억하지 못한단 말이에요. 프레스턴그레이는 결혼하기 전의 성이죠. 마거릿 프레스턴그레이는 파리의 기숙학교에 다녔었어요. 그녀는 결혼하고 나서, 기숙학교 경영자인 마담 베느와에게 두 아이의 유모 겸 가정교사를 구해 줄 수 없겠느냐는 내용의 편지를 보냈어요. 그래서 제가 추천된 거예요. 그렇게 해서 제가 그 집에 들어가게 됐죠. 제가 들어갔을 땐 여자아이만 집에 있었기 때문에 전 그 아이만 가르쳤어요. 당시에 그 아이는 예닐곱 살 정도 되었었죠. 제 기억으론, 셰익스피어의 작품에 나오는 이름과 똑같은 이름이었는데, 로잘린드인가 실리아라고 했던 것 같은데."

"실리아입니다."

"남자아이는 겨우 서너 살 정도 되었었죠. 에드워드라고 장난꾸러기였지만 귀여운 아이였어요. 그 아이들과 재미있게 지냈죠."

"아이들도 당신과 재미있게 지냈었다고 하더군요. 당신과 노는 게 좋았고, 또 당신이 상냥하게 대해 주었다고요."

"본래 아이들을 좋아하니까요." 마드모아젤 루셀이 말했다.

"아이들이 당신을 마디라고 불렀다고 들었습니다만."

그녀는 소리 내어 웃었다.

"아, 그 말을 들으니까 기분이 좋은데요. 옛날 생각이 떠오르는군요."

"데스몬드라는 아이를 기억합니까? 데스몬드 버튼콕스 말입니다."

"아, 기억해요. 바로 옆집인가, 아니면 아주 가까운 곳에 살고 있었어요. 이웃에 아이들이 몇 명 있었는데, 거의 매일 같이 서로 어울려서 지냈죠. 그 가운데 데스몬드라는 아이가 있었어요. 그래요, 생각나요."

"그곳에서 오래 있었죠, 마드모아젤?"

"아니에요. 겨우 3~4년 정도 있었는걸요. 어머니가 편찮으셨기 때문에 전 이곳으로 돌아왔어요. 너무 빨리 떠나는 것 같았지만, 전 돌아와서 어머니를 간호해 드려야 했으니까요. 정말이에요. 어머니는 제가 돌아오고 나서 1년 반인가 2년 정도 뒤에 돌아가셨죠. 그 뒤에 전 언니와 함께 좀 나이 든 여학생들을 가르치는 자그마한 기숙학교를 이곳에다 세웠어요. 그러면서도 래븐스크로프트 씨 댁과는 계속 연락을 했죠. 두 아이들이 크리스마스가 되면 카드를 보내오곤 했어요."

"당신이 보기에 래븐스크로프트 장군 부부는 사이가 좋았습니까?"

"아주 다정했어요. 아이들을 몹시 귀여워했죠."

"잘 어울리는 부부였죠?"

"그래요. 그분들은 행복한 결혼생활에 필요한 조건을 모두 갖추고 있는 것 같았어요."

"래븐스크로프트 부인이 쌍둥이 언니에게 헌신적이었다고 했는데, 그 언니도 래븐스크로프트 부인에게 헌신적이었습니까?"

"글쎄, 그런 걸 판단해 볼 기회가 별로 없었어요. 솔직히 말하자면, 그녀는 (사람들이 돌리라고 부르더군요) 정신이상자가 틀림없었어요. 이상한 행동을 하는 걸 몇 번 봤거든요. 그리고 질투심이 많은 여자였어요. 그녀가 예전에 래븐스크로프트 장군과 약혼인가, 아무튼 결혼을 약속한 사이였었다고 들었어요. 래븐스크로프트 장군은 처음엔 쌍둥이 가운데 언니에게 빠졌다가, 나중에 동생 쪽으로 마음을 바꿨다고 하더군요. 하지만 오히려 잘 된 일이지 뭐예요. 몰리 래븐스크로프트는 상식 있고 아주 상냥한 여자죠.

돌리로 말하자면, 어떤 때는 동생을 좋아하는 것 같기도 하다가 갑자기 미워하기도 했어요. 그녀는 질투심이 많았고, 아이들에게 지나칠 정도의 관심을 나타냈죠. 이런 얘길 저보다 훨씬 잘해줄 수 있는 사람이 있어요. 마드모아젤 모우래라고 말이에요. 그녀는 로잔에 살면서, 제가 그만둔 이후 1년 반이나 2년 동안 래븐스크로프트 씨 댁에 다녔어요. 한동안 그 집 식구들과 함께 지냈죠. 나중에 실리아가 외국으로 공부하러 가고 나서도 레이디 래븐스크로프트의 말동무로서 다시 그 집에서 일을 했다고 들었어요."

"마드모아젤 모우래를 만나봐야겠군요. 어디에 살고 있는지 압니까?"

포와로가 물었다.

"그녀는 제가 알지 못하는 얘길 많이 알고 있을 거예요. 게다가 매력적이며 믿을 만한 사람이죠. 그 일은 정말 끔찍한 사건이었어요. 그녀라면 사건의 진상을 알고 있는 사람을 알려줄 수 있을 거예요. 생각이 깊은 여자죠. 저한테는 그 사건에 대해 한마디도 해주지 않았어요. 하지만 당신에겐 말해 줄지 모르겠군요. 말해줄 것 같기도 하고 안 해줄 것 같기도 한데요."

포와로는 물끄러미 마드모아젤 모우래를 쳐다보았다. 그는 마드모아젤 루셀에게서 깊은 인상을 받았었다. 또한, 지금 그를 맞기 위해서 서 있는 여자에게서도 깊은 인상을 받았다. 그녀는 생각보다 그렇게 야무져 보이진 않았으며, 실제 나이보다 적어도 몇 살 정도는 젊어보였다.

좀 색다른 인상을 주는 여자였다. 활발하고 아주 매력적인 마드모아젤 모우래는 상대방을 쳐다보고서 판단을 내리고는 기꺼이 환영한다는 듯이 자기 쪽으로 다가오는 사람을 부드러운 눈으로 바라보았다. 그렇다고 해서 지나칠 정도로 부드러운 태도는 아니었다. 에르퀼 포와로는 매우 눈에 띄는 사람이었다.

"에르퀼 포와로라고 합니다, 마드모아젤."

"알고 있어요. 오늘이나 내일쯤 오실 거라고 생각하고 있었어요."

"그렇습니까? 내 편지를 받아보셨죠?"

"못 받았어요. 아직 우체국에 있을 거예요. 우리 마을 우체국은 좀 불확실한 편이거든요. 당신 편지는 못 받았어요. 한 통 받긴 했는데, 다른 사람에게서 온 거예요.”

“실리아 래븐스크로프트가 보낸 거 아닙니까?”

“아니에요. 실리아와 아주 가깝게 지내는 사람이 보낸 거예요. 데스몬드 청년인지 소년이 보냈더군요. 그 편지에 당신이 올 거라고 쓰여 있었어요.”

“아, 알겠습니다. 총명하고 시간 낭비를 하지 않는 청년이로군. 그 청년이 나보고 당신을 만나보라고 재촉했거든요.”

“저도 그럴 거라고 생각했어요. 문제가 있는 것 같더군요. 그 청년과 실리아가 그 문제를 해결하려고 애쓰고 있는 모양이에요. 두 사람은 당신이 자기들을 도와줄 수 있을 거라고 생각하나 보죠?”

“그렇습니다. 그리고 당신도 도와줄 수 있을 거라고 생각합니다.”

“두 사람은 서로 사랑해서 결혼하고 싶어하죠.”

“그렇습니다. 그런데 곤란한 문제가 두 사람의 앞길을 가로막고 있죠.”

“아, 그 애 어머니 때문인 것 같더군요. 그 청년의 편지를 읽고 생각한 거예요.”

“실리아의 인생엔, 데스몬드의 어머니가 아들이 그녀와 일찌감치 결혼하는 걸 싫어할 만한 상황이 있었습니다.”

“알겠어요. 그 비극적인 사건을 말씀하시는 거죠. 정말 슬픈 사건이었어요.”

“그렇습니다. 그 비극적인 사건 때문입니다. 데스몬드의 어머니가 실리아의 대모에게 그 사건이 일어나기까지의 정확한 배경에 대해서 실리아에게 알아내 달라고 부탁했다는군요.”

“분별없는 행동이군요.”

마드모아젤 모우래가 손짓을 하며 말했다.

“앉으세요, 어서 앉으세요. 얘기하려면 시간이 좀 걸리겠군요. 그래요. 실리아는 대모에게(소설을 쓰는 애리어든 올리버 부인 말이에요. 저도 기억하죠) 말해주지 못했을 거예요. 왜냐하면 실리아는 아는 게 없으니까요.”

“그 사건이 일어났을 때 실리아는 집에 없었고, 아무도 그 일에 대해 말해주지 않았다고 하더군요. 그것이 사실입니까?”

“그래요. 사실이에요. 현명하지 못한 생각이었죠.”

"그 결정을 찬성하는 말입니까, 아니면 부정하는 말입니까?"

"뭐라고 말씀드리기가 곤란하군요. 정말 곤란해요. 그 사건이 일어난 지 여러 해가 지났지만, 아직도 모르겠어요. 대신 여러 가지 생각을 해봤죠. 제가 아는 실리아는 절대 걱정할 애가 아니에요. 그 사건의 동기 같은 걸로 걱정할 애가 아니란 말이에요. 실리아는 그 일이 비행기 사고나 자동차 사고 때문이라고 알고 있었어요. 그래서 부모가 죽게 된 거라고요. 실리아는 외국의 기숙학교에서 오랫동안 있었거든요."

"당신이 운영하는 기숙학교에 다녔었다고 들었습니다, 마드모아젤 모우래."

"그래요. 얼마 전에 그만뒀죠. 동료에게 넘겨줬어요. 실리아의 부모는 그 앨 제게 보내면서 그 애가 공부를 계속할 만한 적당한 곳을 찾아달라고 부탁했어요. 당시엔 많은 여학생들이 공부를 계속하기 위해서 스위스로 오곤 했죠. 전 몇 군데를 추천해 줄 수 있었어요. 그동안에 우리 기숙학교에 있게 했죠."

"실리아는 당신에게 아무것도 묻지 않았습니까? 어떤 사실 같은 걸 물어본 적도 없었습니까?"

"없었어요. 아시다시피, 실리아가 우리 기숙학교에 온 건 비극이 일어나기 전이었으니까요."

"아, 미처 그걸 생각지 못했군요."

"실리아는 그 사건이 일어나기 몇 주일 전에 우리 기숙학교를 떠났어요. 당시에 전 여기에 있지 않고, 래븐스크로프트 장군 부부와 함께 있었죠. 실리아의 가정교사라기보다는 레이디 래븐스크로프트의 말동무로서 그 집에 있었죠. 실리아는 그때 외국에서 학교에 다니고 있었으니까요. 하지만 그 애가 스위스로 와서 공부를 마치게 된 건 갑작스럽게 결정된 일이에요."

"레이디 래븐스크로프트의 건강이 좋지 않았기 때문이겠죠?"

"그래요. 그렇지만 아주 심각한 정도는 아니었어요. 그녀가 두려워할 만큼 심각한 병이 아니었으니까요. 그녀는 신경쇠약과 충격, 그리고 막연한 불안에 시달리고 있었죠."

"그래서 당신이 레이디 래븐스크로프트에게로 돌아간 거로군요?"

"실리아가 스위스에 도착하자 로잔에서 함께 지낸 언니가 그 앨 학교에 넣어

줬어요. 그 학교는 대여섯 살 정도의 여학생들만 있는 곳이죠. 실리아는 그 학교에서 공부를 하면서 제가 돌아오길 기다렸죠. 전 3~4주일 뒤에 돌아왔어요."

"결국 당신은 그 사건이 일어났을 때 오버클리프 저택에 있었군요."

"그래요, 오버클리프 저택에 있었어요. 래븐스크로프트 장군 부부는 여느 때와 마찬가지로 그날도 산책하러 나갔어요. 그러고는 다시 돌아오지 못했죠. 그들은 총에 맞은 시체가 되어 발견되었어요. 그들 시체 옆엔 권총이 놓여 있었어요. 그건 래븐스크로프트 장군의 총이었는데, 늘 서재의 책상서랍에 보관해 두었던 거죠. 그런데 그 총엔 그 부부의 지문이 찍혀 있었어요. 하지만 마지막으로 그 총을 만진 사람이 누구라는 표시는 없었죠. 권총에 남아 있는 두 사람의 지문은 좀 더럽혀져 있었죠. 결국 동반 자살이라는 게 가장 명확한 해결책이었어요."

"그 해결책에 의심할 만한 이유가 없다고 봅니까?"

"경찰에선 의심할 만한 이유가 없다고 했어요. 저도 그렇게 생각했죠."

"그렇군요." 포와로가 말했다.

"뭐라고 하셨어요?" 마드모아젤 모우래가 물었다.

"아닙니다. 아무것도 아닙니다. 혼잣말로 웅얼거린 것뿐입니다."

포와로는 그녀를 쳐다보았다. 아직 세지 않은 갈색 머리칼과 꼭 다문 입술, 잿빛 눈, 그리고 감정을 나타내지 않는 이 얼굴은 완벽하게 스스로를 자제할 능력이 있는 여자가 틀림없었다.

"그렇다면 더 이상 말해줄 게 없겠군요?"

"그래요. 너무 오래전 일이라서."

"당신은 그 때의 일을 아주 잘 기억하고 있군요."

"그래요. 그렇게 비극적인 일을 모조리 잊어버릴 수는 없는 일이죠."

"실리아가 그 사건에 대해서 더 이상 말해주지 못할 거라고 생각합니까?"

"이제 금방 전에 더 이상 말씀드릴 게 없을 거라고 말했잖아요?"

"그 사건이 일어나기 전에 당신은 오버클리프 저택에서 지내고 있었어요. 4~5주 정도―아니, 6주일쯤 되었겠군요."

"더 오래 있었어요. 처음엔 실리아의 가정교사 겸 보모로 있었지만, 그 애가 학교에 가고 난 뒤에 레이디 래븐스크로프트를 도와줬죠."

"레이디 래븐스크로프트의 언니도 당시에 함께 지내고 있었죠?"

"그래요. 그녀는 얼마 동안 병원에서 특별 치료를 받았어요. 상태가 많이 좋아졌다고 들었어요. 그 선생도(의사 선생 말이에요) 그녀가 친척들과 가정적인 분위기에서 정상적인 생활을 하는 게 좋다고 했죠. 실리아가 학교에 갔기 때문에, 레이디 래븐스크로프트도 언니를 오라고 해서 함께 지내기가 더욱 좋았을 거예요."

"그 쌍둥이 자매는 사이가 좋았습니까?"

"글쎄요."

마드모아젤 모우래는 미간을 찌푸렸다. 포와로가 방금 던진 질문이 그녀의 관심을 불러일으킨 모양이었다.

"이상한 점이 있었어요. 그 사건이 일어난 뒤에, 아니 그 당시에 전 이상하다는 생각을 했어요. 아시다시피, 두 사람은 일란성 쌍둥이에요. 두 사람 사이엔 어떤 유대관계 같은 게 있었죠—애정과 상호신뢰 같은 거 말이에요. 그런데 두 사람은 너무 다른 점도 있었어요."

"그게 무슨 말입니까? 다른 점도 있었다니?"

"아, 그건 그 비극적인 사건과는 아무 관계가 없는 거예요. 그런 얘긴 아니에요. 하지만 어떻게 말해야 좋을까. 분명히 육체적이며 정신적인 결함이 있었어요—당신은 어떻게 말씀하실지는 모르겠지만 말이에요. 요즘엔 정신적인 불안이 육체적으로 영향을 준다는 학설을 믿는 사람들이 있어요. 의학계의 사람들은, 일란성 쌍둥이들은 태어날 때부터 서로 강력한 유대관계를 갖고 있으며, 성격적으로 아주 비슷하다고 믿고 있죠. 비록 다른 환경에서 떨어져 자라더라도 똑같은 시간에 같은 일이 일어난다는 거예요. 말하자면, 두 사람은 똑같은 방향으로 가게 된다는 거죠.

의학적인 실례로 인용한 몇 가지 경우를 보면 정말 이상하다는 생각이 든다니까요. 자매가 있었는데, 한 사람은 프랑스에서 또 한 사람은 영국에서 살았어요. 그런데 두 사람은 똑같은 날에 똑같은 종류의 개를 골라서 길렀으며, 또 결혼한 상대도 이상할 정도로 닮은 사람이었어요. 그리고 거의 한 달 차이도 나지 않게 아이를 낳았죠. 두 사람은 상대방이 어디에 사는지, 무엇을 하는지도 모르면서도 마치 똑같은 패턴을 따라가야 하는 것 같았어요. 하지만 이와 반대인 경우도 있죠. 혐오와 질투 때문에 서로 떨어져 살기도 하며, 쌍둥이끼리 공통적인 지식이나 유사함에서 벗어날 길을 찾듯이 상대방을 거부하는 경우도 있어요. 그런 경우엔 아주 다른 결과를 가져올 수 있겠죠."

"압니다." 포와로가 말했다.

"그런 얘길 들은 적이 있어요. 또, 한두 차례 보기도 했고요. 사랑이 증오로 바뀌는 아주 쉽죠. 자신이 사랑한 사람에 대해선 무관심하다기보다는 증오하는 게 더 쉬우니까요."

"아, 알고 계시는군요." 마드모아젤 모우래가 말했다.

"그런 경우를 여러 번 봤죠. 레이디 래븐스크로프트의 언니도 동생을 좋아했습니까?"

"겉으로는 레이디 래븐스크로프트를 좋아하는 것 같았지만(이렇게 말해도 될지 모르겠으나), 표정은 그렇지 않았어요. 그녀는 레이디 래븐스크로프트와는 달리 신경질적이었어요. 특히 아이들을 싫어했죠. 그 이유는 모르겠어요. 젊었을 때 유산을 했기 때문인지도 모르죠. 또, 아이를 몹시 갖고 싶어했는데 뜻대로 되지 않자 아이들에게 원한 비슷한 감정을 품게 되었는지도 모르고요. 그래서 아이들을 몹시 싫어하게 됐을 수도 있는 일이죠."

"그런 감정 때문에 한두 번 심각한 일이 있었다죠?" 포와로가 물었다.

"누가 그런 말을 해줬나 보군요?"

"쌍둥이 자매가 인도에 있을 때 그들을 알고 있는 사람들에게서 들었습니다만. 레이디 래븐스크로프트가 남편과 함께 지내고 있었는데, 언니인 돌리가 퇴원해서 그들이 있는 곳으로 왔습니다. 그런데 그곳에서 아이들에게 사고가 일어났고, 돌리에게 부분적인 책임이 있다고 여겨졌습니다. 결정적으로 증명할 만한 건 없었습니다만, 몰리의 남편은 처형을 영국으로 보내서 그녀를 다시 정신요양원에 입원시켜야 했죠."

"그래요. 그렇게 됐죠. 물론 제가 직접적으로 알고 있는 건 아니지만 말이에요."

"아니, 당신이 직접 알고 있는 사실도 있습니다."

"그렇다면 지금 이런 일들을 회상해 볼 이유가 없잖겠어요?"

"그날 오버클리프 저택에선 다른 일이 일어났을 수도 있습니다. 물론 동반 자살이었는지도 모르겠지만, 살해 사건이 있을 수도 있으며 몇 가지 다른 경우를 생각해 볼 수도 있죠. 당신은 사건의 진상에 대해서 알고 있습니다. 난 당신이 방금 말한 내용이 당신이 직접적으로 알고 있는 거라고 생각합니다. 당신은 그날 있었던 사건의 진상을 알고 있으며, 어쩌면 그 전에 일어난—아니, 일어나기 시작한 사건에 대해서도 알고 있을 거라고 생각합니다. 실리아가 스위스로 떠나고 당신이 오버클리프 저택에 갔을 때부터 말입니다. 당신에게 한 가지 물어보겠습니다. 어떤 대답이 나올지 궁금하군요. 사건에 대한 직접적인 정보가 아니라, 당신이 알고 있는 사실을 물어보는 겁니다. 래븐스크로프트 장군은 그 쌍둥이 자매에게 어떤 감정을 갖고 있었습니까, 마드모아젤?"

"뭘 물어보시는 건지 알겠어요."

처음으로 마드모아젤 모우래의 태도가 조금 바뀌었다. 더 이상 경계하는 모습이 아니었다. 그녀는 몸을 앞으로 기울이며 얘기했는데, 그렇게 하는 것이 마음이 놓인다는 듯한 표정이었다.

"두 사람 모두 아름다웠어요. 처녀 때는 말이죠. 많은 사람들이 그렇게 얘길 했죠. 처음에 래븐스크로프트 장군은 정신적으로 문제가 있는 돌리와 사랑에 빠졌어요. 돌리는 조금 이상한 성격이긴 했지만 아주 매력적이었죠—정열적인 여자였으니까요. 장군은 돌리를 아주 사랑했는데, 그러다가 그녀에게서 어떤 점을 발견했던 모양이에요. 경계심을 불러일으키거나, 어떤 혐오감을 주는 점을 봤던 것 같아요. 정신이상자들의 초기 증세 같은 거였겠죠. 그러는 사이에 그의 마음은 돌리의 동생에게로 쏠렸어요. 장군은 동생에게 빠져서 그녀와 결혼했죠."

"결국 래븐스크로프트 장군은 두 여자를 사랑했군요. 시기적으로 같진 않지만, 두 여자에게 진실한 애정을 갖고 있었던 거죠."

"그래요. 그는 몰리에게 헌신적이었고, 두 사람은 서로를 신뢰했죠. 장군은 아주 낭만적인 사람이었어요."

"실례의 말입니다만, 당신도 장군을 사랑하지 않았습니까?"

"당신이—당신이 어떻게 그런 말을 하시는 거죠?"

"실례를 무릅쓰고 한 말입니다. 당신과 장군 사이에 애정문제가 있었다는 뜻은 아닙니다. 그런 종류가 아니라, 그저 당신이 장군을 사랑했다는 뜻이죠."

"맞아요." 젤리 모우래가 말했다.

"전 장군을 사랑했어요. 어떤 의미에서는 지금도 사랑하고 있어요. 부끄러워할 게 아무것도 없죠. 장군은 절 믿고 의지했지만, 결코 사랑하진 않았어요. 전 장군을 사랑할 수 있고 도와줄 수 있다는 것만으로 행복했죠. 그 이상의 것은 원하지 않았어요. 믿음, 동정, 신용—"

"그래서 당신은 장군이 인생에서 중대한 위기에 처했을 때 그를 도와줄 수 있었던 거로군요. 아마 내게 말하고 싶지 않은 사실들이 있을 겁니다. 당신에게 할 얘기가 있는데, 내게 들어온 여러 가지 정보와 내가 알아낸 사실들로 추측해 본 것들입니다. 당신을 만나러 오기 전에 난 몰리뿐만이 아니라 돌리에 대해서 잘 알고 있는 사람들에게서 그들의 얘길 들었습니다. 그래서 돌리의 비극적인 생애 뒤에 깔린 고통과 불행, 그리고 증오와 악마에 대한 편중, 또 자식들에게 유전될 수 있는 파괴욕에 대해서 알게 되었죠. 그녀가 자신의 약혼자였던 남자를 진실로 사랑했다면, 동생이 그와 결혼했을 때 동생에게 증오심을 품었다는 건 어쩌면 당연한 일입니다. 그리고 절대로 동생을 용서하지 않았겠죠. 하지만 몰리 래븐스크로프트는 어땠습니까? 그녀는 언니를 좋아했나요, 혹시 싫어하진 않았습니까?"

"아, 그렇지 않았어요." 젤리 모우래가 말했다.

"그녀는 언니를 사랑했어요. 아주 진실하고 보호적인 사랑을 했죠. 전 그 사실을 잘 알고 있어요. 몰리는 언니에게 자기 집에 와서 함께 지내자고 늘 얘기했죠. 그리고 언니를 불행과 위험에서 구해내 주고 싶어했어요. 왜냐하면 돌리는 자주 병이 재발되어서 위험스러운 발작을 일으키곤 했거든요. 어떤 때는 몹시 두려워하기도 했어요. 글쎄, 당신도 잘 아실 거예요. 좀 전에 돌리는 이상하게도 아이들을 몹시 싫어했다고 했잖아요."

"돌리가 실리아를 싫어했다는 말입니까?"

"아니, 아니, 실리아가 아니라 그 애 동생인 에드워드를 싫어했죠. 에드워드는 두 번씩이나 위험한 사고를 당했어요. 한번은 차가 고장 났으며, 또 한 번은 아주 난폭한 사람에게 폭행을 당했죠. 몰리는 에드워드가 학교에 가게 되자 몹시 안도해 했던 것 같아요. 에드워드는 아주 어렸어요—실리아보다 많이 어렸죠. 겨우 여덟이나 아홉 살이어서 초등학교에 다니고 있었어요. 아주 상처받기 쉬운 나이였죠. 몰리는 그 애 때문에 걱정을 많이 했어요."

"알겠습니다." 포와로가 말했다.

"무슨 말인지 알겠습니다. 자, 그럼, 가발 얘기로 넘어가죠. 가발, 머리에 쓰는 가발 말입니다. 네 개의 가발. 한 사람이 가발을 네 개씩이나 갖고 있다는 건 너무 많은 숫자죠. 난 그 가발이 어떤 모양인지 알고 있습니다. 여분의 가발이 필요하자, 프랑스 여자가 런던의 가게에 가서 가발 모양을 설명하며 주문했죠. 또, 개도 있습니다. 비극적인 사건이 있었던 날, 래븐스크로프트 장군 부부는 개를 데리고 산책하러 나갔습니다. 그리고 그 이전에 그 개는 몰리 래븐스크로프트를 문 적이 있답니다."

"개가 사람을 무는 건 종종 있는 일이죠." 젤리 모우래가 말했다.

"믿을 만한 동물이 절대 못 됩니다. 그럼요, 그렇고말고요."

"그럼, 사건 당일에 일어났음 직한 일과 그전에 일어났었다고 생각되는 일에 대해 얘기하죠. 사건이 있기 전의 일 말입니다."

"제가 듣고 싶지 않다면 어떡하시겠어요?"

"당신은 듣게 될 겁니다. 그리고 내 생각이 틀렸다고 할지도 모르죠. 비록 당신이 틀렸다고 말한다 해도 난 당신이 진심으로 그렇게 생각한다고는 여기지 않습니다. 난 당신에게 내 생각을 말할 것이고, 또 그 사실을 진심으로 믿습니다. 지금 필요한 건 진실입니다. 단지 상상이나 추측이 아닙니다.

서로 사랑하는 남녀가 있는데, 그들은 과거에 있었던 사건과 부모가 자식에게 물려줄지도 모르는 어떤 성격 때문에 두려워하고 있어요. 난 지금 실리아를 생각하면서 하는 말입니다. 고집이 세고 활달하며 상대하긴 어렵지만, 총명하고 착하며 행복과 용기에 대한 능력을 갖춘 아가씨죠. 그래요—진실을 필요로 하는 사람들이 있습니다. 왜냐하면 그들은 당황하지 않고 진실을 직면할 수 있으니까요. 만일 인생이 살아갈 가치가 있는 거라면 누구든지 인생에서 갖추고 있어야 하는 그 용감한 수용성으로 진실을 직면할 수 있죠. 그녀가 사랑하는 청년 역시 그녀를 위해서 진실을 알아내고 싶어합니다. 내 얘길 듣고 있습니까?"

"예, 듣고 있어요." 젤리 모우래가 말했다.

"당신은 많은 걸 알고 있는 것 같군요. 내가 생각한 것보다 훨씬 많이 알고 있어요. 어서 말씀하세요. 들을 테니까."

제20장

사문회

에르퀼 포와로는 다시 벼랑 위에 서서 벼랑 아래에서 철썩철썩 바위에 부딪쳐 부서지는 파도를 바라보았다. 지금 그가 서 있는 바로 이곳에서 부부의 시체가 발견되었다. 또 여기에서 그 사건이 일어나기 3주일 전에 한 여자가 몽유병으로 걷다가 떨어져 죽기도 했다.

"왜 그런 일들이 일어났을까?"

이건 개로웨이 주임총경이 궁금해하는 점이었다.

어째서? 무엇 때문에 그런 일들이 일어났을까?

첫 번째 사건—그리고 3주일 뒤의 동반 자살. 기다란 그림자를 드리우는 오래된 죄. 몇 년 뒤에 비극적인 결말을 초래하는 발단. 오늘 여기에 모일 사람들이 있다. 진실을 추구하는 젊은 남녀. 그리고 진실을 알고 있는 두 사람.

에르퀼 포와로는 바다에서 몸을 돌려 오버클리프 저택으로 이어지는 좁다란 길로 들어섰다.

그리 멀지 않은 곳이었다. 그는 담장 바로 아래에 서 있는 몇 대의 차를 보았다. 하늘을 배경으로 서 있는 집의 윤곽이 드러나 보였다. 그 집엔 아무도 없었으며, 칠을 다시 해야 할 것 같았다. 거기엔 '살기 좋은 집'을 판매한다는 부동산 중개업자의 표지가 걸려 있었다. 대문 위에 쓰인 오버클리프라는 글자에 줄이 그어지고 그 위에 다운하우스라고 쓰여 있었다.

포와로는 자기 쪽으로 걸어오고 있는 두 사람에게 다가갔다. 한 사람은 데스몬드 버튼콕스였고, 또 한 사람은 실리아 래븐스크로프트였다.

"부동산 중개소에서 들어가 봐도 좋다는 허락을 받았습니다."

데스몬드가 말했다.

"집을 구경하고 싶다고 하니까 쾌히 승낙하더군요. 열쇠를 받아왔으니까 안으로 들어가 볼 수도 있습니다. 지난 5년 동안 이 집의 주인이 두 번 바뀌었더군요. 하지만 이제 와서 이곳에 볼 게 남아 있을 리가 없잖겠습니까?"

"난 생각이 달라요." 실리아가 말했다.

"그동안 이 집엔 여러 사람이 살았어요. 처음엔 아처라는 사람이 살았고, 그 다음엔 팰로필드가 주인이 되었죠. 사람들 말로는 이 집이 너무 적적하다는 거예요. 그리고 지금 마지막으로 집을 갖고 있는 사람도 팔려고 내놨어요. 아마 그 사람들은 유령이라도 나온다고 생각했는지도 모르죠."

"유령의 집이 있다고 믿어?" 데스몬드가 물었다.

"글쎄, 물론 그렇게 믿진 않아요." 실리아가 말했다.

"하지만 있을 수도 있잖아요? 과거에 일어난 일과 장소 등등을 생각해 보면 말이에요."

"난 그렇게 생각지 않소." 포와로가 말했다.

"이곳에선 슬픔과 죽음이 있었지만 역시 사랑도 있었소."

택시 한 대가 길을 따라 달려왔다.

"올리버 부인일 거예요." 실리아가 말했다.

"기차로 와서 역에서 택시를 탈 거라고 하셨거든요."

택시에서 두 여자가 내렸다. 올리버 부인이 키가 크고 우아한 차림새의 여자와 함께 내렸다. 포와로는 그 여자가 올 거라고 알고 있었기 때문에 별로 놀라지 않았다. 그는 실리아가 어떤 반응을 나타내는지 지켜보았다.

"어머!" 실리아가 앞으로 성큼 나아갔다.

실리아는 입술에 미소를 지으며 그 여자에게로 다가섰다.

"젤리!" 실리아가 말했다.

"젤리죠? 젤리군요! 어머, 정말 기뻐요. 선생님이 오실 줄은 몰랐어요."

"에르퀼 포와로 씨가 와달라고 부탁했어."

"알아요." 실리아가 말했다.

"알아요. 그러실 줄 알았어요. 하지만 이렇게ㅡ"

그녀는 말을 잇지 못했다.

젤리는 고개를 돌려 옆에 서 있는 잘생긴 청년을 쳐다보았다.

"데스몬드—맞지?"

"제가 마드모아젤 모우래, 젤리에게 편지를 보냈습니다. 지금도 젤리라고 불러도 되는지 모르겠군요."

"물론 되고말고." 젤리가 말했다.

"사실 난 오고 싶지 않았어. 오는 게 현명한 행동 같지가 않아서. 지금도 내가 잘한 건지 모르겠구나."

"전 궁금해요." 실리아가 말했다.

"데스몬드도 마찬가지예요. 데스몬드는 젤리가 진실을 말해줄 수 있을 거라고 생각하고 있어요."

"포와로 씨가 날 찾아와선 오늘 이곳에 와달라고 부탁하셨어."

젤리가 말했다.

실리아는 올리버 부인의 팔짱을 끼었다.

"전 대모님도 오시기를 바랐어요. 대모님도 이번 일에 직접적으로 관계가 있잖아요? 포와로 씨를 찾아가셨고, 또 대모님이 직접 몇 가지 사실도 알아내셨으니까요."

"난 사람들에게 물어봤어." 올리버 부인이 말했다.

"그 사건을 기억하고 있을 만한 사람들을 찾아다니면서 물어봤지. 몇몇 사람이 그 일을 기억하고 있더군. 그런데 올바로 기억하고 있는 사람들이 있는가 하면, 잘못 기억하고 있는 사람들도 있는 거야. 그런 게 사람을 혼란스럽게 만들지. 포와로 씨는 그런 건 중요한 문제가 아니라고 했지만 말이야."

"아니, 어떤 얘기가 소문이며 진실인가를 알아내는 건 중요한 일입니다. 왜냐하면 진실이 아니거나 설명할 수 없는 얘기들을 듣게 될 수도 있을 테니까요. 부인이 코끼리라고 말한 사람들에게서 얻은 지식을—." 그는 살짝 웃었다.

"코끼리?" 마드모아젤 젤리가 말했다.

"올리버 부인이 그렇게 부릅니다." 포와로가 말했다.

"코끼리는 기억할 수 있죠." 올리버 부인이 말했다.

"그 말로부터 난 이 일을 시작했어요. 코끼리가 기억할 수 있는 것처럼 사람들도 아주 오래전 일을 기억할 수 있죠. 물론 모든 사람들이 그렇지는 않지만, 많은 사람들이 기억하고 있어요. 난 그들에게서 들은 얘길 모두 포와로 씨에게 전해 줬어요. 그리고 포와로 씨는 어떤 걸 하나 만들었죠—의사들은 그런 걸 진단서라고 하던데."

"난 리스트를 만들었습니다." 포와로가 말했다.

"오래전에 일어난 사건의 진상을 지적해 줄 만한 리스트 말입니다. 지금 이 자리에서 몇 가지 항목을 읽어 드리겠습니다. 아마 그 사건에 관련된 사람들이라면 이 리스트가 중요하다는 걸 느낄 겁니다. 말하자면, 중요하게 여기는 사람도 있을 것이며 그렇지 않은 사람도 있겠죠."

"사람들은 그것이 자살이었는지 타살이었는지 궁금하게 여겨요."

실리아가 말했다.

"누군가가(어떤 외부 사람이) 우리가 알지 못하는 어떤 이유나 동기 때문에 우리 부모님에게 총을 쏜 게 아닐까요? 단정 짓기는 어렵지만 말이에요."

"우린 이곳에서 묵을 겁니다." 포와로가 말했다.

"지금 집 안으로 들어가겠다는 건 아닙니다. 이 집엔 다른 사람들이 살았으므로 분위기도 많이 달라졌겠죠. 우리의 사문회(査問會 : 조사하여 캐묻기 위한 모임)가 끝나고 나서 원하신다면 들어가 보죠."

"사문회라고요?" 데스몬드가 말했다.

"그렇소. 과거 사건에 대한 사문회."

포와로는 집 건물 옆의 커다란 목련나무 그늘에 있는 쇠의자 쪽으로 걸어 갔다. 그는 갖고 있던 가방에서 서류 한 장을 꺼냈다. 그러고는 실리아에게 말했다.

"아가씨 생각은 어떻소? 자살이었겠소, 아니면 타살이었겠소?"

"그 두 가지 가운데 하나겠죠." 실리아가 말했다.

"난 그 두 가지 모두 사실이라고 봐요. 그 사건은 자살이기도 하고 타살이기도 해요. 그리고 사형집행이라고 부를 만큼 비극적인 사건이오. 서로 사랑했으며, 사랑을 위해서 죽은 두 사람의 비극. 로미오와 줄리엣보다 더한 사랑의 비극이었소. 젊은 사람들만이 사랑의 고통을 겪고 사랑을 위해서 목숨을 바치는 게 아니라오. 절대 아니지."

"무슨 말씀을 하시는 건지 모르겠어요." 실리아가 말했다.

"그럴 테지."

"설명해 주시겠어요?" 실리아가 말했다.

"그럽시다." 포와로가 말했다.

"그 사건에 대한 내 생각과, 어떻게 해서 그렇게 생각하게 되었는지 말해 주겠소. 처음에 내 머리에 떠오른 것은, 사건이 경찰이 조사해낸 증거로는 설명되지 않았다는 거였소. 몇 가지는 너무 평범한 것이어서 증거가 되지 못했지. 죽은 마거릿 래븐스크로프트의 소지품에서 가발이 네 개가 나왔소."

그는 목소리를 높여서 말했다.

"네 개의 가발."

포와로는 젤리를 쳐다보았다.

"그분은 늘 가발을 쓰고 있진 않았어요." 젤리가 말했다.

"특별한 때에만 썼죠. 여행할 때나 외출할 때, 몹시 지저분하게 하고 있는데 급하게 몸치장을 해야 할 때나, 또는 가끔 밤 외출할 때 어울리는 가발을 쓰곤 했어요."

"그렇습니다." 포와로가 말했다.

"그런 특별한 날에 가발을 쓰는 게 당시의 유행이었죠. 외국여행을 할 때는 대개 가발 한두 개를 갖고 갔습니다. 하지만 마거릿은 가발을 네 개씩이나 갖고 있었습니다. 네 개의 가발은 내가 보기에도 조금 많은 숫자입니다. 어째서 그녀는 가발이 네 개씩이나 필요했을까요? 내가 물어본 경찰관의 말에 따르면 마거릿은 대머리도 아니었습니다. 그녀의 머리는 자기 나이 또래의 다른 여자들과 비슷했고, 머릿결도 괜찮은 편이었다더군요. 난 그 점이 의심스러웠습니다. 나중에 알게 된 사실인데, 가발 가운데 하나에는 회색 머리칼이 섞여 있었죠. 마거릿의 전속 미용사였던 사람이 말해 줬지요. 또 하나는 머리칼이 꼬불꼬불한 거였는데, 그녀는 죽었을 때 그 가발을 쓰고 있었습니다."

"그게 무슨 중요한 의미가 있는 건가요?" 실리아가 물었다.

"아무 가발이나 쓰고 있을 수도 있잖아요."

"그럴 수도 있겠죠. 가정부가 경찰에게 한 말에 따르면 마거릿은 죽기 몇 주일 동안은 줄곧 한 가지 가발만 썼답니다. 그 가발을 그녀가 특별히 좋아했던 모양이죠?"

"전 모르는 일이에요."

"개로웨이 주임총경이 자주 인용하는 말이 있죠. '모자를 바꿔 쓰면 사람도 달라진다.' 난 그 말이 퍼뜩 떠올랐습니다."

"모르겠어요." 실리아가 되풀이했다.

"또, 개라는 증거도 있죠." 포와로가 말했다.

"개―, 개가 무슨 말을 했나요?"

"그 개가 마거릿을 물었습니다. 사람들 말에 따르면 그 개는 여주인을 몹시 따랐다고 합니다. 하지만 그 사건이 있기 몇 주일 사이에 그 개는 여주인에게 몇 차례 덤벼들어 꽤 심하게 물었답니다."

"그분이 자살을 기도했었다는 뜻입니까?"

데스몬드가 포와로를 쳐다보았다.

"아니, 그것보다 훨씬 간단한 얘기죠."

"도무지 무슨 얘긴지 모르겠습니다."

포와로는 계속했다.

"아마 아무도 모를 겁니다. 그녀는 진짜 여주인이 아니었습니다. 여주인 행세를 했던 거죠. 앞이 잘 안 보이고 귀도 잘 들리지 않는 가정부는 몰리 래븐스크로프트의 옷을 입고 몰리 래븐스크로프트의 가발을 쓴 다른 여자를 봤던 겁니다. 가정부는 여주인이 죽기 마지막 몇 주일 동안 태도가 조금 이상했다고 말했습니다. 개로웨이 주임총경은 '모자를 바꿔 쓰면 사람도 달라진다.'는 말을 즐겨 했죠. 순간 그 생각이―그런 확신이 머리에 떠올랐습니다. 같은 가발을 다른 여자가 쓴다. 그 개는 알고 있었습니다―냄새로 알아냈겠죠. 자기가 따르는 여자가 아니라 미워하고 두려워하는 여자라는 걸 말입니다. 그래서 난 그 여자가 혹시 몰리 래븐스크로프트가 아니었을지도 모른다는 생각을 하게 됐죠. 그렇다면 누구일까요? 쌍둥이 언니인 돌리일 수밖에 없지 않을까요?"

"하지만 그건 불가능한 일이에요." 실리아가 말했다.

"아니, 불가능한 일이 아니오. 두 사람이 쌍둥이라는 걸 생각해 보면 말이오. 이제 올리버 부인에게서 들은 사실들을 정리해 보겠습니다. 사람들이 올리버 부인에게 말해줬거나 암시해 준 사실들이죠. 레이디 래븐스크로프트는 죽기 얼마 전에 병원인가 요양원에서 치료를 받았습니다. 그녀는 자신이 암에 걸렸다고 알고 있거나, 아마 걸렸을 거라고 생각했을지도 모르죠. 또한 그것에 대한 의학적인 증거도 있습니다. 레이디 래븐스크로프트는 자신이 암에 걸렸다고 생각했을지 모르지만, 사실은 그렇지가 않았습니다.

그리고 난 그녀와 쌍둥이 언니의 처녀시절에 대해 조금 알게 됐죠. 다른 쌍둥이들과 마찬가지로 두 사람은 서로를 거의 헌신적으로 사랑했고 모든 점이 비슷했어요. 똑같은 옷을 입었고, 신상에도 거의 똑같은 일이 일어났습니다. 두 사람은 동시에 앓았으며, 동시에 결혼해서 조만간 서로 헤어지게 됐죠. 그러고는 많은 쌍둥이들처럼 무엇이든지 서로 똑같은 방법으로 하고 싶어하는 것 대신에 서로 반대가 되고 싶어했습니다. 다시 말해서, 되도록이면 서로가 비슷하고 싶지 않았던 겁니다. 그리고 두 사람 사이엔 어떤 증오심 같은 감정이 싹트고 있었죠. 아니, 증오보다 더한 감정이었습니다.

실은 두 사람이 서로 반감을 가질 만한 과거가 있었던 겁니다. 앨리스테어 래븐스크로프트는 젊은 시절에 쌍둥이 가운데 언니인 도로시아 프레스턴그레이와 사랑을 했습니다. 하지만, 나중에 그의 마음은 동생인 마거릿에게 쏠려서 그녀와 결혼했죠. 물론 그 일로 쌍둥이 자매의 사이가 벌어졌습니다. 마거릿은 여전히 쌍둥이 언니에게 깊은 애정을 갖고 있었지만, 도로시아는 마거릿을 미워했습니다. 이 사실은 여러 가지를 설명해 줄 수 있죠.

도로시아는 비극적인 인물입니다. 자기 자신의 실수 때문만이 아니라 유전인자와 혈통, 그리고 선천적인 성격 때문에 그녀는 늘 정신적으로 불안한 상태였습니다. 도로시아는 젊었을 때 어떤 이유 때문에 아이들을 미워하게 됐습니다. 그런데 어떤 아이가 그녀 때문에 죽음에까지 이르게 됐다고 믿을 만한 이유가 있습니다. 증거가 확실하진 않았지만, 의사는 도로시아가 정신 치료를 받아야 한다고 충고했으며, 그녀는 몇 년 동안 정신요양원에서 치료를 받았습니다. 얼마 뒤 완쾌되었다는 의사의 진단을 받고 나서 도로시아는 일상생활로 되돌아와서 동생과 함께 지냈죠.

그리고 동생 부부가 인도에 갔을 때는 그곳으로 가기도 했습니다. 그런데 다시 사건이 벌어졌습니다. 이웃에 사는 아이였죠. 분명한 증거는 없었다고 하지만, 역시 도로시아의 행동이 틀림없었던 모양입니다. 래븐스크로프트 장군은 그녀를 영국으로 보냈으며, 그녀는 다시 의학 치료를 받았죠.

　얼마 뒤 역시 완쾌된 것 같았으며, 정상적인 생활을 해도 좋다는 의사의 허락이 내려졌습니다. 마거릿은 언니가 이번엔 정말 다 나았다고 믿었죠. 그래서 자신들과 함께 있으면서 언니가 불안증세를 다시 나타내는지 관찰하고 싶어했습니다. 하지만 아마 래븐스크로프트 장군은 반대했을 겁니다. 그는 발작을 일으킨다든가 선천적으로 신체적인 결함을 갖고 태어난 사람처럼, 도로시아의 머리에 이상이 있어서 병이 가끔 재발한다고 믿었습니다. 그래서 한시도 눈을 떼지 않고 감시하며 또 다른 비극적인 사건이 일어나게 되면 구해내야 한다고 생각했겠죠."

　"그러면 선생님은—." 데스몬드가 말했다.

　"래븐스크로프트 부부를 쏜 사람이 도로시아라는 말씀인가요?"

　"그런 게 아니오. 난 그렇게 생각지 않아요. 도로시아는 쌍둥이 동생인 마거릿을 죽였소. 어느 날 두 사람은 벼랑 위를 거닐다가 도로시아는 마거릿을 떠밀어 버렸소. 정상적이며 건강하고 자신에게 지나칠 정도로 신경을 써주는 여동생에 대한 증오와 질투가 잠재의식 속에 숨어 있었소. 질투와 증오, 그리고 죽이고 싶은 욕망이 갑자기 솟구치면서 도로시아를 사로잡고 만 거요. 사건이 일어났을 당시에 이곳에 있으면서 모든 걸 알고 있는 사람이 있습니다. 그 사람은 바로 여기 마드모아젤 젤리입니다."

　"그래요." 젤리 모우래가 말했다.

　"난 알고 있었어요. 당시에 이곳에 있었으니까요. 래븐스크로프트 부부는 도로시아에 대해서 몹시 걱정했어요. 그들은 도로시아가 자기들의 아들인 에드워드를 해치려고 하는 걸 본 순간부터 몹시 근심했죠. 그래서 에드워드를 학교로 보냈으며, 나와 실리아는 내가 경영하는 기숙학교로 갔어요.

　난 실리아를 그 학교에 넣고 나서 다시 이곳으로 돌아왔어요. 집에는 나와 래븐스크로프트 장군 부부, 그리고 도로시아만이 있었으므로 누구도 걱정할 필요가 없었죠. 그런데 어느 날 사건이 벌어진 거예요.

쌍둥이 자매가 함께 산책하러 나갔는데, 돌리 혼자 돌아온 거예요. 그녀는 이상할 정도로 초조해하는 모습으로 돌아와서는 탁자에 앉았어요.

그때 래븐스크로프트 장군이 그녀의 오른손에 피가 잔뜩 묻어 있는 걸 발견했어요. 장군은 돌리에게 어디에서 넘어지기라도 했느냐고 물었죠.

그러자 그녀는, '아니, 아니에요. 아무 일도 없었어요. 아무 일도 없었다고요. 장미덩굴에 긁힌 것뿐이에요.' 하고 말하더군요. 하지만 오버클리프 저택엔 장미덩굴이 없었죠. 너무 어리석은 거짓말이어서 우린 걱정을 했어요. 돌리가 가시금작화덩굴에 긁혔다고 했다면 우린 곧이들었을 거예요.

래븐스크로프트 장군과 난 밖으로 나갔어요.

그분은 걸어가면서 몇 번씩이나 이렇게 중얼거렸어요. '마거릿에게 무슨 일이 일어난 것 같소. 몰리에게 무슨 일이 있는 게 틀림없어.'

우린 벼랑 아래의 작은 길 바위 턱에서 몰리를 발견했어요. 그녀는 바위와 돌에 온몸이 긁혔더군요. 죽지는 않았지만, 피를 몹시 많이 흘리고 있었죠. 순간 우린 어떻게 해야 좋을지 정신이 없었어요. 감히 몰리를 옮길 엄두도 내지 못했죠. 이내 의사를 불러야겠다고 생각했지만, 몰리가 남편을 붙잡았어요. 그러고는 숨을 가쁘게 몰아쉬면서 이렇게 말했어요.

'그래요, 돌리의 짓이에요. 언니는 자신이 무슨 짓을 하는지 모르고 있었어요. 앨리스테어, 언니는 정말 몰랐어요. 이 일로 언니에게 고통을 주지 말아요. 언니는 자신이 무슨 짓을 하는지, 또 이유가 뭔지도 몰랐어요. 어쩔 수 없는 일이잖아요. 정말 어쩔 수 없는 일이에요. 나와 약속해요, 앨리스테어. 난 곧 죽을 거예요. 아니—의사를 부를 여유도 없으며, 의사도 어떻게 손을 쓸 수 없을 거예요. 난 피를 흘리며 죽어가고 있어요. 그래요, 난 바로 죽음 앞에 다다랐어요. 난 곧 죽을 거예요. 하지만 약속해줘요. 언니를 용서하겠다고 약속해줘요. 언니가 경찰에 끌려가지 않도록 하겠다고 약속해줘요. 언니가 날 죽인 죄로 재판을 받아서 평생 범죄자로 감옥에서 살지 않도록 하겠다고 약속해줘요. 내 시체가 발견되지 않도록 내 몸을 어디에 숨겨요. 제발, 부탁이에요. 마지막 부탁이에요. 난 세상의 누구보다도 당신을 사랑해요. 당신을 위해서 살 수 있다면 얼마나 좋겠어요. 하지만 난 더 이상 살 수 없어요. 느낌으로 알 수 있어요. 난 작은 길을 간신히 기어왔지만, 더 이상은 움직이지 못하겠어요. 약속해줘요. 그리고 당신, 젤리도 날 사랑해요. 난 알고 있어요. 날 사랑했으며, 내게 잘해줬고 늘 보살펴 줬어요. 그리고 우리 아이들도 좋아했죠. 그러니 당신도 돌리를 용서해줘야 해요. 불쌍한 돌리를 용서해줘야 한다고요. 제발, 부탁이에요. 우린 서로 사랑하기 때문에 돌리를 구해줘야 한다는 거예요.”

“그래서 당신은 어떻게 했습니까? 두 사람이 무슨 방법을 썼을 텐데 말입니다—.” 포와로가 말했다.

“그래요. 알다시피, 몰리는 죽었어요. 마지막 말을 한 지 10분도 되지 않아서 죽었죠. 그래서 난 래븐스크로프트 장군을 도와줬어요. 장군이 그녀의 시체를 숨기는 걸 거들어줬죠. 벼랑에서 조금 떨어진 곳에 숨기기로 결정했어요.

우린 그녀를 그곳으로 옮겼죠. 그곳엔 바위와 돌들이 있었는데, 그곳에다 시체를 아무도 모르게 숨겼어요. 그곳으로 이르는 길 같은 것도 없었어요. 정말 험한 곳이었죠. 우린 몰리를 그곳에다 뒀어요.

앨리스테어는 여러 차례 이렇게 중얼거렸어요. ‘난 몰리와 약속했소. 그리고 그 약속을 지켜야 하오. 하지만 어떻게 해야 되는지 모르겠소. 누가 어떻게 돌리를 구할 수 있는 건지 모르겠단 말이오. 정말 모르겠소. 하지만—’

우린 그렇게 해냈어요. 돌리는 집에 있었죠. 그녀는 두려움으로 절망감에 빠져 겁에 질려 있었어요. 그렇지만 끔찍스럽게도 어떤 만족스러워하는 표정을 짓고 있더군요. 돌리는 이렇게 말했어요.

‘난 오래전부터 알고 있었어요. 몰리가 악마라는 걸 알고 있었다고요. 그 앤 내게서 당신을 빼앗아갔어요, 앨리스테어. 당신은 날 사랑했어요. 그런데 그 애가 내게서 당신을 빼앗아서 결혼하고 만 거예요. 그래서 난 언젠가 그 애에게 복수를 해야겠다고 생각하고 있었죠. 지금은 무서워요. 사람들이 날 어떻게 할까요—뭐라고 할까요? 다시는 갇히고 싶지 않아요. 정말 갇히고 싶지 않다고요. 또다시 갇힌다면 미치고 말 거예요. 당신은 날 구해줄 수 있어요. 경찰은 날 끌고 가서 살인죄가 있다고 하겠죠. 난 살인을 저지른 게 아니에요. 마땅히 해야 할 일을 한 것뿐이라고요. 언젠가는 반드시 해야 할 일이었어요. 난 피를 보고 싶었어요. 하지만 몰리가 죽는 걸 보고 있을 수가 없었어요. 난 도 망쳐 왔죠. 하지만 몰리는 죽었을 거예요. 난 당신이 몰리를 찾지 못하기를 바 랐어요. 그 앤 단순히 벼랑에서 떨어진 거예요. 사람들은 불의의 사고라고 말 하겠죠.'"

"무서운 얘기로군요." 데스몬드가 말했다.

"그래요." 실리아가 말했다.

"무서운 얘기예요. 하지만 알고 있어야 해요. 그렇잖아요? 난 그분이 불쌍하 다는 생각이 들지 않아요. 우리 엄마 말이에요. 엄마는 다정한 분이었어요. 엄 마에겐 어떤 악마의 흔적도 없었어요―아주 좋은 분이었죠. 그리고 왜 아버지 가 돌리 이모와 결혼하고 싶지 않았는지 까닭을 이해할 수 있겠어요. 처음에 아버지는 돌리 이모를 사랑했기 때문에 이모와 결혼하고 싶어했어요. 그런데 어느 순간 돌리 이모에게 이상이 있다는 걸 알았던 거예요. 뭔가 좋지 않은 면이 있다는 걸 깨달았던 거죠. 하지만 어떻게―어떻게 그럴 수가 있었죠?"

"사실 우린 많은 거짓말을 했어요." 젤리가 말했다.

"우린 몰리의 시체가 발견되지 않기를 바랐죠. 그래서 날이 어두워지면 그 녀 스스로 바다에 뛰어든 것처럼 보일 수 있는 곳으로 시체를 옮기려고 했어 요. 그러다가 잠자면서 걷는 얘길 생각해낸 거예요. 정말 아주 간단한 일이었 죠. 앨리스테어는 이렇게 말했어요. '알다시피 끔찍한 일이오. 하지만 난 맹세 했소―몰리가 죽는 순간 맹세한 거요. 그녀의 부탁을 들어주기로 약속했소. 방 법이 있을 거요. 돌리만 자기 역할을 해준다면 그녀를 구할 방법이 있을 거요. 그런데 돌리가 제대로 해낼 수 있을지 모르겠군.'

그래서 제가 물었죠. '무슨 일인데요?'

그러자 앨리스테어가, '돌리가 몰리가 되는 거요. 잠자면서 걷다가 떨어져 죽은 건 도로시아가 되는 거고.' 하고 말했어요. 우린 그렇게 하기로 했죠.

전 미리 봐둔 빈 오두막으로 돌리를 데러가서 며칠 동안 함께 지냈어요.

앨리스테어는 사람들에게 몰리는 언니가 밤에 잠자면서 거닐다가 벼랑에서 떨어져 죽은 걸 알고는 충격을 받아 병원으로 치료를 받으러 갔다고 말했죠. 얼마 뒤 우린 돌리를 데려왔어요. 몰리가 되어 돌아온 거죠―몰리의 옷을 입고 가발을 쓰고서 말이에요. 머리칼이 고불고불한 가발을 내가 갖고 있었는데, 그걸 쓰니까 영락없는 몰리였어요. 나이가 많은 자넷이라는 가정부는 눈이 아주 좋지 않았죠. 아시다시피, 돌리와 몰리는 서로 아주 비슷했고 목소리까지도 닮았어요. 죽은 사람이 돌리라는 걸 의심하는 사람은 아무도 없었어요. 그녀는 충격 때문에 종종 이상한 행동을 보였으니까요. 아주 자연스러웠죠. 끔찍스러울 정도로 자연스러웠어요."

"하지만 돌리 이모가 어떻게 입을 다물고 있을 수가 있었을까요?"

실리아가 물었다.

"굉장히 어려웠을 텐데."

"그렇지 않았어. 어렵지 않았지. 돌리는 자기가 원하던 걸 얻었으니까—늘 원하던 걸 말이야. 앨리스테어와 함께 지내게 되었으니까."

"하지만 아버지는 어떻게 그런 걸 참으실 수 있었을까요?"

"앨리스테어는 이유와 방법을 얘기해줬어. 그날 그분은 내가 스위스로 돌아가도록 주선해 놨지. 그러고는 내가 해야 할 일과 자신이 앞으로 할 일에 대해서 설명해줬어.

앨리스테어는 이렇게 말했어요. '내가 할 일은 단 한 가지뿐이오. 난 돌리를 경찰에 넘기지 않을 거고, 그녀가 살인자라는 게 알려지지 않도록 할 거요. 아이들이 이모가 살인자라는 걸 절대로 알지 못하도록 하겠다고 마거릿과 약속했소. 돌리가 살인을 저질렀다는 걸 알아야 할 사람은 아무도 없소. 그녀는 잠자면서 거닐다가 벼랑 위에서 떨어진 거요—슬픈 사고였으며, 그녀는 자신의 이름으로 여기에 묻히게 될 거요.'

'어떻게 그렇게 할 수 있어요?' 하고 내가 물었죠. 나로선 참을 수 없는 일이었으니까.

장군은 이렇게 말하더군요. '내가 앞으로 어떤 조치를 취할 생각이기 때문에—당신이 그것에 대해 알아야 하오. 알다시피, 돌리는 더 이상 살 수가 없소. 이웃에 아이들이 있다면 그녀는 몇 명의 목숨을 빼앗아갔을 거요—가엾은 영혼. 그녀는 살 가치가 없는 사람이오. 하지만 당신이 알아야 하는 건, 젤리, 내가 앞으로 해야 할 일 때문에 나도 내 목숨을 버려야 한다는 거요. 난 아내

역할을 하는 돌리와 몇 주일 동안 조용하게 살 거요. 그러고는 다른 비극이 일어나겠지—.'

난 앨리스테어가 무슨 말을 하는 건지 이해하지 못했어요. 그래서 이렇게 물었죠. '다른 비극이라뇨? 또 잠자면서 걷는 거예요?'

그러자 그가 이렇게 말했어요.

'아니, 세상엔 나와 몰리가 동반 자살했다고 알려질 거요. 그 이유는 절대로 밝혀지지 않겠지. 사람들은 몰리가 자신이 암에 걸렸다고 확신했거나, 아니면 내가 그렇게 생각했다거나, 암시받을 만한 어떤 일들이 있었기 때문에 자살했을 거라고 생각하겠지. 하지만, 당신이 날 도와줘야 하오, 젤리. 당신은 날 사랑하고 몰리를 사랑하고, 또 아이들을 사랑하는 사람이오. 돌리가 죽게 된다면 범인은 바로 나요. 그녀는 불행하거나 두려워하지 않을 거요. 난 돌리를 쏘고 나서 나 자신도 쏠 생각이오. 그녀는 죽기 바로 전에 권총을 만질 테니까 지문이 남게 될 테고, 내 지문도 역시 남게 될 거요. 정의는 반드시 행해져야 하며, 내가 그 실행자가 되어야 하오. 당신이 알아주기를 바라는 건, 내가 그 두 사람을 사랑했고—아니, 아직도 사랑하고 있다는 거요. 난 몰리를 나 자신보다도 더 사랑했소. 돌리는 타고난 성격이 그렇기 때문에 몹시 동정을 했고.'

그러고는 '영원히 잊지 않을 거요.' 하고 말했어요."

젤리는 일어서서 실리아에게로 왔다.

"이제 진실을 알게 되었지?" 젤리가 말했다.

"난 네게 절대로 말하지 않겠다고 네 아버지와 약속했어. 그런데 약속을 어기고 말았구나. 난 너뿐만이 아니라 아무에게도 밝히지 않을 생각이었는데, 포와로 씨 때문에 생각이 바뀌었지. 너무나 끔찍한 얘기라서—."

"젤리가 어떤 생각을 하시는지 알겠어요." 실리아가 말했다.

"선생님 입장에서 보면 선생님의 행동이 옳았겠죠. 하지만 저로서—저로선 사실을 알게 되어서 기뻐요. 이젠 어깨 위의 무거운 짐을 벗은 기분이에요."

"이제 알겠습니다—." 데스몬드가 말했다.

"우린 그 사실에 전혀 마음 쓰지 않을 겁니다. 비극적인 사건이었죠. 여기

계신 포와로 씨가 말씀하신 것처럼, 서로 사랑한 두 사람의 비극이었습니다.

하지만 그분들은 서로 사랑했기 때문에 서로를 죽이진 않았습니다. 한 사람은 살해되었으며, 또 한 사람은 인간적인 측면에서 살인자를 처형했습니다. 더이상 어린애들이 위험에 처하지 않도록 하기 위해서 말이죠. 그 장군의 행동이 틀렸다면 그분을 용서해 줄 수 있지만, 저로선 장군의 행동이 잘못되었다고 생각지 않습니다."

"돌리 이모는 무서운 여자였어요." 실리아가 말했다.

"어렸을 때 전 돌리 이모를 무서워했죠. 하지만 그 까닭을 몰랐어요. 이젠 알겠군요. 전 아버지가 그런 일을 하실 만큼 용기 있는 분이라고 생각해요. 아버진 어머니가 숨을 거두면서 부탁하신 일을 하신 거예요. 어머니가 몹시 좋아했던 쌍둥이 언니를 구하신 거죠. 오, 지금 이런 말을 하는 건 별로 의미가 없겠죠—."

실리아가 미심쩍은 눈으로 포와로를 쳐다보았다.

"아마 선생님은 그렇게 생각하시지 않을 거예요. 선생님이 가톨릭 신자였으면 좋겠군요. 하지만 그분들의 묘비엔 이렇게 쓰여 있었죠 '죽음이 이들을 갈라놓지 못하리라.' 그분들이 함께 죽었다는 뜻은 아니지만, 전 그분들이 함께 있다고 생각해요. 그분들은 결국 함께 온 거예요. 서로를 몹시 사랑한 두 분과 이모 이모에 대해 가졌던 생각을 바꾸려고 애쓰고 있어요. 가엾은 이모는 자신의 힘으로도 자제할 수 없이 행해지는 행동 때문에 고통받을 필요가 없었어요. 잘 들어보세요—."

실리아는 평상시보다 조금 높은 목소리로 말했다.

"이모는 좋은 사람은 아니었어요. 좋은 사람이 아니더라도 어쩔 수 없이 좋아하게 되는 경우가 있잖아요. 아마 이모가 노력을 했다면 달라질 수도 있었겠지만, 이모는 그러질 못했어요. 만일 그렇다면 사람들은 이모를 중병에 걸린 사람으로 생각했겠죠. 예를 들면 마을에서 전염병에 걸린 사람처럼 외출도 못하게 하고, 함께 식사도 못 하게 하고, 다른 사람들과 어울리지도 못하게 했을 거예요. 마을 사람들이 모두 죽는다는 핑계로 말이에요. 그렇겠죠

하지만 전 이모에게 죄송한 마음을 금치 못하겠군요. 그리고 아버지와 어머

니는—전 더 이상 두 분에 대해서 걱정하지 않겠어요. 두 분은 서로를 몹시 사랑했으며, 또 가엾고 불행하고 질투심에 사로잡힌 돌리 이모를 사랑하셨어요."

"실리아—." 데스몬드가 말했다.

"우린 될 수 있는 대로 빨리 결혼하는 게 좋겠어. 실리아에게 한 가지 말할 수 있지. 우리 어머니는 이 문제에 대해서 아무 얘기도 듣지 못하실 거야. 친어머니도 아니고, 게다가 이런 비밀스러운 이야기를 간직하고 있을 만한 분도 아니니까."

"당신 양모는, 데스몬드—." 포와로가 말했다.

"이건 믿을 만한 근거가 있는 사실이오. 그녀는 당신과 실리아 사이에 끼어들어서 실리아가 부모로부터 아주 몹쓸 성격을 물려받았을지도 모른다고 당신에게 은근히 암시를 주고 싶어하고 있소. 당신이 아는지는 모르겠지만, 나로선 당신에게 말해 주지 말아야 할 이유가 없는 일이지. 당신은 얼마 전에 당신에게 모든 재산을 남기고 세상을 떠난 친어머니에게서 유산을 상속받게 될 게요. 당신이 스물다섯 살이 되면 꽤 많은 돈을 받게 되겠지."

"제가 실리아와 결혼한다면 물론 생활비가 필요할 겁니다. 알고 있습니다. 지금의 양모는 돈에 대해서 아주 예민한 분이죠. 지금도 양모에게 종종 돈을 빌려주곤 합니다. 언젠가는 제가 스물한 살이 넘었는데도 유언장을 남겨두지 않은 건 아주 위험한 일이니 변호사를 한번 만나보라고 은근히 권하더군요.

양모는 자신이 그 돈을 갖게 될 거라고 생각하는 것 같습니다. 사실 전 얼마 전까지만 해도 양모에게 재산을 남겨야겠다고 생각해 왔습니다. 하지만 실리아와 전 곧 결혼할 테니, 모든 걸 실리아에게 남길 겁니다. 그리고 양모가 실리아와 저 사이를 갈라놓으려고 하는 게 맘에 들지 않습니다."

"당신이 의심하는 게 모두 옳을 게요." 포와로가 말했다.

"그리고 낭신 양모로서도 자신도 최선을 다했으며, 실리아의 혈통에 위험스러운 면이 있나 알아낼 필요가 있다고 스스로에게 말할 수 있겠지."

"그렇습니다." 데스몬드가 말했다.

"하지만 전 매정한 사람이 아닙니다. 양모는 절 양자로 데려와서 길러주셨으니 제게 충분한 돈이 생긴다면 양모에게 어느 정도 드릴 수도 있습니다. 실리아와 전 그 나머지를 갖고 행복하게 살아갈 겁니다. 그 사건은 때때로 우릴 슬프게 하겠지만, 우린 더 이상 걱정하지 않을 겁니다. 그렇지, 실리아?"

"그래요. 우린 다신 걱정하지 않을 거예요. 어머니와 아버진 멋진 분들이었어요. 어머니는 늘 자신의 언니를 돌보려고 애썼지만, 그건 헛된 일이었던 것 같아요. 인간의 본성이란 바꾸기가 어려운 거죠"

"아, 착한 아이들 같으니라고." 젤리가 말했다.

"아이라고 해서 미안하구나. 이젠 아이가 아닌데 말이야. 나도 잘 알고 있지. 이렇게 다시 만나게 되어 무척 기뻐. 또, 내 행동이 해가 되지 않았다는 걸 알게 되어서 기쁘고"

"하나도 해가 되지 않았어요. 그리고 만나게 되어서 정말 기뻐요, 젤리."

실리아는 그녀에게 다가가서 꼭 껴안았다.

"전 지금도 젤리를 좋아해요"

"저도 좋아했습니다." 데스몬드가 말했다.

"제가 옆집에 살 때 말이에요. 우리와 어울려서 재미있게 놀아줬죠"

두 젊은이가 돌아섰다.

"고맙습니다, 올리버 부인." 데스몬드가 말했다.

"친절하시게도 많은 활동을 하셨죠. 고맙습니다, 포와로 씨."

"그래요. 정말 고마워요." 실리아가 말했다.

두 사람은 다정하게 걸어나갔다. 나머지 사람들은 그들의 뒷모습을 지켜보았다.

"그럼—, 저도 이만 가봐야겠어요." 젤리가 말했다.

그녀는 포와로 쪽으로 몸을 돌렸다.

"어떻게 하실 거예요? 이 일을 다른 사람에게 말할 건가요?"

"비밀스럽게 말할 사람이 꼭 한 명 있습니다. 은퇴한 경찰인데, 지금은 전혀 활동하지 않습니다. 완전히 은퇴한 사람이죠. 그리고 시간이 쓸어가 버린 사건에 새삼스럽게 간섭하고 나서는 것이 자신의 의무라고 생각지 않는 사람입니다. 그가 아직도 현역 경찰이라면 문제는 달라지겠지만 말입니다."

"끔찍한 이야기예요." 올리버 부인이 말했다.

"끔찍해요. 제가 얘길 나눈 사람들은 모두—그래요, 이젠 알겠어요, 뭔가를 기억하고 있었어요. 사건의 진상을 가리켜주는 사실을 기억하고 있었죠. 그런데 서로 이어 맞추질 못했던 거예요. 언제나 아주 이상한 것들을 이어 맞출 수 있는 포와로 씨를 제외하고는 말이에요. 가발과 쌍둥이 같은 것 말이죠."

포와로는 주위의 경치를 바라보고 서 있는 젤리에게로 걸어갔다.

"당신이 알고 있는 사실을 밝혀달라고 설득한 날 비난하진 않겠죠?"

"그래요. 오히려 기뻐요. 당신의 판단이 옳았어요. 두 사람은 아주 매력적이며 썩 잘 어울리는 것 같아요. 아마 행복하게 살 거예요. 여기엔 한때 두 연인이 살고 있었죠. 그리고 여기에서 세상을 떴어요. 전 래븐스크로프트 장군의 행동을 탓하진 않아요. 그건 잘못된 행동이었는지도 모르죠. 아니, 잘못된 행동이었다고 생각할 수도 있어요. 하지만 장군을 비난할 순 없어요. 잘못됐다고 해도 제가 보기엔 용감한 행동이었으니까요."

"당신은 래븐스크로프트 장군을 사랑했었잖습니까?"

에르큘 포와로가 말했다.

"그래요. 지금도 사랑하고 있어요. 이 집에 도착하는 순간부터 장군에게 맘이 쏠렸어요. 하지만 장군은 제 맘을 몰랐을 거예요. 우리는 세상 사람들이 생각하는 그런 사이가 아니었어요. 장군은 절 믿고 좋아했죠. 전 그들 두 사람을 모두 사랑했어요. 래븐스크로프트 장군과 마거릿을 말이죠."

"물어볼 게 있는데, 장군은 몰리뿐만이 아니라 돌리도 사랑했죠?"

"끝까지 포기하시지 않는군요. 장군은 쌍둥이 자매를 모두 사랑했어요. 그래서 기꺼이 돌리를 구해 주려고 했던 거죠. 몰리가 그런 부탁을 한 것도 장군이 돌리를 좋아하는 걸 알고 있었기 때문이에요. 장군이 그 자매 가운데 누굴 더 좋아했을까요? 전 모르겠어요. 그건 아마 아무도 알아내지 못할 거예요. 모를 거예요—절대로 모를 거예요."

포와로는 잠시 젤리를 바라보다가 돌아섰다.

그는 올리버 부인에게 다가갔다.

"이젠 런던으로 돌아가야죠. 비극적인 사건과 애정에 얽힌 문제는 잊어버리고 평상시 생활로 돌아가야겠죠"

"코끼리는 기억할 수 있어요." 올리버 부인이 말했다.

"하지만 우린 인간이에요. 자비롭게도 우리 인간은 잊어버릴 수가 있죠"

<끝>

■ 작품 해설 ■

여기 소개하는 《코끼리는 기억한다(Elephants Can Remember, 1972)》는 애거서 크리스티(Agatha Christie, 영국, 1890~1976)의 82번째 추리소설이며 63번째 장편이다.

이 소설은 우선 제목부터가 특이하다. 사실 코끼리의 기억력이 그렇게 좋을지는 잘 모르겠으나, 서커스 등에서 묘기를 부리는 것을 보면 상당히 지능이 높은 것만은 분명하다.

이 《코끼리는 기억한다》는 쓰인 순서대로 보면 에르큘 포와로가 등장하는 작품 중 마지막 것이 된다. 이 작품 뒤로 《커튼(Curtain, 1975)》이 발표되어 이 소설에서 포와로가 죽지만 이것은 2차 대전 중에 써놓았던 작품이다.

포와로는 1920년 《스타일즈 저택의 죽음(The Mysterious Affair at Styles)》에 첫 등장하여 《커튼》에 이르기까지 55년간 총 33편의 장편에서 활약한다. 첫 작품에서 대략 나이가 60~65세이니 이 작품에서는 실로 112~117세에 이르는 셈이다. 그러한대도 정력적으로 수사활동을 벌이지만, 이 작품 어느 구석에서도 그의 나이에 대한 언급은 없다.

여기에 등장하는 올리버 부인에 대해 잠시 살펴보자. 이 책에서는 포와로와 올리버 부인이 1939년에 처음 만난 것으로 되어 있으나 실은 1936년에 발행된 《테이블 위의 카드(Cards on the Table)》에서 처음 만난다. 아마도 크리스티 여사가 착각한 듯싶다. 또한 올리버 부인의 나이를 알아보면, 그녀 친구인 레이디 래븐스크로프트가 35~36살에 죽은 지 12~14년이 지났다고 했으니 최대한으로 잡아서 50세. 혹 같은 친구라도 나이가 몇 살 더 많다 치더라도 이 소설에서의 올리버 부인은 55살을 넘지 않는다. 따라서 1936년의 《테이블 위의 카드》에서는 15~19세 정도 되어야 이치에 맞지만, 그 소설에서도 역시 올리버 부인은 중년 여인으로 등장한다. 따라서 이들의 나이 관계를 따진다는 것은 사실상 의미가 없게 된다.

이 작품을 발표했을 때 크리스티 여사의 나이는 81세였다. 그녀는 아마도 이 작품을 쓰면서 50년 이상 함께 살아온 포와로에게 새로운 의미를 부여하고 싶었는지도 모른다. 포와로는 이 작품에서 살인자를 밝혀내어 세상에 고발하는 탐정에서, 젊은이들이 설사 좌절하게 될지라도 용감하게 진실에 접해야 한다는 격려자의 입장으로 변모해 있는 것이다.

그리고 또 하나 크리스티 여사의 범죄관(犯罪觀)을 잠깐 살펴보면, 그녀는 악의 존재를 철저히 믿는 편이다. 더구나 이 악의 본성은 근원적인 것으로서, 결코 치유되거나 변모되지 않는다. 따라서 범죄를 저지르는 것은 인간이 아니라 인간 내면에 있는 악마에 의한 것이라는 암시가 짙다. 이렇게 생각할 때 크리스티 여사는 장편 60권, 단편집 20권을 통해서 철저히 악마와 투쟁했다고 볼 수 있다. 즉, 그녀가 우리에게 고발하고 싶었던 것은 인간의 범죄가 아니라 악마의 존재였던 것이다.